동백꽃

김유정

일 신 서 적 출 판 사

김유정 단편집

차례

동백꽃 5

소나기 16

금(金)따는 콩밭 33

산골 49

봄봄 67

따라지 84

아내 112

이런 음악회 126

봄밤 132

야앵(夜櫻) 134

정조(貞操) 153

땡볕 167

옥토끼 177

총각과 맹꽁이 184

산골 나그네 195

슬픈 이야기 210

만무방 221

솥 255

가을 279

연기 291

金裕貞의 작품세계 296

김유정(金裕貞)의 연보 303

《작가소개》

김유정 (金裕貞 : 1908~1937)
강원도 춘천에서 부친 김춘식 씨와 모친 청송 김씨 사이의 2남 6녀 중 일곱째로 출생했다.
1923년 휘문고보에 입학하여 수학하였고 27년 연희전문과에 입학하였으나 더 배울 것이
없다는 이유로 스스로 자퇴하였다. 이후에 전국을 돌아다니며 한때는 일확천금을 노리고
금광에 몰두하기도 하였다. 32년 크게 깨친 바가 있어 마음을 바로잡고 본격적인 계몽운동
으로 춘천 실레 마을에 금병의숙(錦屛義塾)을 설립하였다. 35년 《소낙비》가 조선일보 신춘
문예에, 《노다지》가 중외일보에 각각 당선됨으로써 문단에 데뷔하였다. 이해에 단편소설
인 《산골》, 《금 따는 콩밭》, 《봄봄》, 《만무방》, 《안해》, 《솥》등을 발표하였다. 이어서 36년에는
《동백꽃》, 《산골 나그네》, 《봄과 따라지》, 《가을》, 《두꺼비》, 《옥토끼》, 《정조》, 《슬픈 이야기》등
을 발표하였으며 37년에는 단편소설 《따라지》, 《땡볕》과 미완성 장편소설인 《생의 반려(伴
侶)》를 발표하였다. 폐결핵에 시달리면서 29세를 일기로 요절하기까지 불과 2년 동안의 작
가생활을 통해 30편에 가까운 작품을 남길 만큼 그의 문학적 정열은 대단했다. 데뷔작인
《소낙비》를 비롯하여 그의 작품은 대부분 농촌을 무대로 삼고 있는데 《금 따는 콩밭》은 노
다지를 찾으려고 콩밭을 파헤치는 인간의 어리석은 욕망을 묘사한 것이며, 《봄봄》은 머슴
인 데릴사위와 장인 사이의 희극적인 갈등을 소박한 필치로 그린 대표적인 농촌소설이다.

동백꽃

오늘도 또 우리 수탉이 막 쫓기었다. 내가 점심을 먹고 나무를 하러 갈 양으로 나올 때이었다.

산으로 올라서려니까, 등 뒤에서 푸드덕푸드덕 하고 닭의 횃소리가 야단이다. 깜짝 놀라서 고개를 돌려 보니 아니나 다르랴, 두 놈이 또 얼리었다.

점순네 수탉(은 대강이가 크고 똑 오소리같이 실팍하게 생긴 놈)이 덩저리 작은 우리 수탉을 함부로 해내는 것이다. 그것도 그냥 해내는 것이 아니라 푸드덕 하고 면두를 쪼고 물러섰다가, 좀 사이를 두고 또 푸드덕 하고 모가지를 쪼았다. 이렇게 멋을 부려 가며 여지없이 닦아 놓는다. 그러면 이 못생긴 것은 쪼일 적마다 주둥이로 땅을 받으며 그 비명이 킥, 킥 할 뿐이다. 물론 미처 아물지도 않은 면두를 또 쪼이어 붉은 선혈은 뚝뚝 떨어진다.

이걸 가만히 내려다보자니 내 대강이가 터져서 피가 흐르는 것같이 두 눈에서 불이 번쩍 난다. 대뜸 지겟막대기를 메고 달려들어 점순네 닭을 후려칠까 하다가 생각을 고쳐먹고, 헛매질로 떼어만 놓았다.

이번에도 점순이가 쌈을 붙여 놨을 것이다. 바짝바짝 내 기를 올리느라고 그랬음에 틀림없을 것이다.

고놈의 계집애가 요새로 접어들어서 왜 나를 못 먹겠다고 고렇게 아르릉거리는지 모른다.

나흘 전 감자쪼간만 하더라도 나는 저에게 조금도 잘못한 것은 없다. 계집애가 나물을 캐러 가면 갔지 남 울타

리 엮는 데 쌩이질을 하는 것은 다 뭐냐. 그것도 발소리를 죽여 가지고 등 뒤로 살며시 와서,

"애! 너 혼자만 일하니?"

하고, 긴치 않은 수작을 하는 것이었다.

어제까지도 저와 나는 이야기도 잘 않고, 서로 만나도 본 척 만 척하고, 이렇게 점잖게 지내던 터이런만 오늘로 갑작스리 대견해졌음은 웬일인가. 항차 망아지만한 계집애가 남 일하는 놈 보구―.

"그럼 혼자 하지 때루 하듸?"

내가 이렇게 내배앝는 소리를 하니까,

"너 일하기 좋니?"

또는,

"한여름이나 되거든 하지, 벌써 울타리 하니?"

잔소리를 두루 늘어놓다가 남이 들을까봐 손으로 입을 틀어막고는 그 속에서 깔깔 대인다. 별로 우스울 것도 없는데 날씨가 풀리더니 이놈의 계집애가 미쳤나 하고 의심하였다. 게다가 조금 뒤에는 제 집께를 할끔할끔 돌아보더니 행주치마의 속으로 꼈던 바른손을 뽑아서 나의 턱 밑으로 불쑥 내미는 것이다. 언제 구웠는지 아직도 더운 김이 홱 끼치는 굵은 감자 세 개가 손에 뿌듯이 쥐었다.

"느집엔 이거 없지."

하고 생색 있는 큰소리를 하고는, 제가 준 것을 남이 알면은 큰일 날 테니 여기서 얼른 먹어 버리란다. 그리고 또 하는 소리가,

"너 봄 감자가 맛있단다."

"난 감자 안 먹는다, 네나 먹어라."

나는 고개도 돌리려지 않고 일하던 손으로 그 감자를 도로 어깨 너머로 쓱 밀어 버렸다. 그랬더니 그래도 가는 기색이 없고, 뿐만

아니라 쌔근쌔근하고 심상치 않게 숨소리가 점점 거칠어진다. 이건 또 뭐야 싶어서 그때에야 비로소 돌아다보니 나는 참으로 놀랐다. 우리가 이 동네에 들어온 것은 근 삼 년째 되어 오지만 여지껏 가무잡잡한 점순이의 얼굴이 이렇게까지 홍당무처럼 새빨개진 법이 없었다. 게다, 눈에 독을 올리고 한참 나를 요렇게 쏘아보더니 나중에는 눈물까지 어리는 것이 아니냐. 그리고 바구니를 다시 집어들더니 이를 꼭 악물고는 엎어질 듯 자빠질 듯 논둑으로 횡하게 달아나는 것이다.

어쩌다 동네 어른이,

"너 얼른 시집을 가야지?"

하고 웃으면,

"염려 마세유. 갈 때 되면 어련히 갈라구……."

이렇게 천연덕스리 받는 점순이었다. 본시 부끄러움을 타는 계집애도 아니거니와 또한 분하다고 눈에 눈물을 보일 얼병이도 아니다. 분하면 차라리 나의 등어리를 바구니로 한번 모지게 후려 때리고 달아날지언정.

그런데 고약한 그 꼴을 하고 가더니 그 뒤로는 나를 보면 잡아먹으려고 기를 복복 쓰는 것이다.

설혹 주는 감자를 안 받아 먹는 것이 실례라 하면, 주면 그냥 주었지 '느집엔 이거 없지'는 다 뭐냐. 그렇잖아도 저희도 마름이고 우리는 그 손에서 배재를 얻어 땅을 부치므로 일상 굽실거린다. 우리가 이 마을에 처음 들어와 집이 없어서 곤란으로 지낼 제, 집터를 빌리고 그 위에 집을 또 짓도록 마련해준 것도 점순네의 호의였다. 그리고 우리 어머니 아버지 농사 때 양식이 달리면 점순네한테 가서 부지런히 꾸어다 먹으면서 인품 그런 집은 다시 없으리라고 침이

마르도록 칭찬하곤 하는 것이다. 그러면서도 열일곱씩이나 된 것들
이 수군수군하고 붙어 다니면 동리의 소문이 사납다고 주의를 시켜
준 것도 또 어머니였다. 왜냐하면 내가 점순이하고 일을 저질렀다

가는 점순네가 노할 것이고, 그러면 우리는 땅도 떨어지고, 집도 내
쫓기고 하지 않으면 안 되는 까닭이었다. 그런데 이놈의 계집애가
까닭 없이 기를 복복 쓰며 나를 말려 죽이려고 드는 것이다.

눈물을 흘리고 간 담날 저녁나절이었다. 나무를 한 짐 잔뜩 지고
산을 내려오려니까 어디서 닭이 죽는 소리를 친다. 이거 뉘 집에서
닭을 잡나, 하고 점순네 울 뒤로 돌아오다가 나는 그만 두 눈이 뚱그
래졌다. 점순이가 제 집 봉당에 홀로 걸터앉았는데 아 이게 치마 앞
에다 우리 씨암탉을 꼭 붙들어 놓고는,

"이놈의 닭! 죽어라, 죽어라."

요렇게 암팡스레 패주는 것이 아닌가. 그것도 대가리나 치면 모
른다마는 아주 알도 못 낳라고 볼기짝께를 주먹으로 콕콕 쥐어박는
것이다.

나는 눈에 쌍심지가 오르고 사지가 부르르 떨렸으나 사방을 한번
휘둘러보고야 그제서야 점순이 집에 아무도 없음을 알았다. 잡은참
지겟막대기를 들어 울타리의 중턱을 후려치며,

"이놈의 계집애! 남의 닭 알 못 낳라구 그러니?"

하고 소리를 빽 질렀다.

그러나 점순이는 조금도 놀라는 기색이 없고 그대로 의젓이 앉아
서 제 닭 가지고 하듯이 또 죽어라, 죽어라, 하고 패는 것이다. 이걸
보면 내가 산에서 내려올 때를 겨냥해 가지고 미리부터 닭을 잡아
가지고 있다가 네 보란 듯이 내 앞에 쥐지르고 있음이 확실하다. 그
러나 나는 그렇다고 남의 집에 뛰어들어가 계집애하고 싸울 수도
없는 노릇이고 형편이 썩 불리함을 알았다. 그래 닭이 맞을 적마다
지겟막대기로 울타리를 후려칠 수밖에 별도리가 없다. 왜냐하면 울
타리를 치면 칠수록 울섶이 물러앉으며 뼈대만 남기 때문이다. 하

나 아무리 생각하여도 나만 밑지는 노릇이다.

"아 이년아! 남의 닭 아주 죽일 터이냐?"

내가 도끼눈을 뜨고 다시 꽥 호령을 하니까 그제서야 울타리께로 쪼르르 오더니 울 밖에 섰는 나의 머리를 겨누고 닭을 내팽개친다.

"에이 더럽다! 더럽다!"

"더러운 걸 널더러 입때 끼고 있으랬니? 망할 계집애년 같으니."

하고 나도 더럽단 듯이 울타리께를 힝하게 돌아내리며 약이 오를 대로 다 올랐다라고 하는 것은 암탉이 풍기는 서슬에 나의 이마빼기에다 물찌똥을 찍 깔겼는데 그걸 본다면 알집만 터졌을 뿐 아니라 골병은 단단히 든 듯싶다.

그리고 나의 등 뒤를 향하여 나에게만 들릴 듯 말 듯한 음성으로,

"이 바보 녀석아!"

"얘! 너, 배냇병신이지?"

그만도 좋으련만,

"얘! 너, 느 아버지가 고자라지?"

"뭐? 울 아버지가 그래 고자야?"

할 양으로 열벙거지가 나서 고개를 홱 돌리어 바라봤더니 그때까지 울타리 위로 나와 있어야 할 점순이의 대가리가 어디 갔는지 보이지를 않는다. 그러다 돌아서서 오자면 아까에 한 욕을 울 밖으로 퍼붓는 것이다. 욕을 이토록 먹어 가면서도 대거리 한 마디 못하는 걸 생각하니 돌부리에 채여 발톱 밑이 터지는 것도 모를 만큼 분하고 급기야는 두 눈에 눈물까지 불끈 내솟는다.

그러나 점순이의 침해는 이것뿐이 아니다. 사람들이 없으면 틈틈이 제 집 수탉을 몰고 와서 우리 수탉과 쌈을 붙여 놓는다. 제 집 수탉은 썩 험상궂게 생기고 쌈이라면 홰를 치는 고로 으레이 이길 것

을 알기 때문이다. 그래서 툭하면 우리 수탉이 면두며 눈깔이 피로 흐드르하게 되도록 해놓는다. 어떤 때에는 우리 수탉이 나오지를 않으니까 요놈의 계집애가 모이를 쥐고 와서 꾀어 내다가 쌈을 붙인다.

이렇게 되면 나도 다른 배차를 차라리 않을 수 없었다. 하루는 우리 수탉을 붙들어 가지고 넌지시 장독께로 갔다. 쌈닭에게 고추장을 먹이면 병든 황소가 살모사를 먹고 용을 쓰는 것처럼 기운이 뻗친다 한다. 장독에서 고추장 한 접시를 떠서 닭 주둥아리께로 들이밀고 먹여 보았다. 닭도 고추장에 맛을 들였는지 거스르지 않고 거의 반 접시 턱이나 곧잘 먹는다. 그리고 먹고 금시는 용을 못 쓸 터이므로 얼마쯤 기운이 들도록 홰 속에다 가두었다.

밭에 두엄을 두어 짐 져내고 나서 쉴 참에 그 닭을 안고 밖으로 나왔다. 마침 밖에는 아무도 없고 점순이만 제 울 안에서 헌옷을 뜯는지 혹은 솜을 터는지 옹크리고 앉아서 일을 할 뿐이다.

나는 점순네 수탉이 노는 밭으로 가서 닭을 내려놓고 가만히 맥을 보았다. 두 닭은 여전히 얼리어 쌈을 하는데 처음에는 아무 보람이 없었다. 멋지게 쪼는 바람에 우리 닭은 또 피를 흘리고 그러면서도 날갯죽지만 푸드덕푸드덕 하고 올라뛰고 뛰고 할 뿐으로 제법 한 번 쪼아 보지도 못한다. 그러나 한 번은 어쩐 일인지 용을 쓰고 펄쩍 뛰더니 발톱으로 눈을 하비고 내려오며 면두를 쪼았다. 큰 닭도 여기에는 놀랐는지 뒤로 멈칫하며 물러난다. 이 기회를 타서 작은 우리 수탉이 또 날쌔게 덤벼들어 다시 면두를 쪼니 그제서는 감때 사나운 그 대강이에서도 피가 흐르지 않을 수 없었다.

옳다 알았다, 고추장만 먹이면 되는구나, 하고 나는 속으로 아주 쟁그러워 죽겠다. 그때에는 뜻밖에 내가 닭쌈을 붙여놓는 데 놀라

서 울 밖으로 내다보고 섰던 점순이도 입
맛이 쓴지 눈살을 찌푸렸다. 나는 두 손
으로 볼기짝을 두드리며 연방,

"잘한다! 잘한다!"

하고 신이 머리끝까지 뻗치었다.

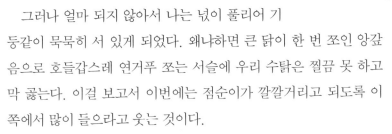

그러나 얼마 되지 않아서 나는 넋이 풀리어 기
둥같이 묵묵히 서 있게 되었다. 왜냐하면 큰 닭이 한 번 쪼인 앙갚
음으로 호들갑스레 연거푸 쪼는 서슬에 우리 수탉은 찔끔 못 하고
막 곯는다. 이걸 보고서 이번에는 점순이가 깔깔거리고 되도록 이
쪽에서 많이 들으라고 웃는 것이다.

나는 보다 못해 덤벼들어서 우리 수탉을 붙들어 가지고 도로 집
으로 들어왔다. 고추장을 좀 더 먹였더라면 좋았을 걸, 너무 급하게
쌈을 붙인 것이 퍽 후회가 난다. 장독께로 돌아와서 다시 턱밑에 고
추장을 들이댔다. 흥분으로 말미암아 그런지 당최 먹질 않는다. 나
는 하릴없이 닭을 반듯이 눕히고 그 입에다 궐련 물부리를 물리었
다. 그리고 고추장을 타서 그 구멍으로 조금씩 들이부었다. 닭은 좀
괴로운지 킥킥 하고 재채기를 하는 모양이나 그러나 당장의 괴로움
은 매일같이 피를 흘리는 데 댈 게 아니라 생각하였다.

그러나 한 두어 종지 가량 고추장을 먹이고 나서는 나는 고만 풀
이 죽었다. 싱싱하던 닭이 왜 그런지 고개를 살며시 뒤틀고는 손아
귀에서 뻐드러지는 것이 아닌가. 아버지가 볼까 봐서 얼른 홰에다
감추어 두었더니 오늘 아침에야 겨우 정신이 든 모양 같다.

그랬던 걸 이렇게 오다 보니까, 또 쌈을 붙여놓으니 이 망할 계집
애가 필연 우리집에 아무도 없는 틈을 타서 제가 들어와 홰에서 꺼
내 가지고 나간 것이 분명하다. 나는 다시 닭을 잡아 가두고 염려는

스러우나 그렇다고 산으로 나무를 하러 가지 않을 수도 없는 형편이었다. 소나무 삭정이를 따며 가만히 생각해보니 암만해도 고년의 목장이를 돌려 놓고 싶다. 이번에 내려가면 망할 년 등줄기를 한 번 되게 후려치겠다 하고 경둥경둥 나무를 지고는 부리나케 내려왔다.

거지반 집에 다 내려와서 나는 호드기 소리를 듣고 발이 딱 멈추었다. 산기슭에 널려 있는 굵은 바윗돌 틈에 노란 동백꽃이 소보록하니 깔리었다.

그 틈에 끼어 앉아서 점순이가 청승맞게스리 호드기를 불고 있는 것이다. 그보다도 더 놀란 것은, 고 앞에서 또 푸드득푸드득 하고 들리는 닭의 횃소리다. 필연코 요년이 나의 약을 올리느라고 또 닭을 집어내다가 내가 내려올 길목에다 쌈을 시켜 놓고, 저는 그 앞에 앉아서 천연스레 호드기를 불고 있음에 틀림없으리라. 나는 약이 오를 대로 다 올라서 두 눈에서 불과 함께 눈물이 퍽 쏟아졌다. 나뭇지게도 벗어놀 새 없이 그대로 내동댕이치고는 지겟막대기를 뻗치고 허둥지둥 달려들었다.

가까이 와보니 과연 나의 짐작대로 우리 수탉이 피를 흘리고 거의 빈사 지경에 이르렀다. 닭도 닭이려니와, 그러함에도 불구하고 눈 하나 깜짝 없이 고대로 앉아서 호드기만 부는 그 꼴에 더욱 치가 떨린다. 동네에서 소문이 났거니와 나도 한때는 걱실걱실히 일 잘하고 얼굴 예쁜 계집앤 줄 알았더니 시방 보니까 그 눈깔이 꼭 여우 새끼 같다.

나는 대뜸 달려들어서 나도 모르는 사이에 큰 수탉을 단매로 때려 엎었다. 닭은 폭 엎어진 채 다리 하나 꼼짝 못 하고 그대로 죽어 버렸다. 그리고 나는 멍하니 섰다가 점순이가 매섭게 눈을 홉뜨고 닥치는 바람에 뒤로 벌렁 나자빠졌다.

"이놈아! 너 왜 남의 닭을 때려죽이니?"

"그럼 어때?"

하고 일어나다가,

"뭐 이 자식아! 누 집 닭인데!"

하고 복장을 떼미는 바람에 다시 벌렁 자빠졌다. 그러고 나서 가만히 생각을 하니 분하기도 하고 무안도 스럽고, 또 한편 일을 저질렀으니 인젠 땅이 떨어지고 집도 내쫓기고 해야 되는지 모른다. 나는 비슬비슬 일어나며 소맷자락으로 눈을 가리고는 얼김에 엉, 하고 울음을 놓았다. 그러나 점순이가 앞으로 다가와서,

"그럼, 너 이담부터 안 그럴 테냐?"

하고 물을 때에야 비로소 살 길을 찾은 듯싶었다. 나는 눈물을 우선 씻고 뭘 안 그러는지 명색도 모르건만,

"그래!"

하고 무턱대고 대답하였다.

"요담부터 또 그래 봐라. 나 자꾸 못살게 굴 테니."

"그래 그래, 인젠 안 그럴 테야."

"닭 죽은 건 염려 마라. 내 안 이를 테니."

그리고 뭣에 떠다 밀렸는지 나의 어깨를 짚은 채 그대로 픽 쓰러진다. 그 바람에 나의 몸뚱이도 겹쳐서 쓰러지며 한창 피어 퍼드러진 노란 동백꽃 속으로 푹 파묻혀버렸다.

알싸한, 그리고 향긋한 그 냄새에 나는 땅이 꺼지는 듯이 온 정신이 고만 아찔하였다.

"너 말 마라!"

"그래!"

조금 있더니 요 아래서,

"점순아! 점순아! 이년이 바느질을 하다 말구 어딜 갔어?"

하고 어딜 갔다 온 듯싶은 그 어머니가 역정이 대단히 났다.

점순이가 겁을 잔뜩 집어 먹고 꽃 밑을 살금살금 기어서 산 아래로 내려간 다음 나는 바위를 끼고 엉금엉금 기어서 산 위로 치빼지 않을 수 없었다.

소 나 기

음산한 검은 구름이 하늘에 뭉게뭉게 모여드는 것이 금시라도 비 한 줄기 할 듯하면서도 여전히 짓궂은 햇발은 겹겹 산속에 묻힌 외진 마을을 통째로 자실 듯이 달구고 있었다. 이따금 생각나는 듯 살매 들린 바람은 논밭간의 나무들을 뒤흔들며 미쳐 날뛰었다.

뫼 밖으로 농군들을 멀리 품앗이로 내보낸 안말의 공기는 쓸쓸하였다. 다만 맷맷한 미루나무 숲에서 거칠어 가는 농촌을 읊는 듯 매미의 애끓는 노래─.

매움! 매애움!

춘호는 자기 집(올 봄에 오 원을 주고 사서 들은 묵삭은 오막살이집)방문턱에 걸터앉아서 바른 주먹으로 턱을 고이고는 봉당에서 저녁으로 때울 감자를 씻고 있는 아내를 묵묵히 노려보고 있었다. 그는 사날 밤이나 눈을 안 붙이고 성화를 하는 바람에 농사에 고리삭은 그의 얼굴은 더욱 해쓱하였다.

아내에게 다시 한 번 졸라 보았다. 그러나 위협하는 어조로,

"이봐, 그래 어떻게 돈 이 원만 안 해줄 테여?"

아내는 역시 대답이 없었다. 갓 잡아온 새댁 모양으로 씻는 감자나 씻을 뿐 잠자코 있었다.

되나 안 되나 좌우간 이렇다 말이 없으니 춘호는 울화가 터져서 죽을 지경이었다. 그는 타곳에서 떠돌아 온 몸이라 자기를 믿고 장리를 주는 사람도 없고 또는 그 얄량한 집을 팔려 해도 단

이삼 원의 작자도 내닫지 않으므로 앞뒤가 꼭 막혔다. 마는 그래도 아내는 나이 젊고 얼굴 똑똑하겠다, 돈 이 원쯤이야 어떻게라도 될 수 있겠기에 묻는 것인데 들은 체도 안 하니 괘씸한 듯싶었다.

그는 배를 튀기며 다시 한 번,

"돈 좀 안 해줄 테여?"

하고 소리를 빽 질렀다.

그러나 대꾸는 역시 없었다.

춘호는 노기 충천하여 불현듯 문지방을 떠다밀며 벌떡 일어섰다. 눈을 홉뜨고 벽에 기대인 지게막대를 손에 잡자 아내의 옆으로 바람같이 달려들었다.

"이년아, 기집 좋다는 게 뭐여. 남편의 근심도 덜어 주어야지, 끼고 자자는 기집이여?"

지겟막대는 아내의 연한 허리를 모질게 후렸다. 까부라지는 비명은 모지락스레 찌그러진 울타리틈을 벗어나간다. 잽쳐 지겟막대는 앉은 채 고꾸라진 아내의 발뒤축을 얼러 볼기를 내려 갈겼다.

"이년아, 내가 언제부터 너에게 조르는 게여?"

범같이 호통을 치며 남편이 지겟막대를 공중으로 다시 올리며 오즈름을 쓸 때 아내는,

"에구머니!"

하고 외마디를 질렀다. 연하여 몸을 뒤치자 거반 엎어질 듯이 싸리문 밖으로 내달렸다. 얼굴에 눈물이 흐른 채 황그리는 걸음으로 문 앞의 언덕을 내리어 개울을 건너고 맞은쪽에 뚫린 콩밭 길로 들어섰다.

"너, 네가 날 피하면 어딜 갈 테여?"

발길을 막는 듯한 의미 있는 호령에 달아나던 아내는 다리가 멈

칫하였다. 그는 고개를 돌리어 싸리문 안에 아직도 지겟막대를 들고 섰는 남편을 바라보았다. 어른에게 죄진 어린애같이 입만 쫑긋쫑긋하다가 남편이 뛰어나올까 겁이 나서 겨우 입을 열었다.

"쇠돌 엄마 집에 좀 다녀올 게유."

쭈뼛쭈뼛 변명을 하고는 가던 길을 다시 힁하게 내걸었다. 아내라고 요새 이 돈 이 원이 급시로 필요함을 모르는 바도 아니었다. 마는, 그의 자격으로나 노동으로나 돈 이 원이란 감히 땅띔도 못 해볼 형편이었다. 벌이라야 하잘 것 없는 것—아침에 일어나기가 무섭게, 남에게 뒤질까 영산이 올라 산으로 빼는 것이다. 조그만 종다래끼를 허리에 달고 기한 산중에 드문드문 박혀 있는 도라지, 더덕을 찾아가는 것이었다. 깊은 산속으로, 우중충한 돌 틈바귀로, 잔약한 몸으로 맨발에 짚신짝을 끌며 가파른 산등을 타고 돌려면 젖 먹던 힘까지 녹아내리는 듯 진땀이 머리로부터 발끝까지 쭉 흘러내린다.

아랫도리를 단 외겹을 두른 낡은 치맛자락은 다리로, 허리로 척척 엉기어 걸음을 방해하였다. 땀에 불은 종아리는 거친 숲에 긁혀 미어 그 쓰라림이 말이 아니다. 게다 무거운 흙내는 숨이 탁탁 막히도록 가슴을 찌른다. 그러나 삶에 발버둥치는 순진한 그의 머리는 아무 불평도 일지 않았다.

가물에 콩 나기로, 어쩌다 도라지 순이라도 어지러운 숲속에 하나 둘 뾰족이 뻗어 오른 것을 보면 그는 그래도 기쁨에 넘치는 미소를 띠었다. 때로는 바위도 기어올랐다. 정히 못 기어오를 그런 험한 곳이면 칡덩굴에 매달리기도 하는 것이었다. 땟국에 전 무명 적삼은 벗어서 허리춤에다 꾹 찌르고는 호랑이 숲이라 이름난 강원도 산골에 매달려 기를 쓰고 허비적거린다. 골바람은 지날 적마다 알

몸을 두른 치맛자락을 공중으로 날린다. 그제마다 검붉은 볼기짝을 사양 없이 내보이는 그를 칡덩굴이 본다면, 배를 움켜쥐어도 다 못 볼 것이다. 마는 다행히 그윽한 산골이라 그 꼴을 비웃는 놈은 뻐꾸기뿐이었다.

이리하여 해동갑으로 해갈을 하고 나면 캐어 모은 도라지, 더덕은 얼러 사발 가웃, 혹은 두어 사발 남짓하게 되는 것이다. 그러면 동리로 내려와 주막거리에 가서 그걸 내주고 보리쌀과 사발 바꿈을 하였다. 그러나 요즘엔 그나마도 철이 겨워 소출이 없다. 그 대신 남의 보리방아를 온종일 찧어 주고 보리밥 그릇이나 얻어다가는 집으로 돌아와 농토를 못 얻어 뻔뻔히 노는 남편과 같이 나누는 것이 그날 하루하루의 생활이었다. 그리고 보니 돈 이 원은커녕 당장 목을 딴대도 피도 나올지가 의문이었다.

만약 돈 이 원을 돌리자면 아는 집에서 보리라도 꾸어 파는 수밖에는 다른 도리가 없다. 그리고 온 동리의 아낙네들이 치맛바람에 팔자 고쳤다고 쑥덕거리며 은근히 시새우는 쇠돌 엄마가 아니고는 노는 벌이를 가진 사람이 없다. 그런데 도둑이 제 발 저리다고, 그는 자기 꼴 주제에 제물에 눌려서 호사로운 쇠돌 엄마에게는 죽어도 가고 싶지 않았다. 쇠돌 엄마도 처음에는 자기와 같이 천한 농부의 계집이련만 어쩌다 하늘이 도와 동리의 부자 양반 이 주사와 은근히 배가 맞은 뒤로는 얼굴도 모양 내고, 옷치장도 하고, 밥 걱정도 안 하고 하여 아주 금방석에 뒹구는 팔자가 되었다. 그리고 쇠돌 아버지도 이게 웬 땡이냔 듯이 아내를 내논 채 눈을 살짝 감아 버리고 이 주사에게서 나는 옷이나 입고, 주는 쌀이나 먹고 연년이 신통치 못한 자기 농사에서 한 손을 떼고는 히짜를 뽑는 것이 아닌가!

사실 말인즉, 춘호 처가 쇠돌 엄마에게 죽어도 아니 가려는 그 속

까닭은 정작 여기 있었다.

바로 지난 늦은 봄, 달이 뚫어지게 밝은 어느 밤이었다. 춘호가 보름 계추를 보러 산모퉁이로 나간 것이 이슥하여도 돌아오지 않으므로 집에서 기다리던 아내가 인젠 자고 오려나 생각하고는 막 드러누워 잠이 들려니까 웬 난데없는 황소 같은 놈이 뛰어들었다. 허둥지둥 춘호 처를 마구 깔다가 놀라서 으악 소리를 치는 바람에, 그냥 달아난 일이 있었다. 어수룩한 시골 일이라 별반 풍설도 아니 나고 쓱싹 되었으나 며칠이 지난 뒤에야 그것이 동리의 부자 이 주사의 소행임을 비로소 눈치 채었다.

그런 까닭으로 해서 춘호 처는 쇠돌 엄마와 직접 관계는 없단대도 그를 대하면 공연스레 얼굴이 뜨뜻하여지고 몹시 어색하였다. 죄나 진 듯이…….

그리고 더욱이 쇠돌 엄마가,

"새댁, 나는 속옷이 세 개구, 버선이 네 벌이구 행."

하며, 아주 좋다고 한들대는 그 꼴을 보면 혹시 자기에게 한 점을 두고서 비양거리는 거나 아닌가 하는 옥생각으로 무안해서 고개도 못 들었다.

한편으로 자기도 좀만 잘했더면 지금쯤은 쇠돌 엄마처럼 호강할 수 있었을 그런 갸륵한 기회를 깝살려 버린 자기 행동에 대한 후회와 애탄으로 말미암아 마음을 괴롭히는 그 쓰라림도 적지 않았다. 그러나 아무러한 욕을 보더라도 나날이 심해 가는 남편의 무지한 매보다도 그래도 좀 헐할 게다. 오늘은 한맘 먹고 쇠돌 엄마를 찾아가려는 것이었다.

춘호 처는 이번 걸음이 헛발이나 안 칠까 일념으로 심화를 하며 수양버들이 쭉 늘어박힌 논두렁 길로 들어섰다.

그는 시골 아낙네로는 용모가 매우 반반하였다. 좀 야윈 듯한 몸매는 호리호리한 것이 소위 동리의 문자대로 외입깨나 하염직한 얼굴이었으되 추레한 의복이며 퀴퀴한 냄새는 거지를 볼지른다.

그는 왼손 바른손으로 겨끔내기로 치맛귀를 여며 가며 속살이 뼈질까 조심조심이 걸었다. 감사나운 구름송이가 하늘 신폭을 뒤덮고는 차츰차츰 지면으로 처져 내리더니 그에 산봉우리에 엉기어 살풍경이 되고 만다. 먼 데서 개 짖는 소리가 앞뒷산을 한적하게 울린다. 빗방울은 하나 둘 떨어지기 시작하더니 차차 굵어지며 무더기로 퍼부어 내린다.

춘호 처는 길가에 늘어진 밤나무 밑으로 뛰어들어가 비를 거니며 쇠돌 엄마 집을 멀리 바라보았다. 북쪽 산기슭 높직한 울타리로 뺑 돌려 두르고 앉았는 오목하고 맵시 있는 집이 그 집이었다. 그런데 싸리문이 꼭 닫힌 걸 보면 아마 쇠돌 엄마가 농군청에 저녁 제누리를 나르러 가서 아직 돌아오지 않은 모양이었다.

그는 쇠돌 엄마 오기를 지켜보며 오도카니 서서 기다리고 있었다.

나뭇잎에서 빗방울은 뚝뚝 떨어지며 그의 빰을 흘러 젖가슴으로 스며든다. 바람은 지날 적마다 냉기와 함께 굵은 빗발을 몸에 들이친다. 비에 쪼르르 젖은 치마가 몸에 찰싹 감기어 허리로, 궁둥이로, 다리로, 살의 윤곽이 그대로 비쳐 올랐다.

무던히 기다렸으나 쇠돌 엄마는 오지 않았다. 하도 진력이 나서 하품을 하여 가며 정신없이 서 있느라니 왼편 언덕에서 사람 오는 발자취 소리가 들린다. 그는 고개를 돌려보았다. 그러나 날쌔게 나무 틈으로 몸을 숨겼다. 동이배를 가진 이 주사가 지우산을 받쳐 쓰고는 쇠돌네 집으로 향하여 엉덩이를 껍죽거리며 내려가는 길이었다. 비록 키는 작달막하나 숱 좋은 수염이든지 온 동리를 털어야 단하나뿐인 탕건이든지, 썩 풍채 좋은 오십 전후의 양반이다.

그는 싸리문 앞으로 가더니 자기 집처럼 거침없이 문을 떠다밀고는 속으로 버젓이 들어가 버린다.

이것을 보니 춘호 처는 다시금 속이 편치 않았다. 자기는 개돼지같이 무시로 매만 맞고 돌아치는 천덕군이다. 안팎으로 겹귀염을 받으며 간들대는 쇠돌 엄마와 사람된 치수가 두드러지게 다름을 그는 알 수가 있었다. 쇠돌 엄마의 호강을 너무나 부럽게 우러러보는 반동으로 자기도 잘했더면 하는 턱없는 희망과 후회가 전보다 몇 갑절 쓰린 맛으로 그의 가슴을 찌푸뜨렸다.

쇠돌네 집을 하염없이 건너다보다가 어느덧 저도 모르게 긴 한숨이 굴러 내린다. 언덕에서 쓸려 내리는 사탯물이 발등까지 개흙으로 덮으며 소리쳐 흐른다. 빗물에 폭 젖은 몸뚱어리는 점점 떨리기 시작한다.

그는 가볍게 몸서리를 쳤다. 그리고 당황한 시선으로 사방을 경계하여 보았다. 아무도 보이지는 않았다. 다시 시선을 돌리어 그 집을 쏘아보며 속으로 궁리하여 보았다. 안에는 확실히 이 주사뿐일 게다. 그때까지 걸렸던 싸리문이라든지 또는 울타리에 넌 빨래를 여태 안 거둬들이는 것을 보면 어떤 맹세를 두고라도 분명히 이 주사 외의 다른 사람은 하나도 없을 것이다.

그는 마음 놓고 비를 맞아 가며 그 집으로 달려들었다. 봉당으로 선뜻 뛰어오르며,

"쇠돌 엄마 기슈?"

하고, 인기를 내보았다.

물론 당자의 대답은 없었다. 그 대신 그 음성이 나자 안방에서 이 주사가 번개같이 머리를 내밀었다. 자기만은 꿈 밖이란 듯, 눈을 두리번두리번 하더니 옷 위로 볼가진 춘호 처의 젖가슴, 아랫배, 넓적 다리로 발등까지 슬쩍 음흉히 훑어보고는 거나한 낯으로 방그레 한다. 그리고 자기도 봉당으로 주춤주춤 나오며,

"쇠돌 엄마 말인가? 왜 지금 막 나갔지. 곧 온댔으니 안방에 좀 들어가 기다렸으면 ⋯⋯."

하고 매우 일이 딱한 듯이 어름어름한다.

"이 비에 어딜 갔에유?"

"지금 요 밖에 좀 나갔지, 그러나 곧 올걸⋯⋯."

"있는 줄 알고 왔는디⋯⋯."

춘호 처는 이렇게 혼잣말로 낙심하며 섭섭한 낯으로 머뭇머뭇하다가 그냥 돌아갈 듯이 봉당 아래로 내려섰다.

이 주사를 처다보며 물차는 제비같이 산드러지게,

"그럼 요담에 오겠에유, 안녕히 계시유."

하고 작별의 인사를 올린다.

"지금 곧 온댔는데, 좀 기다리지⋯⋯."

"담에 또 오지유?"

"아닐세, 좀 기다리게. 여보게, 여보게, 이봐!"

춘호 처가 간다는 바람에 이 주사는 체면도 모르고 기가 올랐다. 허둥거리며 재간껏 만류하였으나 암만해도 안 될 듯싶다. 춘호 처가 여기엘 찾아온 것도 큰 기적이려니와 뇌성벽력에, 구석진 곳이겠다, 이렇게 솔깃한 기회는 두 번 다시 못 볼 것이다. 그는 눈이 뒤

집히어 입에 물었던 장죽을 쭉 뽑아 방안으로 치뜨리고는 계집의
허리를 뒤로 다짜고짜 끌어안아서 봉당 위로 끌어올렸다.

계집은 몹시 놀라며,

"왜 이러서유, 이거 노세유."

하고 몸을 뿌리치려는 앙탈을 한다.

"아니 잠깐만."

이 주사는 그래도 놓지 않으며 허겁스러운 눈짓으로
계집을 달랜다.

흘러내리는 고의춤을 왼손으로 연신 치우치며 바른 팔로는 계집
을 잔뜩 움켜잡고는 엄두를 못 내어 짤짤매다가 간신히 방안으로
끙끙 몰아넣었다. 안으로 문고리는 재빠르게 채이었다.

밖에서는 모진 빗방울이 배춧잎에 부딪치는 소리, 바람에 나무
떠는 소리가 요란하다. 가끔 양철통을 내려 굴리는 듯 거푸진 천둥
소리가 방고래를 울리며 날은 점점 침침하여 갔다.

얼마쯤 지난 뒤였다. 이만하면 길이 들었으려니 안심하고 이 주
사는 날숨을 우후, 하고 실없이 고마운 비 때문에 발악도 못 치고
앙살도 못 피우고 무릎 앞에 고분고분 늘어져 있는 계집을 대견히
바라보며 빙긋이 얼러 보았다. 계집은 온몸에 진땀이 쭉 흐르는 것
이 꽤 더운 모양이다. 벽에 걸린 쇠돌 엄마의 적삼을 꺼내어 계집의
몸을 말쑥하게 홀닦기 시작한다. 발끝서부터 얼굴까지—.

"너, 열아홉이지?"

하고 이 주사는 취한 얼굴로 얼간히 물어보았다.

"니에."

하고 메떨어진 대답.

계집은 이 주사 손에 눌리어 일어나도 못 하고 죽은 듯이 가만히

누워 있다.

이 주사는 계집의 몸을 다 씻고 나서 한숨을 내뽑으며 담배 한 대를 피워 물었다.

"그래, 요새도 서방에게 주리경을 치느냐?"

하고, 묻다가 아무 대답도 없으매,

"원 그래서야 어떻게 산단 말이냐, 하루 이틀이 아니고. 사람의 일이란 알 수 있는 거냐? 그러다 혹시 맞아죽으면 정장 하나 해볼 곳 없는 거야. 허니, 네 명이 아까우면 덮어놓고 민적을 가르는 게 낫겠지."

하고 계집의 신변을 위하여 염려를 마지않다가 번뜻 한 가지 궁금한 것이 있었다.

"너 참, 아이 낳았다 죽었다구나?"

"니에."

"어디 난 듯이나 싶으냐?"

계집은 얼굴이 홍당무가 되어지며 아무 말 못 하고 고개를 외면하였다.

이 주사도 그까짓것 더 묻지 않았다. 그런데 웬 녀석의 냄새인지 무생채 썩는 듯한 시크무레한 악취가 불시로 코청을 찌르니 눈살을 찌푸리지 않을 수 없다. 처음에야 그런 줄을 소통 몰랐더니 알고 보니까 비위가 조히 역하였다. 그는 빨고 있는 담배통으로 계집의 배꼽 께를 똑똑히 가리키며,

"애 이 살의 때꼽 좀 봐라. 그래 물이 흔한데 이것 좀 못 씻는단 말이냐?"

하고, 모처럼의 기분을 상한 것이 앵하단 듯이 꺼림한 기색으로 혀를 찼다. 하지만 계집이 참다 참다 이내 무안에 못 이기어 일어나

치마를 입으려 하니 그는 역정을 벌컥 내었다. 옷을 빼앗아 구석으로 동당이를 치고는 다시 그 자리에 끌어앉혔다. 그리고 자기 딸이나 책하듯이 아주 대범하게 꾸짖었다.

"왜 그리 계집이 달망대니? 좀 듬직치가 못 하구……."

춘호 처가 그 집을 나선 것은 들어간 지 약 한 시간 만이었다.

비가 여전히 쭉쭉 내린다. 그는 진땀을 있는 대로 흠뻑 쏟고 나왔다. 그러나 의외로, 아니 천행으로 오늘 일은 성공이었다.

그는 몸을 솟치며 생긋하였다. 그런 모욕과 수치는 난생 처음 당하는 봉변으로, 지랄 중에도 몹쓸 지랄이었으나 성공은 성공이었다. 복을 받으려면 반드시 고생이 따르는 법이니 이까짓 거야 골백번 당한대도 남편에게 매나 안 맞고 의좋게 살 수만 있다면 그는 사양치 않을 것이다. 이 주사를 하늘같이, 은인같이 여겼다. 남편에게 부쳐 먹을 농토를 줄 테니 자기의 첩이 되라는 그 말도 죄송하였으나, 더욱이 돈 이 원을 줄 테니 내일 이맘때 쇠돌네 집으로 넌지시 만나자는 그 말은 무엇보다도 고마웠고 벅찬 짐이나 푼 듯 마음이 홀가분하였다. 다만 애키는 것은 자기의 행실이 만약 남편에게 발각되는 나절에는 대매에 맞아 죽을 것이다. 그는 일변 기뻐하며 일변 애를 태우며 자기 집을 향하여 세차게 쏟아지는 빗속을 가분가분 내달렸다.

춘호는 아직도 분이 못 풀리어 뿌루퉁하니 홀로 앉았다.

그는 자기의 고향인 인제를 등진 지 벌써 삼 년이 되었다. 해를 이은 흉작에 농작물은 말 못 되고 따라 빚쟁이들의 위협과 악다구니는 날로 심하였다.

마침내 하릴없이 집 세간을 그대로 내버리고 알몸으로 밤도주하였던 것이다. 살기 좋은 곳을 찾는다고 나 어린 아내의 손목을 끌고 이 산 저 산을 넘어 표랑하였다. 그러나 우정 찾아든 곳이 고작 이 마을이나, 산속은 역시 일반이다. 어느 산골엘 가 호미를 잡아 보아도 정은 조그만치도 안 붙었고, 거기에는 오직 쌀쌀한 불안과 굶주림이 품을 벌려 그를 맞을 뿐이었다. 터무니없다 하여 농토를 안 준다. 일구멍이 없으매 품을 못 판다. 밥이 없다. 결국에 그는 피폐하여 가는 농민 사이를 감도는 엉뚱한 투기심에 몸이 달떴다.

요사이 며칠 동안을 두고 요너머 뒷산 속에서 밤마다 큰 노름판이 벌어지는 기미를 알았다. 그는 자기도 한 몫 보려고 끼룩거렸으나 좀체로 밑천을 만들 수가 없었다. 이 원! 수나 좋아서 이 이 원이 조화만 잘 한다면 금시 발복이 못 된다고 누가 단언할 수 있으랴! 삼사십 원 따서 동리의 빚이나 대충 가리고 옷 한 벌 지어입고는 진저리나는 이 산골을 떠나려는 것이 그의 배포였다. 서울로 올라가 아내는 안잠을 재우고 자기는 노동을 하고, 둘이서 다구지게 벌면 안락한 생활을 할 수가 있을 텐데, 이런 산 구석에서 굶어죽을 맛이야 없었다. 그래서 젊은 아내에게 돈 좀 해오라니까 요리 매끈 조리 매끈 매만 피하고 곁들어 주지 않으니 그 소행이 여긴 괘씸한 것이 아니다.

아내가 물에 빠진 생쥐 꼴을 하고 집으로 달려들자 미처 입도 벌리기 전에 남편은 이를 악물고 주먹뺨을 냅다 붙인다.

"너 이년, 매만 살살 피하고 어디 가 자빠졌다 왔니?"

볼치 한 대를 얻어맞고 아내는 오기가 걸리어 벙벙하였다. 그래도 직성이 못 풀리어 남편이 다시 매를 손에 잡으려 하니 아내는 질겁을 하여 살려 달라고 두 손으로 빌며 개신개신 입을 열었다.

"낼 돼유…… 낼. 돈, 낼 돼유."

하며 돈이 변통됨을 삼가 아뢰는 그의 음성은 절반이 울음이었
다. 남편이 반신반의하여 눈을 찌긋하다가,

"낼?"

하고 목청을 돋궜다.

"네, 낼 된다유."

"꼭 돼여?"

"네, 낼 된다유."

남편은 시골 물정에 능통하니만치 난데없는 돈 이 원이 어디서 어떻게 되는 것까지는 추궁해 물으려 하지 않았다. 그는 적이 안심한 얼굴로 방문턱에 걸터앉으며 담뱃대에 불을 그었다. 그제야 비로소 아내는 마음을 놓고 감자를 삶으러 부엌으로 들어가려 하니 남편이 곁으로 걸어오며 측은한 듯이 말리었다.

"병 니, 방에 들어가 어여 옷이나 말리여. 삼자는 내 삶을게."

먹물같이 짙은 밤이 내리었다. 비는 더욱 소리를 치며 앙상한 그들의 방벽을 앞뒤로 울린다. 천장에서 비는 새지 않으나 집 지은 지가 오래되어 고래가 물러앉다시피 된 방이라 도배를 못 한 방바닥에는 물이 스며들어 귀축축하다. 거기다 거적 두 잎만 덩그렇게 깔아놓은 것이 그들의 침소였다. 석유불은 없어 캄캄한 바로 지옥이다. 벼룩이는 사방에서 마냥 스물거린다.

그러나 등걸잠에 숙달한 그들은 천연덕스럽게 나란히 누워 줄기차게 퍼붓는 밤 빗소리를 귀담아 듣고 있었다. 가난으로 인하여 부부간의 애틋한 정을 모르고 나날이 매질로 불평과 원한 중에서 복대기는 그들도 이 밤에는 불시로 화목하였다. 단지 남편 품에 든 돈 이 원을 꿈꾸어 보고도.

"서울 언제 갈라유?"

남편의 왼팔을 베고 누웠던 아내가 남편을 향하여 응석 비슷이 물어보았다. 그는 남편에게 서울의 화려한 거리며, 후한 인심에 대하여 여러 번 들은 바 있어 일상 안타까운 마음으로 몽상은 하여 보았으나 실지 구경은 못 하였다. 얼른 이 고생을 벗어나 살기 좋은 서울로 가고 싶은 생각이 간절하였다.

"곧 가게 되겠지, 빚만 좀 없어도 가뜬하련만."

"빚은 낭종 갚더라도 얼핀 갑세다유."

"염려 없어. 이달 안으로 꼭 가게 될 거니까."

남편은 썩 쾌히 승낙하였다. 딴은 그는 동리에서 일컬어 주는 길꾼으로 투전장의 가보쯤은 시루에서 콩나물 뽑듯 하는 능수였다. 내일 밤 이 원을 가지고 벼락같이 노름판에 달려가서 있는 돈이란 깡그리 모집어 올 생각을 하니 그는 은근히 기뻤다. 그리고 교묘한 자기의 손재간을 홀로 뽐내었다.

"이번이 서울 첨이지?"

하며, 그는 서울 바람 좀 한 번 쐬었다고 큰 체를 하며 팔로 아내의 머리를 흔들어 물어보았다. 성미가 워낙 겁겁한지라 지금부터 서울 갈 준비를 착착 하고 싶었다. 그가 제일 걱정되는 것은 둠 구석에서 되 자라 먹은 아내를 데리고 가면 서울 사람에게 놀림도 받을 게고 거리끼는 일이 많을 듯싶었다. 그래서 서울 가면 꼭 지켜야 할 필수 조건을 아내에게 일일이 설명치 않을 수 없었다.

첫째, 사투리에 대한 주의부터 시작되었다. 농민이 서울 사람에게 '꼬라리'라는 별명으로 감잡히는 그 이유는 무엇보다도 사투리에 있을지니 사투리는 쓰지 말며 '합세'를 '하십니까'로, '하게유'를 '하오'로 고치되 말끝을 들지 말지라, 또 거리에서 어릿어릿하는 것은 내가 시골뜨기요 하는 얼뜬 짓이니 갈 길을 재게 가고 볼 눈은 또렷또렷히 볼지라— 하는 것들이었다. 아내는 그 끔찍한 설교를 귀담아 들으며 모기 소리로 '네, 네'를 하였다.

남편은 뒤 시간 가량을 샐 틈 없이 꼼꼼하게 주의를 다져 놓고는 서울의 풍습이며 생활 방침 등을 자기의 의견대로, 그럴싸하게 이 야기하여 오다가 말끝이 어느덧 화장술에 이르게 되었다. 시골여자 가 서울에 가서 안잠을 잘 자주면 몇 해 후에는 집까지 얻어 갖는 수 가 있는데, 거기에는 얼굴이 예뻐야 한다는 소문을 들은 바 있어 하 는 소리였다.

"그래서 날마닥 기름도 바르고, 분도 바르고, 버선도 신고 해서 쥔 마음에 썩 들어야……."

한참 신바람이 올라 주워섬기다가 옆에서 쌔끈쌔근 소리가 들리 므로 고개를 돌려보니 아내는 이미 곯아져 잠이 깊었다.

"이런 망할 거, 남 말하는데 자빠져 산남."

남편은 혼자 중얼거리며 바른팔을 들어 이마 위로 흐트러진 아내 의 머리칼을 뒤로 쓰다듬어 넘긴다. 아내! 명색이 남편이며 이날까 지 옷 한 벌 변변히 못 해 입히고 고생만 짓 시킨 그 죄가 너무나 큰 듯 가슴이 뻐근하였다. 그는 와살스러운 팔로 아내의 허리를 꼭 껴 안아 자기의 앞으로 바특이 끌어당겼다.

밤새도록 줄기차게 내리던 빗소리가 아침에 이르러서야 겨우 그 치고 점심때에는 생기로운 볕까지 들었다. 쿨렁쿨렁 눈물 나는 소 리는 요란히 들린다. 시내에서 고기 잡는 아이들의 고함이며, 농부 들의 희희낙락한 미나리도 기운차게 들린다. 비는 춘호의 근심도 씻어간 듯 오늘은 그에게도 즐거운 빛이 보였다.

"저녁 제누리 때 되었을 걸, 얼른 빗고 가봐―."

그는 갈증이 나서 아내를 대구 재촉하였다.

"아직 멀었어유."

"뭘!"

아내는 남편의 말대로 벌써부터 머리를 빗고 앉았으나 원체 달포나 아니 가리어 엉클은 머리가 시간이 꽤 걸렸다. 그는 호랑이 같은 남편과 오랜만에 정다운 정을 바꾸어 보니 근래에 볼 수 없는 화색이 얼굴에 떠돌았다.

어느 때에는 매적하게 생글생글 웃어도 보았다.

아내가 꼼지락거리는 것이 보기에 퍽으나 갑갑하였다. 남편은 아내 손에서 얼레빗을 쑥 뽑아들고는 시원스레 쭉쭉 내려 빗긴다. 다 빗긴 뒤, 옆에 놓은 밥사발의 물을 손바닥에 연신 칠해 가며 머리에다 번지르하게 발라 놓았다. 그래놓고 위서부터 머리칼을 재워 가며 맵시 있게 쪽을 딱 찔러 주더니 오늘 아침에 한사코 공을 들여 삼아 놓았던 짚신을 아내의 발에 신기고 주먹으로 자근자근 골을 내주었다.

"인제 가봐!"

하다가,

"바루 곧 와, 응?"

하고 남편은 이 원을 고히 받고자 손색 없도록, 실패 없도록 아내를 모양내 보냈다.

금(金) 따는 콩밭

땅속 저 밑은 늘 음침하다.

고달픈 간드렛불. 맥없이 푸르끼하다.

밤과 달라서 낮엔 되우 흐릿하였다.

겉으로 황토 장벽으로 앞뒤 좌우가 콕 막힌 좁직한 구덩이, 흡사히 무덤 속같이 귀중중하다. 싸늘한 침묵, 쿠더브레한 흙내와 징그러운 냉기만이 그 속에 자욱하다.

곡괭이는 뻔질 흙을 이르집는다. 암팡스러이 내려쫓며, 퍽 퍽 퍼억— 이렇게 메떨어진 소리뿐. 그러나 간간 우수수하고 벽이 헐린다.

영식이는 일손을 놓고 소맷자락을 끌어당기어 얼굴의 땀을 훑는다. 이놈의 줄이 언제나 잡힐는지 기가 찼다. 흙 한 줌을 집어 코밑에 바싹 들이대고 손가락으로 샅샅이 뒤져 본다. 완연히 버력은 좀 변한 듯싶다. 그러나 불통버력이 아주 다 풀린 것도 아니었다. 말뚱버력이라야 금이 나온다는데 왜 이리 안 나오는지.

곡괭이를 다시 집어 든다. 땅에 무릎을 꿇고 궁둥이를 번쩍 든 채 식식거린다. 곡괭이를 무작정 내려쩍는다. 바닥에서 물이 스미어 무르팍이 흥건히 젖었다. 굿 옆은 천판에서 흙방울을 내리며 목덜미로 굴러든다. 어떤 때에는 윗벽의 한쪽이 떨어지며 등을 탕 때리고 부서진다.

그러나 그는 눈도 하나 깜짝하지 않는다. 금을 캔다고 콩밭 하나를 잡쳤다. 약이 올라서 죽을 둥 살 둥 눈이 뒤집힌 이 판이다. 손바닥에 침을 탁 뱉고 곡괭이 자루를 한 번 꼬나 잡더니 쉴 줄 모른다.

등 뒤에서는 흙 긁는 소리가 드윽드윽 난다. 아직도 버력을 다 못친 모양. 이 자식이 일을 하나 시졸 하나. 남은 속이 바작바작 타는데 웬 뱃심이 이리도 좋아.

영식이는 살기 띤 시선으로 고개를 돌렸다. 암 말 없이 수재를 노려본다. 그제야 꾸물꾸물 바지게에 흙을 담고 등에 메고 사다리를 올라간다.

굿이 풀리는지 벽이 우찔하였다. 흙이 부셔져 내린다. 전날이라면 이곳에서 아내 한 번 못 보고 생죽음이나 안 할까 털끝까지 쭈뼛할 게다. 그러나 이젠 그렇게 되고도 싶다. 수재란 놈하고 흙더미에 묻히어 한꺼번에 죽는다면 그게 오히려 날 게다. 이렇게까지 몹시몹시 미웠다.

이놈 풍치는 바람에 애꿎은 콩밭 하나만 결단을 냈다. 뿐만 아니라 모두가 낭패다. 세 벌 논도 못 맸다. 논둑의 풀은 성큼 자란 채어지러이 널려 있다. 이 기미를 알고 지주는 대노하였다. 내년부터는 농사 질 생각을 말라고 발을 굴렀다. 땅은 암만을 파도 지수가 없다. 이만해도 다섯 길은 훨씬 넘었으리라. 좀 더 지퍼야 옳을지, 혹은 북으로 밀어야 옳을지 우두커니 망설거린다. 금점일에는 푸뜸이다. 입대껏 수재의 지휘를 받아 일을 하여 왔고, 앞으로도 역시 그러해야 금을 딸 것이다. 그러나 그런 칙칙한 짓은 안 한다.

"이리 와 이것 좀 파게."

그는 어쓴 위풍을 보이며 이렇게 분부하였다. 그리고 저는 일어나 손을 털며 뒤로 물러선다.

수재는 군말 없이 고분하였다. 시키는 대로 땅에 무릎을 꿇고 벽채로 군 버력을 긁어낸 다음 다시 파기 시작한다.

영식이는 치다 나머지 버력을 짊어진다. 커단 걸대를 뒤뚱거리며

사다리로 기어오른다. 굿문을 나와 버력더미에 흙을 마악 내치려 할 제,

"왜 또 파. 이것들이 미쳤나 그래!"

산에서 내려오는 마름과 맞닥뜨렸다. 정신이 떠름하여 그대로 병병히 섰다. 오늘은 또 무슨 포악을 들으려는가.

"말라니까 왜 또 파는 게야."

하고 영식이의 바지게 뒤를 지팡이로 콱 찌르더니,

"갈아 먹으라는 밭이지 흙 쓰고 들어가라는 거야, 이 미친 것들아. 콩밭에서 웬 금이 나온다구 이 지랄들이야 그래."

하고 목에 핏대를 올린다. 밭을 버리면 간수 잘못한 자기 탓이다. 날마다 와서 그 북새를 피고 금하여도 담날 보면 또 여전히 파는 것이다.

"오늘로 이 구덩이를 도로 묻어 놔야지. 낼로 당장 징역 갈 줄 알게."

너무 감정에 격하여 말도 잘 안 나오고 떠듬떠듬거린다. 주먹은 곧 날아들 듯이 허구리께서 불불 떤다.

"오늘만 좀 해보고 고만 두겠어유."

영식이는 낯이 붉어지며 가까스로 한 마디 하였다. 그리고 무턱대고 빌었다. 마름은 들은 척도 안 하고 가버린다. 그 뒷모양을 영식이는 멀거니 배웅하였다. 그러나 콩밭 낯짝을 들여다보니 무던히 애통 터진다. 멀쩡한 밭에가 구멍이 사면 풍풍 뚫렸다.

예제없이 버력은 무더기 무더기 쌓였다. 마치 사태 만난 공동묘지와도 같이 귀살적고 되우 을씨년스럽다. 그다지 잘 되었던 콩포기는 거반 버력 더미에 다아 깔려 버리고 군데군데 어쩌다 남은 놈들만이 고개를 나폴거린다. 그 꼴을 보는 것도 자식 죽는 걸 보는 게

낮지 차마 못할 경상이었다. 농토는 모조리 떨어질 것이다. 그러나 대관절 올 밭 도지벼 두 섬 반은 뭘로 해내야 좋을지. 게다 밭을 망쳤으니 자칫하면 징역을 갈는지도 모른다. 영식이가 구덩이 안으로 들어왔을 때 동무는 땅에 주저앉아 쉬고 있었다. 태연 무심히 담배만 뻑뻑 피는 것이다.

"언제나 줄을 잡는 거야."

"인제 차차 나오겠지."

"인제 나온다."

하고 코웃음치고 엇 먹더니 조금 지나매,

"이새끼."

흙덩이를 집어 들고 골통을 내려친다.

수재는 어쿠 하고 그대로 폭 엎드린다. 그러나 벌떡 일어선다. 눈에 띄는 대로 곡괭이를 잡자 대뜸 달려들었다. 그러나 강약이 부동. 와살스러운 팔뚝에 퉁겨져 벽에 가서 쿵 하고 떨어졌다. 그 순간에 제가 빼앗긴 곡괭이가 정수리를 겨누고 날아드는 걸 보았다. 고개를 홱 돌린다. 곡괭이는 흙벽을 퍽 찍고 다시 나간다.

수재 이름만 들어도 영식이는 이가 갈렸다. 분명히 홀딱 속은 것이다.

영식이는 본디 금점에 이력이 없었다. 그리고 흥미도 없었다. 다만 밭고랑에 웅크리고 앉아서 땀을 흘려 가며 꾸벅꾸벅 일만 하였다. 올엔 콩도 뜻밖에 잘 열리고 맘이 좀 놓였다.

하루는 홀로 김을 매고 있노라니까,

"여보게, 덥지 않은가. 좀 쉬었다 하게."

고개를 들어보니 수재다. 농사는 안 짓고 금점으로만 돌아다니더

니 무슨 바람에 또 왔는지 싱글벙글한다. 좋은 수나 걸렸나 하고,

"돈 좀 많이 벌었나. 나 좀 줴 주게."

"벌구 말구. 맘껏 먹고 맘껏 쓰고 했네."

술에 거나한 얼굴로 신껏 주절거린다. 그리고 밭머리에 쭈그리구 앉아 한참 객설을 부리더니,

"자네 돈벌이 좀 안 하려나. 이 밭에 금이 묻혔네. 금이."

"뭐?"

하니까, 바로 이 산 너머 큰 골에 광산이 있  다. 광부를 삼백여 명이나 부리는 노다지판 인데 매일 소출되는 금이 칠십 냥을 넘는다. 돈으로 치면 칠천 원. 그 줄맥이 큰 산허리 를 뚫고 이 콩밭으로 나왔다는 것이다. 둘이서 파면 불과 열흘 안에 줄을 잡을 게고, 적어도 하루 서 돈씩은 따리라. 우선 삼십 원만 해 두 얼마냐. 소를 산대도 반 필이 아니냐고. 그러나 영식이는 귀담아 듣지 않았다. 금점이란 칼 물고 뜀뛰기다. 잘되면이어니와 못 되면 신세만 조진다. 이렇게 전일부터 들은 소리가 있어서였다. 그 담날 도 와서 꾀음거리다 갔다.

셋째 번에는 집으로 찾아왔는데 막걸리를 한 병을 손에 떡 들고 영을 피운다. 몸이 달아서 또 온 것이었다. 봉당에 걸터앉아서 저녁 상을 물끄러미 바라보더니 조당수는 몸이 홅인다는 둥 일꾼은 든든 히 먹어야 한다는 둥 남들은 논을 사느니 밭을 사느니 떠드는데 요 렇게 지내다 그만둘 테냐는 둥 일쩝게 지껄인다.

"아주머니, 이것 좀 먹게 해주시게유."

그리고 비로소 영식이 아내에게 술병을 내놓는다. 그들은 밥상을 끼고 앉아서 즐겁게 술을 마셨다. 몇 잔이 들어가고 보니 영식의 생

각도 적이 돌아섰다. 딴은 일 년 고생하고 끽 콩 몇 섬 얻어먹느니보다는 금을 캐는 것이 슬기로운 짓이다. 하루에 잘만 캔다면 한 해줄곧 공들인 그 수확보다 훨씬 이익이다. 올봄 보낼 제 비료값, 품삯, 빚해 빚진 칠 원 까닭에 나날이 졸리는 이 판이다. 이렇게 지지하게 살고 말 바에는 차라리 가로지나 세로지나 사내자식이 한 번 해볼 것이다.

"내일부터 우리 파보세. 돈만 있으면이야 그까짓 콩은……."

수재가 안달스레 재우쳐 보챌 제 선뜻 응낙하였다.

"그래 보세. 빌어먹을 거 안 됨 고만이지."

그러나 꽁무니에서 죽을 마시고 있던 아내가 허구리를 쿡쿡 찔렀게 망정이지 그렇지 않았더면 좀 주저할 뻔도 하였다.

아내는 아내대로의 셈이 빨랐다. 시체는 금점이 판을 잡았다. 섣부르게 농사만 짓고 있다간 결국 비렁뱅이밖에는 더 못 된다. 얼마 안 있으면 산이고 밭이고 할 것 없이 다 금쟁이 손에 구멍이 뚫리고 뒤집히고 뒤죽박죽이 될 것이다. 그때는 뭘 파먹고 사나. 자, 보아라. 머슴들은 짜기나 한 듯이 일하다가 말고 후딱하면 금점으로 내빼지 않는가. 일꾼이 없어서 올엔 농사를 질 수 없으니 마느니 하고 동리에서는 떠들썩하다. 그리고 번동 포농이 쫓아 호미를 내던지고 강변으로 개울로 사금을 캐러 달아난다. 그러나 며칠 뒤에는 다비신에다 옥당목을 떨치고 히짜를 뽑는 것이 아닌가. 아내는 콩밭에서 금이 날 줄은 아주 꿈밖이었다. 놀라고도 또 기뻤다. 올해는 노냥 침만 삼키던 그놈 코다리(명태)를 짜장 먹어 보겠구나, 만 하여도 속이 메질 듯이 짜릿하였다. 뒷집 양근댁은 금점 덕택에 남편이 사다준 고무신을 신고 나릿나릿 걷는 것이 무척 부러웠다. 저도 얼른 금이나 펑펑 쏟아지면 흰 고무신도 신고 얼굴에 분도 바르고 하리라.

"그렇게 해보지 뭐. 저 양반 하잔 대로만 하면 어련히 잘 될라구."

얼떨하여 앉았는 남편을 이렇게 추졌던 것이다.

동이 트기 무섭게 콩밭으로 모였다. 수재는 진언이나 하는 듯 이리대고 중얼거리고 저리대고 중얼거리고 하였다. 그리고 덤벙거리며 이리 왔다가 저리 왔다가 하였다. 제 딴은 땅속에 누운 줄맥을 어림하여 보는 맥이었다.

한참을 밭을 헤매다가 산 쪽으로 붙은 한구석에 딱 서며 손가락을 펴들고 설명한다. 큰 줄이란 본시 상원산을 끼고 도는 법이다. 이 줄이 노다지임에는 필시 이편으로 비듬히 누웠으리라. 그러니 여기서부터 파들어 가자는 것이었다.

영식이는 그 말이 무슨 소린지 새기지는 못하였다. 마는 금점에는 난다는 수재이니 그 말대로 하기만 하면 영락없이 금퇴야 나겠지 하고 그것만 꼭 믿었다. 군말 없이 지시해 받은 곳에다 삽을 푹 꽂고 파헤치기 시작하였다.

금도 금이면 앨써 키워온 콩도 콩이었다. 거진 다 자란 허울 멀쑥한 놈들이 삽 끝에 으스러지고 흙에 묻히고 하는 것이다. 그걸 보는 것은 썩 속이 아팠다. 애틋한 생각이 물밀 때 가끔 삽을 놓고 허리를 구부려서 콩잎의 흙을 털어 주기도 하였다.

"아, 이 사람아. 맥적게 그건 봐 뭘해, 금을 캐자니깐."

"아니야. 허리가 좀⋯⋯."

핀잔을 얻어먹고는 좀 열적이었다. 하기는 금만 잘 터져 나오면 이까짓 콩밭쯤이야. 이 밭을 풀어 논도 만들 수 있을 것이다. 눈을 감아 버리고 삽의 흙을 아무렇게나 공잎 위로 홱홱 내던진다.

"구구루 땅이나 파먹지 이게 무슨 지랄들이야!"

동리 노인은 뻔찔 찾아와서 귀 거친 소리를 하고 하였다.

밭에 구멍을 셋이나 뚫었다. 그리고 대구 뚫는 길이었다. 금인가 난장을 맞을 건가 그것 때문에 농군은 버렸다. 이게 필연코 세상이 망하려는 징조이리라. 그 소중한 밭에다 구멍을 뚫고 이 지랄이니 그놈이 온전할 겐가.

노인은 제물 화에 지팡이를 들어 삿대질을 아니 할 수 없었다.

"벼락 맞느니 벼락 맞어."

"염려 말아유. 누가 알래지유."

영식이는 그럴 적마다 데퉁스레 쏘았다. 골김에 흙을 되는 대로 내꼰지고는 침을 탁 뱉고 구덩이로 들어간다. 그러나 마음 한구석에는 언제나 끄은 하였다. 줄을 찾는다고 콩밭을 통히 뒤집어 놓았다. 그리고 줄이 언제나 나올지 아직 까맣다. 논도 못 대고 물도 못 보고 벼가 어이 되었는지 그것조차 모른다. 밤에는 잠이 안 와 멀뚱하니 애를 태웠다.

수재는 낙담하는 기색도 없이 늘 하낭이었다. 땅에 웅숭그리고 시적시적 노량으로 땅만 판다.

"줄이 꼭 나오겠나?"

하고 목이 말라서 물으면,

"이번에 안 나오거든 내 목을 베게."

서슴지 않고 장담을 하고는 꿋꿋하였다.

이걸 보면 영식이도 마음이 좀 뇌는 듯싶었다. 전들 금이 없었다면 무슨 멋으로 이 고생을 하랴. 반드시 금은 나올 것이다. 그제서는 이왕 손해는 하릴없거니와 그만두리라는 절망이 스스로 사라지고 다시금 주먹이 쥐어지는 것이었다.

캄캄하게 밤은 어두웠다. 어디선가 뭇개가 요란히 짖어 댄다.

남편은 진흙투성이를 하고 내려왔다. 풀이 죽어서 몸을 잘 가꾸
지도 못하고 아랫목에 축 늘어진다.

이 꼴을 보니 아내는 맥이 다시 풀린다. 오늘도 또 글렀구나. 금
이 터지며는 집을 한 채 산다고 자랑을 왔더니 이내 헛일이었다.

인제 좌기가 나서 낯을 들고 나갈 염의조차 없어졌다.

남편에게 저녁을 갖다 주고 딱하게 바라본다.

"인젠 꾸온 양식도 다 먹었는데……."

"새벽에 산제를 좀 지낼 텐데 한 번만 더 꿔와."

남의 말에는 대답 없고 유하게 흘게 늦은 소리뿐 그리고 드러누운 채 눈을 지그시 감아 버린다.

"죽거리두 없는데 산제는 무슨……."

"듣기 싫어, 요망 맞은 년 같으니."

이 호통에 아내는 고만 멈씰하였다. 요즘 와서는 무턱대고 공연스레 골만 내는 남편이 영 딱하였다. 환장을 하는지 밤잠도 아니 자고 소리만 빽빽 지르며 덤벼들려고 든다. 심지어 어린 것이 좀 울어도 이 자식 갖다 내꾼지라고 북새를 피는 것이다.

저녁을 아니 먹으므로 그냥 치워 버렸다. 남편의 영을 거역키 어려워 양근댁한테로 또다시 안 갈 수 없다. 그간 양식은 줄곧 꾸어다 먹고 갚지도 못하였는데 또 무슨 면목으로 입을 벌릴지 난처한 노릇이었다.

그는 생각다 끝에 있는 염치를 보째 쏟아 던지고 다시 한 번 찾아가는 것이다. 마는 딱 맞닥뜨리어 입을 열고,

"낼 산제를 지낸다는데 쌀이 있어야지유."

하자니 역 낯이 화끈하고 모닥불이 날아든다.

그러나 그들은 어지간히 착한 사람이었다.

"암 그렇지요. 산신이 벗나면 죽도 글릅니다."

하고 말을 받으며 그 남편은 빙그레 웃는다. 워낙이 금점에 장구 닳아난 몸인 만치 이런 일에는 적잖이 속이 틔었다. 손수 쌀 닷 되를 떠다 주며,

"산제란 안 지냄 몰라두 이왕 지낼려면 아주 정성껏 해야 됩니다. 산신이란 노하길 잘 하니까유."

하고 그 비방까지 깨쳐 보낸다.

쌀을 받아들고 나오며 처는 고마움보다 먼저 미안에 질리어 얼굴이 다시 빨개졌다. 그리고 그들 부부 살아가는 살림이 참으로 몹시 부러웠다. 양근댁 남편은 날마다 금점으로 감돌며 버력더미를 뒤지고 토록을 주워 온다. 그걸 온종일 장판돌에다 갈면 수가 좋으면 이삼 원, 옥아도 칠팔십 전 꼴은 매일 셈이 되는 것이었다. 그러면 쌀을 산다, 피륙을 끊는다, 떡을 한다, 장리를 놓는다—그런데 우리는 왜 늘 요꼴인지 생각만 하여도 가슴이 메는 듯 맥맥한 한숨이 연발을 하는 것이었다.

아내는 집에 돌아와 떡살을 담그었다. 낼은 물로 죽을 쑤어 먹는지. 윗목에 웅크리고 앉아서 맞은쪽에 자빠져 있는 남편을 곁눈으로 살짝 할퀴어본다. 남들은 돌아다니며 잘두 금을 주워 오련만 저 망난이 제 밭 하나를 다 버려도 금 한 톨 못 주워 오나. 에에 변변치도 못한 사나이. 저도 모르게 얕은 한숨이 거푸 두 번을 터진다.

밤이 이슥하여 그들 양주는 떡을 하러 나왔다. 남편은 절구에 쿵쿵 빻았다. 그러나 체가 없다. 동네로 돌아다니며 빌려 오느라고 아내는 다리에 불풍이 났다.

"왜 이리 앉았수, 불 좀 지피지."

떡을 찧다가 얼이 빠져서 멍하니 앉았는 남편이 밉살스럽다. 남은 이래저래 애를 죄는데 저건 무슨 생각을 하고 저리 있는 건지. 낫으로 삭정이를 탁탁 쪼개서 던져 주며 아내는 은근히 혹닥이었다.

닭이 두 홰를 치고 나서야 떡은 되었다. 아내는 시루를 이고 남편은 겨드랑이에 자리뙈기를 꼈다.

그리고 캄캄한 산길을 올라간다.

비탈길을 얼마 올라가서야 콩밭은 놓였다. 전면이 우뚝한 검은 산에 둘리어 막힌 곳이었다. 가장자리로 느티 대추나무들은 머리를 풀었다. 밭머리 조금 못 미쳐 남편은 걸음을 멈추자 뒤의 아내를 돌아본다.

"인내, 그리구 여기 가만히 섰어."

시루를 받아 한 팔로 껴안고 그는 혼자서 콩밭으로 올라섰다. 앞에 쌓인 것이 모두가 흙더미, 그 흙더미를 마악 돌아서려 할 제 아마 돌을 찼나 보다. 몸이 쓰러지려고 우지끈 하니 아내가 기겁을 하여 뛰어오르며 그를 부축하였다.

"부정 타라구 왜 올라와. 요망 맞은 년."

남편은 몸을 고루잡자 소리를 뻑 지르며 아내 얼뺨을 붙인다. 가뜩이나 죽어라 죽어라 하는데 불길하게도 계집년이. 그는 마뜩지 않게 두덜거리며 밭으로 들어간다.

밭 한가운데다 자리를 펴고 그 위에 시루를 놓았다. 그리고 시루 앞에다 공손하고 정성스레 재배를 커다랗게 한다.

"우리를 살려 줍시사. 산신께서 거들어 주지 않으면 저희는 죽을밖에 꼼짝할 수 없습니다유."

그는 손을 모으고 이렇게 축원하였다.

아내는 이 꼴을 바라보며 독이 뽀록같이 올랐다. 금점을 합네 하고 금 한 톨 못 캐는 것이 버릇만 점점 글러 간다. 그전에는 없더니 요새로 건듯하면 탕탕 때리는 못된 버릇이 생긴 것이다. 금을 캐랬지 뺨을 치랬나. 제발 덕분에 그놈의 금 좀 나오지 말았으면. 그는 뺨맞은 앙심

44

으로 맘껏 방자하였다.

하긴 아내의 말 고대로 되었다. 열흘이 썩 넘어도 산신은 깜깜 무소식이었다. 남편은 밤낮으로 눈을 까뒤집고 구덩이에 묻혀 있었다. 어쩌다 집엘 내려오는 때이면 얼굴이 헐떡하고 어깨가 축 늘어지고 거반 병객이었다. 그러고서 잠자코 커단 몸집을 방고래에다 쿵, 하고 내던지고 하는 것이다.

"제에미 붙을, 죽어나 버렸으면."

혹은 이렇게 탄식하기도 하였다.

아내는 바가지에 점심을 이고서 집을 나섰다. 젖먹이는 등을 두드리며 좋다고 끽끽거린다.

이젠 흰 고무신이고 코다리고 생각조차 물렸다. 그리고 금 하는 소리만 들어도 입에 신물이 날 만큼 되었다. 그건 고사하고 꿔다 먹은 양식에 졸리지나 말았으면 그만도 좋으리마는.

가을은 논으로 밭으로 누렇게 내렸다. 농군들은 기꺼운 낯을 하고 서로 만나면 흥거운 농담, 그러나 남편은 앰한 밭만 망치고 논조차 건살 못 하였으니 이 가을에는 뭘 거둬들이고 뭘 즐겨할는지. 그는 동리 사람의 이목이 부끄러워 산길로 돌았다.

솔숲을 나서서 멀리 밭에를 바라보니 둘이 다 나와 있다. 오늘도 또 싸운 모양. 하나는 이쪽 흙더미에 앉았고 하나는 저쪽에 앉았고, 서로를 외면하여 담배만 뻑뻑 피운다.

"점심을 잡숫게유."

남편 앞에 바가지를 내려 놓으며 가만히 맥을 보았다.

남편은 적삼이 찢어지고 얼굴에 생채기를 내었다. 그리고 팔을 걷고 먼 산을 향하여 묵묵히 앉았다.

수재는 흙에 박혔다 나왔는지 얼굴은커녕 귓속드리 흙투성이다. 코밑에는 피딱지가 말라붙었고 아직도 조금씩 피가 흘러내린다. 영식이 처를 보더니 열적은 모양. 고개를 돌리어 모로 떨어치며 입맛만 쩍쩍 다신다.

금을 캐라니까 밤낮 피만 내다 말라는가. 빚에 졸리어 남은 속을 볶는데 무슨 호강이 이 지랄들인구. 아내는 못마땅하여 눈가에 살을 모았다.

"산제 지낸다구 꿔온 것은 은제나 갚는다지유?"

뚱하고 있는 남편을 향하여 말끝을 꼬부린다. 그러나 남편은 눈썹 하나 까딱하지 않는다. 이번에는 어조를 좀 돋우며,

"갚지도 못할 걸 왜 꿔오라 했지유!"

하고 얼추 호령이었다.

이 말은 남편의 채 가라앉지도 못한 분통을 다시 건드린다. 그는 벌떡 일어서며 황밤주먹을 쥐어 창망할 만치 아내의 골통을 후렸다.

"계집년이 방정맞게."

다른 것은 모르나 주먹에는 아찔이었다. 멋없이 덤비다간 골통이 부서진다. 암상을 참고 바르고 하다가 이윽고 아내는 등에 업은 애를 끌어 들었다. 남편에게로 그대로 밀어 던지니 아이는 까르륵 하고 숨 모는 소리를 친다. 그리고 아내는 돌아서서 혼잣말로,

"콩밭에서 금을 딴다는 숙맥도 있담."

하고 빗대 놓고 비양거린다.

"이년아, 뭐!"

남편은 대뜸 달려들며 그 볼때기에다 다시 올찬 황밤을 주었다. 저그나면 계집이니 위로도 하여 주련만 요건 분만 폭폭 질러 놓려

나. 예이, 빌어먹을 거, 이판사판이다.

"너하고 안 산다. 오늘루 가거라."

아내를 외락 떠다밀어 밭둑에 젖혀 놓고 그 허구리를 발길로 퍽 질렀다.

아내는 입을 헉 하고 벌린다.

"네가 허라구 옆구리를 쿡쿡 찌를 제는 은제냐, 요 집안 망할 년."

그리고 다시 퍽 질렀다. 연하여 또 퍽.

이 꼴들을 보니 수재는 조바심이 일었다. 저러다가 그 분풀이가 다시 제게로 슬그머니 옮아올 것을 지레 채었다. 인제 걸리면 죽는다. 그는 비슬비슬하다 어느 틈엔가 구덩이 속으로 사나브로 없어져 버린다. 볕은 다사로운 가을 향취를 풍긴다. 주인을 잃고 콩은 무거운 열매를 둥글둥글 흙에 굴린다. 맞은쪽 산 밑에서 벼들을 베며 기뻐하는 농군의 노래.

"터졌네, 터져."

수재는 눈이 휘둥그렇게 굿문을 뛰어 나오며 소리를 친다. 손에는 흙 한 줌이 잔뜩 쥐었다.

"뭐?"

하다가,

"금줄 잡았어, 금줄."

"응!"

하고 외마디를 뒤남기자 영식이는 수재 앞으로 살같이 달려들었다. 허겁지겁 그 흙을 받아 들고 샅샅이 헤쳐 보니 딴은 재래에 보지 못하던 불그죽죽한 황토이었다. 그는 눈에 눈물이 핑 돌며,

"이게 원줄인가?"

"그럼 이것이 곱색줄이라네. 한 포에 댓 돈씩이 넉넉 잡히대."

영식이는 기쁨보다 먼저 기가 탁 막혔다. 웃어야 옳을지 울어야 옳을지. 다만 입을 반쯤 벌린 채 수재의 얼굴만 멍하니 바라본다.

"이리와 봐. 이게 금이래."

이윽고 남편은 아내를 부른다. 그리고 내 뭐랬어, 그러게 해보라고 그랬지, 하고 설면설면 덤벼 오는 아내가 한결 어여뻤다. 그는 엄지손가락으로 아내의 눈물을 지워 주고 그리고 나서 껑충거리면서 구덩이로 들어간다.

"그 흙 속에 금이 있지요?"

영식이 처가 너무 기뻐서 코다리에 고래등 같은 집까지 연상할 제 수재는 시원스러이,

"네, 한 포대에 오십 원씩 나와유."

하고 대답하고 오늘밤에는 정녕코 꼭 달아나리라 생각하였다.

거짓말이란 오래 못 간다. 봉이 나서 뼈다귀도 못 추리기 전에 훨훨 벗어나는 게 상책이겠다.

산골

산

머리 위에서 굽어보던 해님이 서쪽으로 기울어 나무에 긴 꼬리가 달렸건만 나물 뜯을 생각은 않고 이쁜이는 늙은 잣나무 허리에 등을 비껴대고 먼 하늘만 이렇게 하염없이 바라보고 섰다.

하늘은 맑게 개고 이쪽저쪽으로 뭉굴뭉굴 피어오른 흰 꽃송이는 곱게도 움직인다. 저것도 구름인지 학들은 쌍쌍이 짝을 짓고 그 새로 날아들며 끼리끼리 어르는 소리가 이 수풍까지 멀리 흘러내린다.

갖가지 나무들은 사방에 잎이 우겄고 땡볕에 그 잎을 펴들고 너훌너훌 바람과 아울러 산골의 향기를 자랑한다.

그 공중에는 나는 꾀꼬리가 어여쁘고―노란 날개를 팔딱이고 이 가지 저 가지로 옮아앉으며 흥에 겨운 행복을 노래 부른다.

―고오이! 고이고오이!

요렇게 아양스레 노래도 부르고―.

―담배 먹구 꼴비어!

맞은쪽 저 바위 밑은 필시 호랑님의 드나드는 굴이리라. 음침한 그 위에는 가시덤불 다래덩굴이 어지러이 엉클리어 지붕이 되어 있고 이것도 돌이랄지 연녹색 털복숭아는 올망졸망 놓였고 그리고 오늘도 어김없이 뻐꾸기는 날아와 그 잔등에 다리를 머무르며―.

―뻐꾹! 뻐국! 뻑뻐국!

어느덧 이쁜이는 눈시울에 구슬방울이 맺히기 시작한다. 그리고 나물바구니가 툭, 하고 땅에 떨어지자 두 손에 펴든 치마폭으로 그 새 얼굴을 폭 가리고는 이쁜이는 흐륵흐륵 마냥 느끼며 울고 섰다. 이제야 후회 나노니 도련님 공부하러 성루로 떠나실 때 저도 간다고 왜 좀 더 붙들고 늘어지지 못했던가. 생각하면 할수록 가슴만 미어질 노릇이다. 그러나 마님의 눈을 어기어 자그만 보따리를 옆에 끼고 산속으로 이십 리나 넘어 따라갔던 이쁜이는 산등을 질러갔고 으슥한 고갯마루에서 기다리고 섰다가 넘어 오시는 도련님의 손목을 꼭 붙잡고,

"난 안 데려 가지유!"

하고 애원 못한 것도 아니나 공연스레 눈물부터 앞을 가렸고 도련님이 놀라며,

"너, 왜 오니? 여름에 꼭 온다니까. 어여 들어가라."

하고 역정을 내심에는 그만 두려웠으나, 그래도 날 데려 가라구 그 몸에 매달리니 도련님은 얼마를 벙벙히 그냥 섰다가,

"울지 마라. 이쁜아, 그럼 내 서울 가 자리나 잡거든 널 데려 가마." 하고 등을 두드리며 달랠 제 만일 이 말에 이쁜이가 솔깃하여 곧이듣지만 않았던들 도련님의 그 손을 안타까이 놓지는 않았던 걸―.

"정말 꼭 데려 가지유?"

"그럼 한 달 후에면 꼭 데려 가마."

"난 그럼 기달릴 테야유!"

그리고 아침 햇발에 비끼는 도련님의 옷자락이 산등으로 꼬불꼬불 저 멀리 사라지고 아주 보이지 않을 때까지 이쁜이는 남이 볼까 하여 피어 흩어진 개나리 속에 몸을 숨기고 치마끈을 입에 물고는 눈물로 배웅하였던 것이 아니런가. 이렇게도 철석같이 다짐을 두고

가시더니 그 한 달이란 대체 얼마나 되는 겐지 몇 한 달이 거듭 지나고 돌도 넘었으련만 도련님은 이렇다 소식 하나 전할 줄조차 모르신다.

실토로 터놓고 말하자면 이 잣나무 아래에서 도련님과 맨 처음 눈이 맞을 제 이쁜이가 먼저 그러자고 한 것도 아니련만—이쁜이 어머니가 마님댁 씨종이고 보면 그 딸 이쁜이는 잘 따져야 씨의 씨종이니 하잘것없는 계집애이어늘 이쁜이는 제 몸이 이럼을 알고 시내에서 홀로 빨래를 할 제이면 도련님이 가끔 덤벼들어 이게 장난이겠지, 품에 꼭 껴안고 뺨을 깨물어 뜯는 그 꼴이 숭굴숭굴하고 밉지는 않았으나 그러나 이쁜이는 감히 그런 생각을 먹어본 적이 없었다. 그날도 마님이 구미가 젖혀지셨다고 얘 이쁜아, 나물 좀 뜯어온, 하실 때 이쁜이는 퍽이나 반가웠고 아침밥도 몇 술로 겉날리고 바구니를 동무 삼아 집을 나섰으니 나이 아직 열여섯이라, 마님에게 귀여움을 받는 것이 다만 좋았고 칠칠한 나물을 뜯어 드리고자 한사코 이 험한 산속으로 기어올랐다.

풀잎의 이슬은 아직 다 마르지 않았고 바위 틈바구니에 흩어진 잔디에는 커다란 구렁이가 똬리를 틀고서 떡비구리 한 놈을 우물거리고 있는 중이며 이쁜이는 쌔근쌔근 가쁜 숨을 쉬어 가며 그걸 가만히 들여다보고 섰다가 바로 발 앞에 도라지순이 있음을 발견하고 꼬챙이로 마악 캐려 할 즈음 등뒤에서 뜻밖에 발자국 소리가 들리는 것이 아닌가. 깜짝 놀라며 고개를 돌려보니 언제 어디로 따라왔던가, 도련님은 물푸레나무 토막을 한 손에 지팡이로 짚고 붉은 얼굴이 땀바가지가 되어 식식거리며 그리고 싱글싱글 웃고 있다. 그 모양이 하도 수상하여 이쁜이는 눈을 똥그랗게 뜨고 바라보니 도련님은 좀 면구쩍은지 낯을 모로 돌리며 그러나 여일히 싱글싱글 웃

으며 뱃심 유한 소리가,

"난 지팡이 꺾으러 왔다."

그렇지마는 이쁜이는 며칠 전 마님이 불러 세우고 너 도련님하구 같이 다니면 매맞는다, 하시던 그 꾸지람을 얼른 생각하고,

"왜 따라왔지유. 마님 아시면 남 매 맞으라구?"

하고 암팡스레 쏘았으나 도련님은 귓등으로 듣는지 그래도 여전히 싱글거리며 뱃심 유한 소리로,

"난 지팡이 꺾으러 왔다."

그제야 이쁜이는 성을 안 낼 수가 없고,

"마님께 나 매 맞어두 난 몰라."

혼잣말로 이렇게 되알지게 쫑알거리고, 너야 가든 말든 하라는 듯이 고개를 돌리어 아까의 도라지를 다시 캐자느라니 도련님은 무턱대고 그냥 와락 달려들어,

"너 맞는 거 나는 알지."

이쁜이를 뒤로 꼭 붙들고 땀이 쭉 흐른 그 뺨을 또 잔뜩 깨물고는 놓지 않는다. 이쁜이는 어려서부터 도련님과 같이 자랐고 같이 놀았으되 제가 먼저 그런 생각을 두었다면 도련님을 벌컥 떠다 밀어 바위 너머로 곤두박히게 했을 리 만무이었고 궁뎅이를 털고 일어나며 도련님이 무색하여 멀거니 쳐다보고 입맛만 다시니 이쁜이는 그 꼴이 보기 가엾고 죄를 저지른 제 몸에 대하여 죄송한 자책이 없던 바도 아니언마는 다시 손목을 잡히고 이 잣나무 밑으로 끌릴 제에는 온힘을 다하여 그 손깍지를 버리며 야단친 것도 사실이 아닌 건 아니나, 그러나 어딘가 마음 한편에 앙살을 피면서

도 넉히 끌려가도록 도련님의 힘이 좀더 좀더 하는 생각이 전혀 없
었다면 그것은 거짓말이 되고 말 것이다. 물론 이쁜이가 얼굴이 빨
개지며 앙큼스러운 생각을 먹은 것은 바로 이때이었고,

"난 몰라 마님께 여쭐 터이야, 난 몰라!"

하고, 적잖이 조바심을 태우면서도 도련님의 속맘을 한 번 뜯어
보고자,

"누가 종두 이러는 거야?"

하고 손을 뿌리치며 되우 호령을 하고 보니, 도련님은 이 깊고 외
진 산속임에도 귀에다 입을 갖다대고 가만히 속삭이는 그 말이,

"너 나하고 멀리 도망가지 않으련!"

그러니 이쁜이는 이 말을 참으로 꼭 곧이들었고 사내가 이렇게
겁을 집어먹는 수도 있는지 도련님이 땅에 떨어지는 성냥갑을 호주
머니에 다시 집어널 줄도 모르고 덤벙거리며 산 아래로 꽁지를 뺄
때까지 이쁜이는 잣나무 뿌리를 베고 풀밭에 번듯이 드러누운 채
푸른 하늘을 바라보며 인제 멀리만 달아나면 나는 저 도련님의 아
씨가 되려니 하는 생각에 진상할 나물 캘 생각조차 잊고 말았다. 그
러나 조금 지나며 이쁜이는 어쩐지 저도 겁이 나는 듯싶었고 발딱
일어나 사면을 휘둘아 보았으나 거기에는 험상스러운 바위와 우거
진 숲이 있을 뿐 본 사람은 하나도 없으련만 아마 산이 험한 탓일지
도 모르리라. 가슴은 여전히 달랑거리고 두려우면서 그러나 이 몸
뚱이를 제 품에 꼭 품고 같이 뒹굴고 싶은 안타까운 그런
행복이 느껴지지 않은 것도 아니었으니, 도련님은 이렇
게 정을 들이고 가시고는 이제 와서는 생판 모르는 체
하시는 거나 아닐는가—.

마 을

두 손등으로 눈물을 씻고 고개는 어레 들었으나 나물 뜯을 생각은 않고 이쁜이는 늙은 잣나무 밑에 앉아서 먼 하늘을 치켜대고 도련님 생각에 이렇게도 넋을 잃는다.

이제 와 생각하면 야속도 스럽나니, 마님께 매를 맞도록 한 것도 결국 도련님이었고 벌욕을 다 당하게 한 것도 결국 도련님이 아니었던가―.

매일과 같이 산엘 올라다닌 지 단 나흘이 못 되어 마님은 눈치를 채셨는지 혹은 짐작만 하셨는지 저녁때 기진하며 내려오는 이쁜이를 불러 앉히시고,

"너 요년 바른 대로 말해야지 죽인다."

하고 회초리로 때리시되 볼기짝이 톡톡 불거지도록 하시었고 그래도 안차게 아니라고 고집을 쓰니 이번에는 어머니가 달려들어 머리채를 휘감고 주먹으로 등어리를 서너 번 쾅쾅 때리더니, 그만도 좋으련만 뜰아랫방에 갖다 가두고는 사날씩이나 바깥 구경을 못 하게 하고 구메밥으로 구박을 막 함에는 이쁜이는 짜장 서럽지 않을 수가 없었다. 징역살이 맨 마지막 밤이 깊었을 제 이쁜이는 너무 원통하여 혼자 앉아서 울다가 자리에 누운 어머니의 허리를 꼭 끼고 그 품속으로 기어들며,

"어머니 나 데련님하고 살 테야."

하고 그예 저의 속증을 토설하니 어머니는 들었는지 말었는지 그냥 잠잠히 누웠더니 한참 후 후유, 하고 한숨을 내뿜을 때에는 이미 눈에 눈물이 그렁그렁하였고, 그리고 또 한참 있더니 입을 열어 하

는 이야기가 지금 이렇게 늙었으나 자기도 색시 때에는 이쁜이만치 어여뻤고 얼마나 맵시가 출중났던지 노나리와 은근히 배가 맞았으나 몇 달이 못 가서 노마님이 이걸 아시고 하루는 불러 세고 때리시다가 마침내 셈에 못 이기어 인두로 하초를 지지려고 들어 덤비신 일이 있다고 일러 주고 다시 몇 번 몇 번 당부하여 말하되 석숭네가 벌써부터 말을 건네는 중이니 도련님에게 맘을랑 두지 말고 몸 잘 갖고 있으라 하고 딱 떼는 것이 아닌가, 하기야 이쁜이가 무남독녀의 귀여운 외딸이 아니었더런들 사흘 후에도 바깥에 나올 수 없었으려니와 비로소 대문을 나와 보니 그간 세상이 좀 넓어진 것 같고 마치 우리를 벗어난 짐승과 같이 몸의 가뜬함을 느꼈고 흉측스러운 산으로 삥삥 둘러싼 이 산골에서 벗어나 넓은 버덩으로 나간다면 기쁘기가 이보다 좀 더하리라 생각도 하여 보고 어머니의 영대로 고추밭을 매러 개울길로 내려가려니까 왼편 수풀 속에서 도련님이 불쑥 튀어나오며 또 붙들고 벌에 안 갈 테냐고 대구 보챈다. 읍에 가 학교를 다니다가 요즘 방학이 되어 집에 돌아온 뒤로는 공부는 할 생각 않고 날이면 날 저무도록 저만 이렇게 붙잡으러 다니는 도련님이 딱도 하거니와 한편 마님도 무섭고 또는 모처럼 용서를 받는 길로 그리고 보면 이번에는 호되이 불이 내릴 것을 알고 이쁜이는 오늘은 안 되니 낼 모레쯤 가자고 좋게 달래 가며 그래도 듣지 않고 굳이 가자고 성화를 하는 데는 할 수 없이 몸을 뿌리치고 삥소니를 놀 수밖에 딴 도리가 없었다. 구질구질히 내리던 비로 말미암아 한동안 손을 못 댄 고추밭은 풀들이 제법 성큼히 엉기었고 어디서부터 시작해야 좋을지 갈피를 모르겠는데 이쁜이는 되는 대로 한편 구석에 치마를 도사리고 앉아서 이것도 명색은 김매는 거겠지, 호미로 흙등만 따짝거리며 정작 정신은 어제 밤 좋은 상전과 못 사는 법이라던 어머니 말이 옳은지 그른지 그것만 일념으로 아로새기며 이리 씹고 저리도 씹어 본다. 그러나 이쁜이는 아무렇게도 나는 도련님과 꼭 살아 보겠다, 혼자 맹세하고 제가 아씨가 되면 어머니는 일테면 마님이 되련마는 왜 그리 극성인가 싶어서 좀 야속하였고 해가 한나절이 되어 목덜미를 확확 달일 때까지 이리저리 곰곰 생각하다가 고개를 들어 보매 밭은 여태 한 고랑도 다 끝이 못 났으니 이놈의 밭이, 하고 탓 안 할 탓을 하며 저로도 하품이 나올 만치 어지간히 기가 막혔다. 이번에는 좀 빨랑빨랑 하리라 생각하고 이쁜이는 호미를 잽싸게 놀리며 폭폭 찍고 덤볐으나 그래도 웬일인지 일은 손에 붙지를 않고 그뿐 아니라 등뒤 개울의 덤불에서는 온갖 잡새가 귀둥대둥 멋대로 속삭이고 먼발치에서 풀을 뜯고 있던 황소가 매에 하고 늘어지게도 소리를 내뽑으니 이쁜이는 이걸 듣고 갑자기 몸이 나른해지지 않을 수 없고 밭가에 선 수양버들 그늘에 쓰러져 한잠 들고 싶은 생각이 곧바로 나지마는 어머니가 무서워 차마 그걸 못 하고 만다. 인제는 계집애는 밭일을 안 하도록 법이 됐으면 좋겠다 생각하고 이쁜이는 울화중이 나서 호미를 매꼰지고 얼굴의 땀을 씻으며 앉았느라니까, 들로 보리를 걷으러 가는 길인지 석숭이가 빈 지게를 지고 꺼불꺼불 밭머리에 와 서더니 아주 썩 시통그러지게 입을 삐죽거리면서 이쁜이를 건너대고 하는 소리가,

"너 데련님하구 그랬대지."

새파랗게 간 비수로 가슴을 쭉 내려긋는대도 아마 이토록은 지겹지 않으리라. 마는 이쁜이는 어디서 들었느냐고 따져볼 겨를도 없이 얼굴이 그만 홍당무가 되었고 그놈의 소이로 생각하면 대뜸 들어덤벼 그 귓바퀴라도 물고 늘어질 생각이 곧 간절은 하나 한 죄는

있고 어째볼 용기가 없으며 다만 고개를 폭 수그릴 뿐이다. 그러니까 석숭이는 제가 괜 듯싶어서 이쁜이를 짜장 넘보고 제법 밭 가운데까지 들어와 딱 버티고 서서는 또 한 번 시큰둥하게 그리고 엇먹는 소리로,

"너 데련님하구 그랬대지."

전일 같으면 제가 이쁜이에게 지겟막대기로 볼기 맞을 생각도 않고 감히 이따위 버르장머리는 하기커녕 즈아버지 장사하는 원두막에서 몰래 참외를 따가지고 와서,

"얘 이쁜아, 너 이거 먹어라."

하다가,

"난 네가 주는 건 안 먹을 테야."

하고 몇 번 내뱉음에도 굴치 않고 굳이 먹으라고 떠맡기므로 이쁜이가 마지 못하는 체하고 받아들고는 물론 치마폭에 흙을 싹싹 문대고 나서 깨물고 앉았느라면 아무쪼록 이쁜이 맘에 잘 들도록 호미를 대신 손에 잡기가 무섭게 는실난실 김을 매주었고, 그리고 가끔 이쁜이를 웃겨 주기 위하여 그것도 재주라고 밭고랑에서 잘 봐야 곰 같은 몸뚱이로 이리 뒹굴고 저리 뒹굴고 하였다. 석숭 아버지는 이놈이 또 어디로 내뺐구나 하고 찾아다니다 여길 와보니 매라는 제 밭은 안 매고 남 계집애 밭에 들어와서 대체 원 이게 무슨 노름인지 이 꼴이고 보매 기도 막힐 뿐더러 터지려는 웃음을 억지로 참고 노여운 낯을 지어 가며,

"너 이놈아, 네 밭은 안 매고 남의 밭에 들어와 그게 뭐냐?"

하고 꾸중을 하였지마는 석숭이가 깜짝 놀라서 돌아다 보다 고만 멀쑤룩하여 궁둥이의 흙을 털고 일어서며,

"이쁜이 밭 좀 매주러 왔지 뭘 그래?"

하고 되려 퉁명스러이 뻗댐에는 더 책하지 않고,

"이 망할 자식두 다 많어이!"

하고 돌아서 저리로 가며 보이지 않게 피익 웃고 마는 것인데 그러면 이쁜이는 저의 처지가 꽤 야릇하게 됨을 알고 저기까지 분명

히 들리도록,

"너보고 누가 밭 매달랬어? 가, 어여 가, 가."

하고 다 먹은 참외는 생각 않고 등을 떠다 밀며 구박을 막 하던 이런 터이련만 제가 이제 와 누굴 비위를 긁다니 하늘이 무너지면 졌지 이것은 도시 말이 안 된다.

돌

이쁜이는 남다른 부끄럼으로 온 전신이 확확 다는 듯싶었으나 그러나 조금 뒤에는 무안을 당한 거기에 대갚음이 없어서는 아니 되리라 생각하고 앙칼스러운 역심이 가슴을 쿡 찌를 때에는 어깨뿐만 아니라 등어리 전체가 샐룩거리다가 새침히 발딱 일어나 사방을 훑어보더니 대낮이라 다들 일들 나가고 안 마을에 사람이 없음을 알고 석숭이의 소맷자락을 넌지시 끌며 그 옆 숙성히 자란 수수밭 속으로 들어간다. 밭 한복판은 아늑하고 아무 데도 보이지 않으므로 함부로 떠들어도 괜찮으려니 믿고 이쁜이는 거기다 석숭이를 세워놓자 밭고랑에 널려진 여러 돌 틈에서 맞아죽지 않고 단단히 아플 만한 모리 돌멩이 하나를 집어 들고 그 옆 정강이를 모질게 후려치며,

"이 자식, 뭘 어쩌구 어째?"

하고 딱딱 어르니까 석숭이는 처음에 뭐나 좀 생길까 하고 좋아서 따라왔던 걸 별안간 난데없는 모진 돌만 날아듦에는,

"아야!"

하고 소리치자 똑 선불 맞은 노루 모양으로 한 번 뻐들껑 뛰며 눈

이 그야말로 황방울만해지지 않을 수가 없었다. 그러나 석숭이는 미움보다 앞서느니 기쁨이요 전일에는 그 옆을 지나도 본둥만둥 하고 그리 대단히 여겨 주지 않던 그 이쁜이가 일부러 이리 끌고와 돌로 때리되 정말 아프도록 힘을 들일 만큼 이쁜이에게 있어서는 지금의 저의 존재가 그만큼 끔직함을 그 돌에서 비로소 깨닫고 짖궂이 싱글싱글 웃으며 한 번 더 뒤둥그러진, 그리고 흘개늦은 목소리로,

"뭘 데련님허구 그랬대는데."

하고 놀려 주었다. 이쁜이는,

"뭐 이자식?"

하고 상기된 눈을 똑바로 떴으나 이번에는 돌멩이 집을 생각을 않고 아까부터 겨우 참아 왔던 울음이,

"으응!"

하고 탁 터지자 잡은참 덤벼들어 석숭이 옷가슴에 매달리며 쥐어뜯으니 석숭이는 이쁜이를 울려 논 것은 저의 큰 죄임을 얼른 알고 눈이 휘둥그레서,

"아니다, 아니다, 내 부러 그랬다, 아니다."

하고 입에 부리나케 그러나 손으로 등을 어루만지며,

'아니다'를 여러 십 번을 부른 때에야 간신히 울음을 진정해 놓았고 이쁜이가 아직 느끼는 음성으로 몇 번 당부를 하니,

"인제 남 듣는데 그러면 내 죽일 테야."

"그래 인전 안 그러마."

참으로 이런 나쁜 소리는 다시 입에 담지 않으리라 맹세하였다. 이쁜이도 그제야 마음을 놓고 흔적이 없도록 눈물을 닦으면서,

"다시 그래 봐라 내 죽인다!"

또 한 번 다져 놓고 고추밭으로 도로 나오려 할 제 석숭이가 와락 달려들어 그 허리를 잔뜩 껴안고,

"너 그럼 우리 집에서 나한테로 시집오라니깐 왜 싫다 그랬니?"

하고 설혹 좀 성가시게 굴었다 치더라도 만일 이쁜이가 이 행실을 도련님이 아신다면 담박에 정을 떼시려니 하는 염려만 없었더라면 그리 대수롭지 않은 것을 그토록 오지게 혼을 냈을 리 없었겠고 생각하면 두고두고 입때껏 후회가 나리만치 그렇게 사내의 뺨을 후려친 것도 결국 도련님을 위하는 이쁜이의 깨끗한 정이 아니었던가—.

물

가득히 품에 찬 서러움을 눈물로 가시고 나물바구니를 손에 잡았으니 이쁜이는 다시 일어나 산중턱으로 거친 수풀 속으로 기어내리며 도라지를 하나 둘 캐기 시작한다.

참인지 아닌지 자세히는 모르나 멀리 날아온 풍설을 들어 보면 도련님은 서울 어여쁜 아씨와 다시 정분이 났다 하고 그뿐만도 오히려 좋으련마는 댁의 마님은 마님대로 늙은 총각 오래 두면 병난다 하여 상냥한 아씨만 찾는 길이니 대체 이게 웬 셈인지 이쁜이는 골머리가 아팠고 도라지를 캔다고 꼬챙이를 땅에 꾸욱 꽂으니 그대로 짚고 선 채 해만 점점 부질없이 저물어 간다. 맥을 잃고 다시 내려오다 이쁜이는 앞에 우뚝 솟은 바위를 품에 얼싸안고 그 아래를 굽어보니 험악한 석벽 틈에 맑은 물은 웅성깊이 충충 고이

었고 설핏한 하늘의 붉은 놀 한쪽을 똑 떼들고 푸른 잎새로 전을 둘렀거늘 그 모양이 보기에 퍽도 아름답다. 그걸 거울 삼고 이쁜이는 저 밑에 까맣게 비치는 저의 외양을 또 한 번 고쳐 뜯어보니 한때는 도련님이 조르다 몸살도 나셨으려니와 의복은 비록 추레할망정 저의 눈에도 밉지 않게 생겼고 남 가진 이목구비에 반반도 하련마는 뭔가 부족한지 달리 눈이 맞은 도련님의 심정이 알 수 없고 어느덧 원망스러운 눈물이 눈에서 떨어지니 잔잔한 물면에 물둘레를 치기도 전에 무슨 밥이나 된다고 커다란 꺽찌는 휘영휘영 올라와 꼴딱 받아먹고 들어간다. 이쁜이는 얼빠진 등신같이 맑은 이 물을 가만히 들여다보느라니 불시로 제 몸을 풍 던지어 깨끗이 빠져도 죽고 싶고, 아니 이왕 죽을진댄 정든 님 품에 안겨 같이 풍덩, 빠지어 세상사를 다 잊고 알뜰히 죽고 싶고, 그렇다면 도련님이 이 등에 넓죽 엎디어 뺨에 비벼 대고 그리고 이 물을 같이 굽어보며,

"애, 울지 마라. 내가 가면 설마 아주 가겠니?"

하고 세우 달랠 제 꼭 붙들고 풍덩실 하고 왜 빠지어 못했던가. 시방은 한가도 컸건마는 그 이쁜이는 그리고 삶에 주렸던지,

"정말 올 여름엔 오우?"

하고 아까부터 몇 번 묻던 걸 또 한 번 다져 보았거늘 도련님은 시원스러이 선뜻,

"그럼 오구 말구. 널 두고 안 오겠니!"

하고 대답하고 손에 꺾어들었던 노란 동백꽃을 물 위에 홱 내던지며,

"너 참, 이 물이 무슨 물인지 알면 용치."

눈을 끔벅끔벅 하더니 이야기하여 가로되 옛날에 이 산속에 한 장사가 있었고 나라에서는 그를 잡고자 사방팔면에 군사를 놓았다.

그렇지마는 장사에게는 비호같이 날랜 날개가 돋힌 법이니 공중을 훌훌 나는 그를 잡을 길 없고 머리만 앓던 중 하루는 그예 이 물에서 목욕을 하고 있는 것을 사로잡았다는 것이로되 왜 그러냐 하면 하느님이 잡수시는 깨끗한 이 물을 몸으로 흐렸으니 누구라고 천벌을 아니 입을 리 없고 몸에 물이 닿자 돋혔던 날개가 흐지부지 녹아 버린 까닭이라고 말하고 도련님은 손짓으로 장사의 처참스러운 최후를 시늉하며 가장 두려운 듯이 눈을 커닿게 끔적끔적하더니 뒤를 이어 그 말이,

"아 무서! 애 우지 마라. 저 물에 눈물이 떨어지면 너 큰일 난다."

그러나 이쁜이는 그까짓 소리를 듣는 둥 마는 둥 그리 신통치 못하였고 며칠 후 서울로 떠나면 아주 놓칠 듯만 싶어서 도련님의 얼굴을 이윽히 쳐다보고 그럼 다짐을 두고 가라 하다가 도련님이 조금도 서슴없이 입고 있던 자기의 저고리 고름 한 짝을 뚝 떼어 이쁜이 허리춤에 꾹 꽂아 주며,

"너, 이래두 못 믿겠니?"

하니 황송도 하거니와 설마 이걸 두고야 잊으시진 않겠지 하고 속이 든든하지 않은 것도 아니었다. 대장부의 노릇이매 이렇게 하고 변심은 없을 게나 그래두 잘 따져보니 이 고름이 말하는 것도 아니어든 차라리 따라나서느니만 같지 못하다고 문득 마음을 고쳐먹고 고개를 쫓아간 건 좋으련마는 왜 그랬던고, 좀더 매달려 진대를 안 붙고 고기 주저앉고 말았으니 이제 와서는 한가만 새롭고 몸에 고이 간직하였던 옷고름을 이 손에 꺼내들고 눈물을 흘려 보되 별수 없나니 보람 없이 격지만 늘어간다. 허나 이거나마 아주 없었던들 그야 살 맛조차 송두리 잃었으리라마는 요즘 매일과 같이,

이 험한 깊은 산속에 올라와

옛 기억을 홀로 더듬어 보며

이쁜이는 해가 저물도록 이렇게 울고 섰고 하는 것이다.

길

모든 새들은 어제와 같이 노래를 부르고 날도 맑으련만

오늘은 웬일인지 이쁜이는 아직도 올라오질 않는 다.

석숭이는 아버지가 읍의 장에 가서 세 마리 닭을 팔아 그걸로 소금을 사오라 하여 아침 일찍이 나온 것도 잊고 이 산에 올라와 다리를 묶은 닭들을 한편에 내던지고 늙은 잣 나무 그늘에 누워 눈이 빠지도록 기다렸으나 이쁜이가 좀체 나오지 않으매 웬일일까 고게 또 노하지나 않았나 하고 일쩌읍시 이렇게 애를 태운다. 올가을이 얼른 되어 새 곡식을 거두면 이쁜이에게로 장가를 들게 되었으니 기쁨인들 이 위 더할 데 있으랴마는 이번도 또 이쁜이가 밥도 안 먹고 죽는다고 야단을 친다면 헛일이 아닐까 하는 염려도 없지 않았거늘 고렇게 쌀쌀하고 매일매일 하던 이쁜이 의 태도가 요즘에 들어와서는 갑자기 다소곳하고 눈 한 번 흘길 줄 도 모르니 이건 참으로 춤을 추어도 다 못 출 것이다. 뿐만 아니라 이슬비가 내리던 날 마님댁 울 뒤에서 이쁜이는 옥수수를 따고 섰 고 제가 그 옆을 지날 제 은근히 손짓을 하므로 가까이 다가서니 귀 에다 나직이 속삭이는 소리가,

"너 편지 하나 써줄런?"

"그래, 그래, 써주마, 나 잘 쓴다."

석숭이는 너무 반가워서 허둥거리며 묻지 않는 소리까지 하다가 또 그 말이 내 너 하라는 대로 다 할 게니 도련님에게 편지를 쓰되, 이쁜이는 여태 기다립니다, 하고 그리고 이런 소리는 아예 입 밖에 내지 말라 하므로 그런 편지면 일년 내내 두고 썼으면 좋겠다, 속으로 생각하고 채 틀 못 박힌 연필 글씨로 다섯 줄을 그리기에 꼬박이 이틀 밤을 새우고 나서 약속대로 산으로 이쁜이를 만나러 올라올 때에는 어쩐지 가슴이 두근두근하는 것이 바로 아내를 만나러 오는 남편의 그 기쁨이 또렷이 나타나는 것이다. 이쁜이가 얼른 올라와야 뭐가 제일 좋으냐 물어보고 이 닭들을 팔아 선물을 사다 주련만 오지 않고 석숭이는 암만 생각해야 영문을 모르겠으니 아마 요전번,

"이 편지 써왔으니까 너 나구 꼭 살아야 한다."

하고 크게 얼른 것이 좀 잘못이라 하더라도 이쁜이가 고개를 폭 숙이고 있다가,

"그래."

하고 눈에 눈물을 보이며,

"그 편지 읽어봐."

하고 부드럽게 말한 걸 보면 그리 노한 것은 아니니 석숭이는 기뻐서 그 앞에 떡 버티고 제가 썼으나 제가 못 읽는 그 편지를 떠듬떠듬—도련님전 상사리, 가신 지가 오래 됐는디 왜 안 오구 일년 반이 됐는디 왜 안 오구 하니깐 이쁜이는 밤마다 눈물로 새오며 이쁜이는 그럼 죽을 테니까 날을 듯이 얼찐 와서—이렇게 땀을 내고 읽었으나 이쁜이는 다 읽은 뒤 그걸 받아서 피봉에 도로 넣고 그리고 나물바구니 속에 감추고는 그대로 덤덤히 산을 내려온다. 산기슭으로

내리니 앞에 큰 내가 놓여 있고 골고루도 널려 박힌 험상궂은 웅퉁 바위 틈으로 물은 우람스레 부딪치며 콸콸 흘러내리매 정신이 다 아찔하여 이쁜이는 조심스레 바위를 골라 디디며 이쪽으로 건너왔으나 아무리 생각하여도 같이 멀리 도망가자는 도련님이 서울로 저 혼자만 빼쭉 달아난 것은 그 속이 알 수 없고 사나이 맘이 설사 변한다 하더라도 잣나무 밑에서 그다지 눈물까지 머금고 조르시던 그 도련님이 이제 와 싹도 없이 변하신다니 이야 신의 조화가 아니면 안 될 것이다. 이쁜이는 산처럼 잎이 퍼드러진 회양나무 밑에 와 발을 멈추며 한 손으로 바구니의 편지를 꺼내어 행주치마 속에 감추어 들고 석숭이가 쓴 편지도 잘 찾아갈는지 미심도 하거니와 또한 도련님 앞으로 잘 간다 하면 이걸 보고 도련님이 꼼맥하여 뛰어올겐지 아닌지 그것조차 장담 못할 일이언마는 아니, 오신다 이 옷고름을 두고 가시던 도련님이어늘 설마 이 편지에도 안 오실 리 없으리라고 혼자 서서 우기며 해가 기우는 먼 고개티를 바라보며 체부 오기를 기다린다. 체부가 잘 와야 사흘에 한 번밖에는 더 들르지 않는 줄을 저라구 모를 리 없고 그리고 어제 다녀갔으니 모레나 오는 줄은 번연히 알련마는 그래도 이쁜이는 산길에 속는 사람같이 저 산비탈로 꼬불꼬불 돌아나간 기나긴 산길에서 금시 체부가 보일 듯 보일 듯싶었는지 해가 아주 넘어가고 날이 어둡도록 지루하게도 이렇게 속달게 체부 오기를 기다린다.

그러나

오늘은 웬일인지

어제와 같이 날도 맑고 산의 새들은 노래를 부르건만 이쁜이는 아직도 나올 줄을 모른다.

봄 봄

"장인님! 인젠 저……."

내가 이렇게 뒤통수를 긁고 나이가 찼으니 성례를 시켜 줘야 하지 않겠느냐고 하면 대답이 늘,

"이자식아! 성례구 뭐구 미처 자라야지!"

하고 만다.

이 자라야 한다는 것은 내가 아니라 장차 내 아내가 될 점순이의 키 말이다.

내가 여기에 와서 돈 한 푼 안 받고 일하기를 삼 년 하고 꼬박이 일곱 달 동안을 했다. 그런데도 미처 못 자랐다니까 이 키는 언제야 자라는 겐지 짜장 영문 모른다. 일을 좀 더 잘 해야 한다는지, 혹은 밥을(많이 먹는다고 노상 걱정이니까)좀 덜 먹어야 한다는지 하면 나도 얼마든지 할 말이 많다. 하지만 점순이가 아직 어리니까 더 자라야 한다는 얘기에는 어째 볼 수 없이 고만 벙벙하고 만다.

이래서 나는 애최 계약이 잘못된 걸 알았다. 이태면 이태, 삼 년이면 삼 년, 기한을 딱 작정하고 일을 해야 원 할 것이다. 덮어놓고 딸이 자라는 대로 성례를 시켜 주마, 했으니 누가 늘 지키고 섰는 것도 아니고, 그 키가 언제 자라는지 알 수 있는가. 그리고 난 사람의 키가 무럭무럭 자라는 줄만 알았지 붙박이 키에 모로만 벌어지는 몸도 있는 것을 누가 알았으랴. 때가 되면 장인님이 어련하랴 싶어서 군소리없이 꾸벅꾸벅 일만 해왔다. 그럼 말이다, 장인님이 제가 다 알아차려서,

"어 참, 너 일 많이 했다. 고만 장가 들어라."

하고 살림도 내주고 해야 나도 좋을 것이 아니냐. 시치미를 딱 떼고 도리어 그런 소리가 나올까 봐서 지레 펄펄 뛰고 이 야단이다. 명색이 좋아 데릴사위지 일하기에 싱겁기도 할 뿐더러 이건 참 아무것도 아니다.

숙맥이 그걸 모르고 점순이의 키 자라기만 까맣게 기다리지 않았나.

언젠가는 하도 갑갑해서 자를 가지고 덤벼들어서 그 키를 한 번 재볼까 했다. 마는 우리는 장인님이 내외를 해야 한다고 해서 마주 서 이야기도 한 마디 하는 법 없다. 우물길에서 언제나 마주칠 적이면 겨우 눈어림으로 재보고 하는 것인데 그럴 적마다 나는 저만큼 가서,

"제에미 키두!"

하고 논둑에다 침을 퉤, 뱉는다. 아무리 잘 봐야 내 겨드랑(다른 사람보다 좀 크긴 하지만) 밑에서 넘을락 말락 밤낮 요모양이다. 개돼지는 푹푹 크는데 왜 이리도 사람은 안 크는지, 한동안 머리가 아프도록 궁리도 해보았다. 아하, 물동이를 자꾸 이니까 뼈다귀가 옴츠러드나 보다, 하고 내가 넌지시 그 물을 대신 길어도 주었다. 뿐만 아니라 나무를 하러 가면 서낭당에 돌을 올려 놓고,

"점순이의 키 좀 크게 해줍소사. 그러면 담엔 떡 갖다 놓고 고사 드립죠니까."

하고 치성도 한두 번 드린 것이 아니다. 어떻게 돼먹은 킨지 이래도 막무가내니— 그래 내 어저께 싸운 것이지 결코 장인님이 밉다든가 해서가 아니다.

모를 붓다가 가만히 생각을 해보니까 또 싱겁다. 이 벼가 자라서 점순이가 먹고 좀 큰다면 모르지만 그렇지도 못한 걸 내 심어서 뭘

하는 거냐, 해마다 앞으로 툭 불거지는 장인님의 아랫배(가 너무 먹
는 걸 모르고 냇병이라나, 그 배)를 불리기 위하여 심곤 조금도 싫지 않
다.

　"아이구 배야!"

난 몰 붓다 말고 배를 쓰다듬으면서 그대로 논둑으로 기어올랐다. 그리고 겨드랑이에 꼈던 벼 담긴 키를 그냥 땅바닥에 털썩 떨어치며 나도 털썩 주저앉았다. 일이 암만 바빠도 나 배 아프면 고만이니까. 아픈 사람이 누가 일을 하느냐. 파릇파릇 돋아 오른 풀 한 줌을 뜯어 들고 다리의 거머리를 쓱쓱 문대며 장인님의 얼굴을 쳐다보았다.

논 가운데서 장인님도 이상한 눈을 해가지고 한참 날 노려보더니,

"너 이자식, 왜 또 이래 응?"

"배가 좀 아파서유!"

하고 풀 위에 슬며시 쓰러지니까 장인님은 약이 올랐다. 저도 논에서 철벙철벙 둑으로 올라오더니 잡은참 내 멱살을 움켜잡고 **뺨**을 치는 것이 아닌가—.

"이 자식아, 일허다 말면 누굴 망해 놀 속셈이냐. 이 대가릴 까놀 자식?"

우리 장인님은 약이 오르면 이렇게 손버릇이 아주 못됐다. 또 사위에게 이 자식 저 자식 하는 이놈의 장인님은 어디 있느냐. 오죽해야 우리 동리에서 누굴 물론하고 그에게 욕을 안 먹는 사람은 명이 짜르다 한다. 조그만 아이들까지도 그를 돌아세 놓고 욕필이(본 이름이 봉필이니까) 욕필이, 하고 손가락질을 할 만큼 두루 인심을 잃었다. 하나 인심을 정말 잃었다면 욕보다 읍의 배 참봉댁 마름으로 더 잃었다. 번이 아름이란 욕 잘하고, 사람 잘 치고, 그리고 생김 생길 호박개 같아야 쓰는 거지만 장인님은 외양이 똑 됐다. 장인에게 닭마리나 좀 보내지 않는다든가 애벌논 때 품을 좀 안 준다든가 하면 그 해 가을에는 영락없이 땅이 뚝뚝 떨어진다. 그러면 미리부터

돈도 먹이고 술도 먹이고 안달재신으로 돌아치던 놈이 그 땅을 슬쩍 돌아안는다. 이 바람에 장인님 외양간에는 눈깔 커다란 황소 한 놈이 절로 엉금엉금 기어들고, 동리사람들은 그 욕을 다 먹어 가면서도 그래도 굽실굽실하는 게 아닌가—.

그러나 내겐 장인님이 감히 큰소리할 계제가 못 된다.

뒷생각은 못 하고 빰 한 대를 딱 때려 놓고는 장인님은 무색해서 덤덤히 쓴 침만 삼킨다. 난 그 속을 퍽 잘 안다.

조금 있으면 갈도 꺾어야 하고 모도 내야 하고, 한참 바쁜 때인데 나 일 안 하고 우리 집으로 그냥 가면 고만이니까.

작년 이맘때도 트집을 좀 하니까 늦잠 잔다구 돌멩이를 집어던져서 자는 놈의 발목을 삐게 해놨다. 사날씩이나 건성 끙끙, 않았더니 종당에는 거반 울상이 되지 않았는가—.

"얘, 그만 일어나 일 좀 해라. 그래야 올 갈에 벼 잘되면 너 장가 들지 않니."

그래 귀가 번쩍 띄어서 그날로 일어나서 남이 이틀 품 들일 논을 혼자 삶아 놓으니까 장인님도 눈깔이 커다랗게 놀랐다. 그럼 정말로 가을에 와서 혼인을 시켜 줘야 원 경우가 옳지 않겠나, 볏섬을 척척 들여 쌓아도 다른 소리는 없고 물동이를 이고 들어오는 점순이를 담뱃대로 가리키며,

"이 자식아, 미처 커야지 조걸 무슨 혼인을 한다구 그러니 원!"

하고 남 낯짝만 붉혀 주고 고만이다.

골김에 그저 이놈의 장인님, 하고 맷돌에다 메꼰고 우리 고향으로 내뺄까 하다가 꾹꾹 참고 말았다.

참말이지 난 이 꼴 하고는 집으로 차마 못 간다. 장가를 들러 갔다가 오죽 못났어야 그대로 쫓겨왔느냐고 손가락질을 받을 테니까.

논둑에서 벌떡 일어나 한풀 죽은 장인님 앞으로 다가서며,

"난 갈 테야유, 그동안 사경 쳐 내슈."

"너 사위로 왔지, 어디 머슴 살러 왔니?"

"그러면 얼찐 성례를 해줘야 안 하지유. 밤낮 부려만 먹구 해준다, 해준다……."

"글쎄, 내가 안 하는 거냐? 그년이 안 크니까……."

하고, 어름어름 담배만 담으면서 늘 하는 소리를 또 늘어놓는다.

이렇게 따져 나가면 언제든지 늘 나만 밑지고 만다. 이번엔 안 된다, 하고 대뜸 구장님한테로 판단 가자고 소맷자락을 내끌었다.

"아, 이 자식이 왜 이래, 어른을."

안 간다고 뻗디디고 이렇게 호령은 제맘대로 하지만 장인님 제가 내 기운은 못 당한다. 막 부려먹고 딸은 안 주고, 게다 땅땅 치는 건다 뭐야—.

그러나 내 사실 참 장인님이 미워서 그런 것은 아니다. 그 전날, 왜 내가 새고개 맞은 봉우리 화전밭을 혼자 갈고 있지 않았느냐. 밭 가장자리로 돌 적마다 야릇한 꽃내가 물컥물컥 코를 찌르고 머리 위에서 벌들은 가끔 붕, 붕, 소리를 친다. 바위 틈에서 샘물 소리밖에 안 들리는 산골짜기니까 맑은 하늘의 봄볕은 이불 속같이 따스하고 꼭 꿈꾸는 것 같다. 나는 몸이 나른하고(몸살을 아직 모르지만) 병이 나려구 그러는지 가슴이 울렁울렁하고 이랬다.

"어러이! 말이! 맘 마 마 ……."

이렇게 노래를 하며 소를 부리면 여느 때 같으면 어깨가 으쓱으쓱한다. 웬일인지 밭을 반도 갈지 않아서 온몸이 맥이 풀리고 대구

짜증만 난다. 공연히 소만 들입다 두들기며―.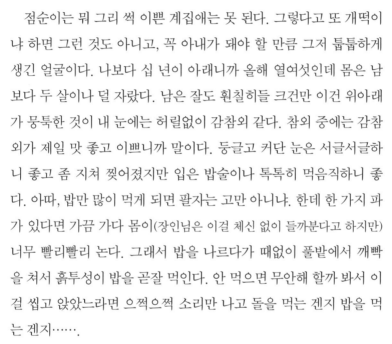

"안야! 안야! 이 망할 자식의 소(장인님의 소니까) 대
가리를 꺾어 들라."

그러나 내 속은 정말 안야 때문이 아니라 점심을
이고 온 점순이의 키를 보고 울화가 났던 것이다.

점순이는 뭐 그리 썩 이쁜 계집애는 못 된다. 그렇다고 또 개떡이
냐 하면 그런 것도 아니고, 꼭 아내가 돼야 할 만큼 그저 툽툽하게
생긴 얼굴이다. 나보다 십 년이 아래니까 올해 열여섯인데 몸은 남
보다 두 살이나 덜 자랐다. 남은 잘도 휜칠히들 크건만 이건 위아래
가 뭉툭한 것이 내 눈에는 허릴없이 감참외 같다. 참외 중에는 감참
외가 제일 맛 좋고 이쁘니까 말이다. 둥글고 커단 눈은 서글서글하
니 좋고 좀 지쳐 찢어졌지만 입은 밥술이나 톡톡히 먹음직하니 좋
다. 아따, 밥만 많이 먹게 되면 팔자는 고만 아니냐. 한데 한 가지 파
가 있다면 가끔 가다 몸이(장인님은 이걸 체신 없이 들까분다고 하지만)
너무 빨리빨리 논다. 그래서 밥을 나르다가 때없이 풀밭에서 깨빡
을 쳐서 흙투성이 밥을 곧잘 먹인다. 안 먹으면 무안해 할까 봐서 이
걸 씹고 앉았느라면 으쩍으쩍 소리만 나고 돌을 먹는 겐지 밥을 먹
는 겐지…….

그러나 이날은 웬일인지 성한 밥채로 밭머리에 곱게 내려 놓았
다. 그리고 또 내외를 해야 하니까 저만큼 떨어져 이쪽으로 등을 향
하고 웅크리고 앉아서 그릇 나기를 기다린다.

내가 다 먹고 물러섰을 때, 그릇을 와서 챙기는데 난 깜짝 놀라지
않았느냐. 고개를 푹 숙이고 밥함지에 그릇을 포개면서 나더러 들
으라는지, 혹은 제 소린지,

"밤낮 일만 하다 말 텐가!"

하고 혼자서 쫑알거린다. 고대 잘 내외하다가 이게 무슨 소린가, 하고 난 정신이 얼떨떨했다. 그러면서도 한편 무슨 좋은 수나 없는가 싶어서 나도 공중을 대고 혼잣말로,

"그럼 어떻게?"

하니까,

"성례시켜 달라지 뭘 어떻게……."

하고 되알지게 쏘아붙이고 얼굴이 빨개져서 산으로 그저 도망질친다.

나는 잠시 동안 어떻게 되는 심판인지 맥을 몰라서 그 뒷모양만 덤덤히 바라보았다.

봄이 되면 온갖 초목이 물이 오르고 싹이 트고 한다. 사람도 아마 그런가 보다, 하고 며칠 내에 부쩍 (속으로) 자란 듯싶은 점순이가 여간 반가운 것이 아니다. 이런 걸 멀쩡하게 아직 어리다구 하니까―.

우리가 구장님을 찾아갔을 때 그는 싸리문 밖에 있는 돼지우리에서 죽을 퍼주고 있었다. 서울엘 좀 갔다 오더니 사람은 점잖아야 한다고 윗수염이(얼른 보면 지붕 위에 앉은 제비 꼬랑지 같다) 양쪽으로 뾰족이 뻗치고 그걸 에헴, 하고 늘 쓰담는 손버릇이 있다.

우리를 멀뚱히 쳐다보고 미리 알아챘는지,

"왜 일을 허다 말구 그래?"

하더니 손을 올려서 그 에헴을 한 번 후딱 했다.

"구장님! 우리 장인님과 츰에 계약하기를……."

먼저 덤비는 장인님을 뒤로 떠다밀고 내가 허둥지둥 달려들다가 가만히 생각하고,

"아니 우리 빙장님과 츰에."

하고 첫 번부터 다시 말을 고쳤다. 장인님을 빙장님 해야 좋아하고 밖에 나와서 장인님, 하면 괜스레 골을 내려고 든다. 뱀도 뱀이라야 좋으냐구 창피스러우니 남 듣는 데는 제발 빙장님, 빙모님, 하라고 일상 당조심을 받아오면서 난 그것도 자꾸 잊는다.

당장에도 장인님, 하다 옆에서 내 발등을 꾹 밟고 곁눈질을 흘기는 바람에야 겨우 알았지만…….

구장님도 내 이야기를 자세히 듣더니 퍽 딱한 모양이었다. 하기야 구장님뿐만 아니라 누구든지 다 그럴 게다.

길게 길러둔 새끼손톱으로 코를 후벼서 저리 탁 튀기며,

"그럼, 봉필씨! 얼른 성례를 시켜 주구려, 그렇게까지 제가 하구 싶다는 걸……."

하고 내 짐작대로 말했다. 그러나 이 말에 장인님이 삿대질로 눈을 부라리고,

"아 성례구 뭐구 계집애년이 미처 자라야 할 게 아닌가?"

하니까 고만 멀쑥해서 입맛만 쩍쩍 다실 뿐이 아닌가.

"그것두 그래!"

"그래, 거진 사 년 동안에도 안 자랐다니 그 킨 은제 자라지유? 다 그만 두구 사경 내슈……."

"글쎄, 이 자식아! 내가 크질 말라구 그랬니, 왜 날 보구 떼냐?"

"빙모님은 참새 만한 것이 그럼 어떻게 앨 낳지유? (사실 장모님은 점순이보다도 귓바퀴가 작다)"

장인님은 이 말을 듣고 껄껄 웃더니(그러나 암만해도 돌 씹은 상이다) 코를 푸는 척하고 날 은근히 곯리려고 팔꿈치로 옆 갈비 께를 퍽 치는 것이다.

더럽다. 나도 종아리의 파리를 쫓는 척하고 허리를 구부리며 그

궁둥이를 콱 떼밀었다. 장인님은 앞으로 우지끈하고 싸리문께로 쓰러질 듯하다 몸을 바로 고치더니 눈총을 몹시 쏘았다. 이런 쌍년의 자식, 하곤 싶으나 남의 앞이라서 차마 못하고 섰는 그 꼴이 보기에 퍽 쟁그러웠다.

그러나 이 밖에는 별반 신통한 귀정을 얻지 못하고 도로 논으로 돌아와서 모를 부었다. 왜냐면 장인님이 뭐라고 귀엣말로 수군수군하고 간 뒤다. 구장님이 날 위해서 조용히 데리고 아래와 같이 일러주었기 때문이다. (뭉태의 말은 구장님이 장인님에게 땅 두 마지기 얻어 부치니까 그래 꾀었다고 하지만 난 그렇게 생각 않는다.)

"자네 말두 하기야 옳지, 암 나이 찼으니까 아들이 급하다는 게 잘못된 말은 아냐. 허지만 농사가 한창 바쁜데 일을 안 한다든가 집으로 달아난다든가 하면 손해죄루 그것두 징역을 가거든! (여기에 그만 정신이 번쩍 났다.) 왜 요전에 삼포 말서 산에 불 좀 놓았다구 징역 간 거 못 봤나. 제 산에 불을 놓아도 징역을 가는 이땐데 남의 농사를 버려 주니 죄가 얼마나 중한가. 그리고 자넨 정장을(사경 받으러 정장가겠다 했다.) 간대지만 그러면 괜시리 죄를 들쓰고 들어가는 걸세. 또 결혼두 그렇지. 법률에 성년이란 게 있는데 스물하나가 돼야지 비로소 결혼을 할 수 있는 걸세, 자넨 물론 아들이 늦을 걸 염려하지만 점순이루 말하면 인제 겨우 열여섯이 아닌가. 그렇지만 아까 빙장님의 말씀이 올 갈에는 열일을 제치고라두 성례를 시켜 주겠다 하시니 좀 고마울겐가. 빨리 가서 못 붓던 거나 마저 붓게, 군소리 말구 어서 가."

그래서 오늘 아침까지 끽소리 없이 왔다.

장인님과 내가 싸운 것은 지금 생각하면 전혀 뜻밖의 일이라 안 할 수 없다.

　　장인님으로 말하면 요즈막 작인들에게 행세를 좀 하고 싶다고 해서,

　　"돈 있으면 양반이지 별게 있느냐!"

　　하고 일부러 아랫배를 쑥 내밀고 걸음도 뒤틀리게 걷고 하는 이 판이다. 이까진 나쯤 두들기다 남의 땅을 가지고 모처럼 닦아 놓았던 가문을 망친다든가 할 어른이 아니다. 또 나로 논지면 아무쪼록 잘 뵈서 점순이에게 얼른 장가를 들어야 하지 않느냐―.

　　이렇게 말하자면 결국 어제 밤 뭉태네 집에 마실 간 것이 썩 나빴다. 낮에 구장님 앞에서 장인님과 내가 싸운 것을 어떻게 알았는지 대고 빈정거리는 것이 아닌가.

　　"그래 맞구두 그걸 가만둬?"

　　"그럼 어떡허니?"

　　"임마, 봉필일 모판에다 거꾸로 박아 놓지 뭘 어떡해?"

　　하고 괜히 내 대신 화를 내 가지고 주먹질을 하다 등잔까지 쳤다. 놈이 번이 괄괄은 하지만 그래 놓고 나더러 석유값을 물라고 막 찌다우를 붙는다. 난 어안이 벙벙해서 잠자코 앉았으니까 저만 연신 지껄이는 소리가,

　　"밤낮 일만 해주구 있을 테냐?"

　　"영득이는 일 년을 살구두 장갈 들었는데 넌 사 년이나 살구두 더 살아야 해?"

　　"네가 세 번째 사윈 줄이나 아니? 세 번째 사위."

　　"남의 일이라두 분하다. 이 자식아, 우물에 가 빠져 죽어."

　　나중에는 겨우 손톱으로 목을 따라고까지 하고, 제 아들같이 함

부로 혹닥이었다. 별의별 소리를 다 해서 그대로 옮길 수는 없으나 그 줄거리는 이렇다―.

　우리 장인님이 딸이 셋이 있는데 맏딸은 재작년 가을에 시집을 갔다. 정말은 시집을 간 것이 아니라 그 딸도 데릴사위를 해 가지고 있다가 내보냈다. 그런데 딸이 열 살 때부터 열아홉 즉 십 년 동안에 데릴사위를 갈아들이기를, 동리에선 사위 부자라고 이름이 났지마는 열 놈이란 참 너무 많다. 장인님이 아들은 없고 딸만 있는고로 그 담 딸을 데릴사위를 해올 때까지는 부려먹지 않으면 안 된다. 물론 머슴을 두면 좋지만 그건 돈이 드니까, 일 잘하는 놈을 고르느라고 연방 바꿔 들였다. 또 한편 놈들이 욕만 줄창 퍼붓고 심히도 부려먹으니까 밸이 상해서 달아나기도 했겠지. 점순이는 둘째 딸인데 내가 이를테면 그 세 번째 데릴사위로 들어온 셈이다. 내 담으로 네 번째 놈이 들어올 것을 내가 일도 잘하고 그리고 사람이 좀 어수룩하니까 장인님이 잔뜩 붙들고 놓질 않는다. 셋째 딸이 인제 여섯 살, 적어도 열 살은 돼야 데릴사위를 할 테므로 그동안은 죽도록 부려먹어야 된다. 그러니 인제는 속 좀 차리고 장가를 들여 달라구 떼를 쓰고 나자빠져라, 이것이다.

　나는 겉으로 엉, 엉, 하며 귓등으로 들었다. 뭉태는 땅을 얻어 부치다가 떨어진 뒤로는 장인님만 보면 공연히 못 먹어서 으릉거린다. 그것도 장인님이 저 달라고 할 적에 제 집에서 위한다는 그 감투(예전에 원님이 쓰던 것이라나, 옆구리에 뽕뽕 좀먹은 걸레)를 선뜻 주었더라면 그럴 리도 없었던걸―.

　그러나 나는 뭉태란 놈의 말을 전수 곧이듣지 않았다. 꼭 곧이들었다면 간밤에 와서 장인님과 싸웠지 무사히 있었을 리가 없지 않은가. 그러면 딸에게까지 인심을 잃은 장인님이 혼자 나빴다.

실토이지 나는 점순이가 아침상을 가지고 나올 때까지는 오늘은 또 얼마나 밥을 담았나, 하고 이것만 생각했다. 상에는 된장찌개하고 간장 한 종지, 조밥 한 그릇, 그리고 밥보다 더 수북하게 담은 산나물이 한 대접, 이렇다. 나물은 점순이가 틈틈이 해오니까 두 대접이고 네 대접이고 멋대로 먹어도 좋으나 밥은 장인님이 한 사발 외엔 더 주지 말라고 해서 안 된다. 그런데 점순이가 그 상을 내 앞에 내놓으며 제 말로 지껄이는 소리가,

"구장님한테 갔다 그냥 온담 그래!"

하고 엊그제 산에서와 같이 되우 쫑알거린다. 딴은 내가 더 단단히 덤비지 않고 만 것이 좀 어리석었다, 속으로 그랬다. 나도 저쪽 벽을 향하여 외면하면서 내 말로,

"안 된다는 걸 그럼 어떡 헌담!"

하니까,

"쉼을 잡아채지 그냥 뒤, 이 바보야!"

하고 또 얼굴이 빨개지면서 성을 내며 안으로 샐쭉하니 튀들어가지 않느냐. 이때 아무도 본 사람이 없었게 망정이지 보았다면 내 얼굴이 어미 잃은 황새 새끼처럼 가여웁다 했을 것이다.

사실 이때만큼 슬펐던 일이 또 있었는지 모른다. 다른 사람은 암만 못생겼다 해두 괜찮지만 내 아내 될 점순이가 병신으로 본다면 참 신세는 따분하다. 밥을 먹은 뒤 지게를 지고 일터로 가려 하다 도로 벗어던지고 바깥마당 공석 위에 드러누워서 나는 차라리 죽느니만 같지 못하다 생각했다.

내가 일 안 하면 장인님 저는 나이가 먹어 못 하고 결국 농사 못 짓고 만다. 뒷짐으로 트림을 꿀꺽 하고 대문 밖으로 나오다 날 보고서,

"이 자식아, 너 왜 또 이러니."

"관격이 났어유, 아이구 배야!"

"기껀 밥 처먹구 나서 무슨 관격이야, 남의 농사 버려 주면 이 자식아 징역 간다 봐라!"

"가두 좋아유, 아이구 배야!"

참말 난 일 안 해서 징역 가도 좋다 생각했다. 일후 아들을 낳아도 그 앞에서 바보, 바보, 이렇게 별명을 들을 테니까 오늘은 열 쪽이 난대도 결정을 내고 싶었다.

장인님이 일어나라고 해도 내가 안 일어나니까 눈에 독이 올라서 저편으로 힝하게 가더니 지게 막대기를 들고 왔다. 그리고 그걸로 내 허리를 마치 들떠 넘기듯이 쿡 찍어서 넘기고 넘기고 했다. 밥을 잔뜩 먹어 딱딱한 배가 그럴 적마다 퉁겨지면서 뱃창이 꼿꼿한 것이 여간 켕기지 않았다. 그래도 안 일어나니까 이번엔 배를 지게 작대기로 위에서 쿡쿡 찌르고 발길로 옆구리를 차고 했다. 장인님은 원체 심청이 굳어서 그렇지만 난도 저만 못하지 않게 배를 챘다. 아픈 것을 눈을 꽉 감고 넌 해라 난 재밌단 듯이 있었으나 볼기짝을 후려갈길 적엔 나도 모르는 결에 벌떡 일어나서 그 수염을 잡아챘다. 마는 내 골이 난 것이 아니라 정말은 아까부터 벽 뒤 울타리 구멍으로 점순이가 우리들의 꼴을 몰래 엿보고 있었기 때문이다.

가뜩이나 말 한 마디 톡톡히 못 한다고 바보라는데 매까지 잠자코 맞는 걸 보면 짜장 바보로 알 게 아닌가. 또 점순이도 미워하는 이까짓 놈의 장인님하곤 아무것도 안 되니까 막 때려도 좋지만 사정보아서 수염만 채고(제 원대로 했으니까 이때 점순이는 퍽 기뻤겠지) 저기까지 잘 들리도록,

"이걸 까셀라부다!"

하고 소리를 쳤다.

장인님은 더 약이 바짝 올라서 잡은참 지게 막대기로 내 어깨를 그냥 내려 갈겼다. 정신이 다 아찔하다. 다시 고개를 들었을 때 그때엔 나도 온몸에 약이 올랐다. 이 녀석의 장인님을 하고 눈에서 불이 퍽 나서 그 아래 밭 있는 넝쿨로 그대로 떠밀어 굴려 버렸다. 조금 있다가 장인님의 씩, 씩, 하고 한번 해보려고 기어오르는 걸 얼른 또 떠밀어 굴려 버렸다.

기어오르면 굴리고 굴리면 기어오르고 이러한 한 너덧 번을 하며 그럴 적마다,

"부려만 먹구 왜 성례 안 하지유!"

나는 이렇게 호령했다. 하지만 장인님이 선뜻, 오냐 낼이라두 성례시켜 주마 했으면 나도 성가신 걸 그만두었을지 모른다. 나야 이러면 때린 건 아니니까 나중에 장인 쳤다는 누명도 안 들을 터이고 얼마든지 해도 좋다.

한번은 장인님이 헐떡헐떡 기어서 올라오더니 내 바짓가랑이를 요렇게 노리고서 단박 움켜잡고 매달렸다. 악, 소리를 치고 나는 그만 세상이 다 팽그르 도는 것이,

"빙장님! 빙장님! 빙장님!"

"이 자식! 잡아 먹어라, 잡아 먹어!"

"아! 아! 할아버지!! 살려 줍쇼, 할아버지!"

하고 두 팔을 허둥지둥 내절 적에는 이마에 진땀이 쭉 내솟고 이젠 참으로 죽나 보다 했다. 그래도 장인님은 놓질 않더니 내가 기어이 땅바닥에 쓰러져서 거진 까무라치게 되니까 놓는다. 더럽다,

더럽다. 이게 장인님인가? 나는 한참을 못 일어나고 쩔쩔맸다. 그러나, 얼굴을 드니 (눈에 참 아무것도 보이지 않았다.) 사지가 부르르 떨리면서 엉금엉금 기어가 장인님의 바짓가랑이를 꽉 움키고 잡아나 꿨다.

내가 머리가 터지도록 매를 얻어맞은 것이 이 때문이다. 그러나 여기가 또한 우리 장인님이 유달리 착한 곳이다.

여느 사람이면 사경을 주어서라도 당장 내쫓았지 터진 머리를 볼 솜으로 손수 지져 주고, 호주머니에 희연 한 봉을 넣어 주고 그리고,

"올 갈엔 꼭 성례를 시켜 주마. 암말 말구 가서 뒷골의 콩밭이나 얼른 갈아라."

하고 등을 뚜덕여줄 사람이 누구냐. 나는 장인님이 너무나 고마워서 어느덧 눈물까지 났다.

점순이를 남기고 인젠 내쫓기려니, 하다 뜻밖의 말을 듣고,

"빙장님! 인제 다시는 안 그러겠어유!"

이렇게 맹세를 하며 부랴사랴 지게를 지고 일터로 갔다.

그러나 이때는 그걸 모르고 장인님을 원수로만 여겨서 잔뜩 잡아당겼다.

"아! 아! 이놈아! 놔라, 놔."

장인님은 헛손질을 하며 솔개미에 챈 닭의 소리를 연해 질렀다. 놓긴 왜, 이왕이면 호되게 혼을 내주리라 생각하고 짓궂이 더 당겼다. 마는 장인님은 땅에 쓰러져서 눈에 눈물이 피잉 도는 것을 알고 좀 겁도 났다.

"할아버지! 놔라, 놔, 놔, 놔, 놔."

그래도 안 되니까,

"애 점순아! 점순아!"

이 악장에 안에 있었던 장모님과 점순이가 헐레벌떡하고 단숨에 뛰어나왔다. 나의 생각에 장모님은 제 남편이니까 역성을 할는지도 모른다. 그러나 점순이는 내 편을 들어서 속으로 고수해서 하겠지 —대체 이게 웬 속인지(지금까지도 난 영문을 모른다.) 아버질 혼내 주기는 제가 내래 놓고 이제 와서는 달려들며,

"에그머니! 이 망할 게 아버지 죽이네!"

하고 내 귀를 뒤로 잡아당기며 마냥 우는 것이 아니냐. 그만 여기에 기운이 탁 꺾이어 나는 얼빠진 등신이 되고 말았다. 장모님도 덤벼들어 한 쪽 귀마저 뒤로 잡아채면서 또 우는 것이다.

이렇게 꼼짝도 못 하게 해 놓고 장인님은 지게 막대기를 들어서 사뭇 내려조졌다. 그러나 나는 구태여 피하려지도 않고 암만해도 그 속 알 수 없는 점순이의 얼굴만 멀거니 들여다보았다.

"이 자식! 장인 입에서 할아버지 소리가 나오도록 해?"

따라지

쪽대문을 열어 놓으니 사직 공원이 환히 내려다보인다. 인제는 봄도 늦었나 보다. 저 건너 돌담 안에는 사쿠라 꽃이 벌겋게 벌어졌다. 가지가지 나무에는 싱싱한 싹이 돋고, 새침이 옷깃을 핥고 드는 요놈이 꽃샘이겠지. 까치들은 새끼 칠 집을 장만하느라고 가지를 입에 물고 날아들고—.

이런 제기랄, 우리 집은 언제나 수리를 하는 겐가. 해마다 고친다, 벼르기는 연신 벼르면서. 그렇다고 사직골 꼭대기에 올라붙은 까웃한 초가집이라서 싫은 것도 아니다. 납작한 처마 밑에 비록 묵은 이엉이 무더기무더기 흘러내리건 말건, 대문짝 한 짝이 삐뚜로 박이건 말건 장독 뒤의 판장이 아주 벌컥 나자빠져도 좋다. 참말이지 그놈의 부엌 옆에 뒷간만 좀 고쳤으면 원이 없겠다. 밑둥의 벽이 확 나가서 어떤 게 부엌이고 뒷간이지 분간을 모르니. 게다 여름이 되면 부엌바닥으로 구더기가 슬슬 기어들질 않나. 이걸 보면 고대 먹었던 밥풀이 그만 곤두서고 만다. 에이 추해, 추해 망할 녀석의 영감쟁이 그것 좀 고쳐 달라고 그렇게 성화를 해도—.

쪽대문이 도로 닫히며 소리를 요란히 낸다. 아침 설거지에 젖은 손을 치마로 닦으며 주인 마누라는 오만상이 찌푸려진다.

그러나 실상은 사글세를 못 받아서 약이 오른 것이다. 영감더러 받아 달라면 마누라에게 밀고 마누라가 받자니 고분히 내질 않는다.

여지껏 미뤄 왔지만 너희들 오늘은 안 될라, 마음을 아주 다부지게 먹고 건넌방 문을 홱 열어젖뜨린다.

"여보! 어떻게 됐소?"

"아 이거 참 미안합니다. 오늘두…."

텁수룩한 칼라머리를 이렇게 긁으며 역시 우물쭈물이다.

"오늘두라니 그럼 어떡 헐 작정이요?"

하고 눈을 한 번 무섭게 떠보였다. 마는 이 위인은 암만 얼러도 노할 주변도 못 된다.

나이가 새파랗게 젊은 녀석이 왜 이리 할 일이 없는지 밤낮 방구석에 팔짱을 지르고 멍하니 앉아서는 얼이 빠졌다. 그렇지 않으면 이불을 뒤집어쓰고는 줄곧 낮잠이 아닌가. 햇빛을 못 봐서 얼굴이 누렇게 찌들었다. 경무과 제복 공장의 직공으로 다니는 제 누이의 월급으로 둘이 먹고 지낸다. 누이가 과부길래 망정이지 서방이라도 해가면 이건 어떡하려고 이러는지 모른다. 제 신세 딱한 줄은 모르고 만날,

"돈은 우리 누님이 쓰는데요ㅡ. 누님 나오거든 말씀하십시오."

"당신 누님은 밤낮 사날만 참아 달라는 게 한 아니오. 사날 사날 허니 그래 언제가 돼야 사날이란 말이오?"

"미안스럽습니다. 그러나 이번엔 사날 후에 꼭 드리겠습니다. 이왕 참아 주시던 길이니."

"글쎄 언제나 사날이란 말이오?"

하고 주름잡힌 이맛살에 화가 다시 치밀지 않을 수가 없다.

이놈의 사날이란 석 달인지 삼 년인지 영문을 모른다. 그러나 저쪽도 쾌쾌히 들이덤벼야 말하기가 좋을 텐데, 울가망으로 한풀 꺾이어 들옴에는 더 지껄일 맛도 없는 것이다.

"돈두 다 싫소, 오늘은 방을 내주."

그는 말 한 마디 또렷이 남기고 방문을 탁 닫아 버렸다. 그리고 서너 발 뚜덜거리며 물러서다 다시 가서 문을 열어 잡고,

"오늘 우리 조카가 이리 온다니까 어차피 방은 있어야 하겠소."

장독 옆으로 빠진 수채를 건너서면, 바로 아랫방이다. 본시는 광이었으나 셋방 놓으려고 싱둥겅둥 방을 들인 것이다. 흙칠한 것도 위채보다는 아직 성하고 신문지로 처덕이었을망정 제법 벽도 번뜻하다.

비바람이 들이치어 누렇게 들뜬 미닫이였다. 살며시 열고 노려보니 망할 노랑퉁이가 여전히 이불을 쓰고 끙, 끙, 누웠다. 노란낯빛이 광대뼈가 툭 불거진 게 어제만도 더 못한 것 같다. 어쩌자고 저걸 들었는지 제 생각을 해도 소갈딱지는 없었다. 돈도 좋거니와 팔자에 없는 송장을 칠까봐 애간장이 다 졸아진다. 하기야 처음 올 때에 저 병색을 모른 것도 아니고,

"영감님! 무슨 병환이슈?"

하고 겁을 먹으니까,

"감기를 좀 들렸더니 이러우."

이런 굴치 같은 영감쟁이가 또 있으랴. 그리고, 그날부터 뒷간에다 피똥을 내깔기며 이 앓는 소리로 쩔쩔매는 것이다. 보기에 추하기도 할뿐더러 그 신음소리를 들을 적마다 사지가 으스러지는 것 같다.

그러나 더 얄미운 것은 이걸 데리고 온 그 딸이었다. 버스 걸 다니니까 아마 갖은 말이 심한 모양이다. 부족증이라고 한 마디만 했으면 속이나 시원할 걸 여태도 감기가 쇄서 그렇다고 빠득빠득 우긴다. 방을 안 줄까봐 속인 그 행실을 생각하면 곧 눈에 불이 올라서,

"영감님! 오늘은 방세 주셔야지요?"

"시방 내 몸이 아파 죽겠소."

영감님은 괜한 소리를 한단 듯이 썩 귀찮게 벽쪽으로 돌아눕는다. 그리고 어그머니 끙, 움츠라드는 소리를 친다.

"아니 영 방세는 안 내실 테요?"

하고 소리를 빽 지르지 않을래야 않을 수 없다.

"내 시방 죽는 몸이오. 가만 있수."

"글쎄 죽는 건 죽는 거고 방세는 방세가 아니오. 영감님 죽기로서 어찌 내 방세를 못 받는단 말이오?"

"내가 죽는데 어째 방세는 또 낸단 말이오."

영감은 고개를 돌리어 눈을 부릅뜨고 마나님 못지않게 호령이었다. 죽을 때가 가까워 오니까 악이 받칠 대로 송두리 받친 모양이다.

"정 그렇거든 내 딸 오거든 받아 가구려."

"이건 누구에게 찌다운가 원, 별일두 다 많어이."

하고 홀로 입 속으로 중얼거리며 물러가는 것도 상책일는지 모른다. 괜스레 병든 것과 겯고 틀고 이러단 결국 이쪽이 한 굽 죄인다. 그보다는 딸이나 오거든 톡톡히 따져서 내쫓는 것이 일이 쉬우리라.

그 옆으로 좀 사이를 두고 나란히 붙은 미닫이가 또 하나 있다. 열고자 문설주에 손을 대다가 잠깐 멈칫하였다. 툇마루 위에 무람 없이 올려 놓인 이 구두는 분명히 아끼꼬의 구두일 게다. 문 열어 볼 용기를 잃고 그는 부엌 쪽으로 돌아가며 쓴 입맛을 다시었다.

카펜가 뭔가 다니는 계집애들은 죄다 그렇게 망골들인지 모른다. 영애하고 아끼꼬는 아무리 잘 봐도 씨알이 사람 될 것 같지 않다. 아래워 턱도 몰라보는 애들이 난봉질에 향수만 찾고 그래도 영애란 계집애는 비록 심술은 내고 내밀망정 뭘 물으면 대답이나 한다. 요 아끼꼬는 방세를 내래도 입을 꼭 다물고는 안차게도 대꾸 한 마디 없다. 여러 번 듣기 싫게 조르면 그제서는 이쪽이 낼 성을 제가 내 가지고,

"누가 있구두 안 내요? 좀 편히 게서요. 어련히 낼라구, 그런 극성 첨 보겠네."

이렇게 쥐어박는 소리를 하는 것이 아닌가. 좀 편히 게시라는 이 말에는 하 어이가 없어서도 고만 찔끔 못 한다.

"망할 년! 언제 병이 들었었나?"

쓸 방을 못 쓰고 사글세를 논 것은 돈이 아쉬웠던 까닭이었다. 두 영감 마누라가 산다고 호젓해서 동무로 모은 것도 아니다. 그런데 팔자가 사나운지 모두 우거지상, 노랑퉁이, 말괄량이, 이런 몹쓸 것 들뿐이다. 이 망할 것들이 방세를 내는 셈도 아니요, 그렇다고 아주 안 내는 것도 아니다. 한 달치를 비록 석 달에 별러 내는 한이 있더라도 역 내는 건 내는 거였다. 저들끼리 짜위나 한 듯이 팔십 전 칠십 전 그저 일 원, 요렇게 짤끔짤끔거리고 만다.

오늘은 크게 얼를 줄 알았더니 하고 보니까 역시 어저께나 다름이 없다. 방의 세간을 마루로 내와 가며 세를 들인 보람이 무엇인지. 그는 마루 끝에 걸터앉아서 화풀이로 담배 한 대를 피워 문다.

그러나 아무리 생각하여도 내 방 빌려 주고 내가 말 못 하는 것은 병신스러운 짓임에 틀림이 없다. 담뱃대를 마루에 내던지고 약을 좀 올려 가지고 다시 아래채로 내려간다. 기세 좋

게 방문이 홱 열리었다.

"아끼꼬! 이봐! 자?"

아끼꼬는 네 활개를 벌리고 아끼꼬답게 무사태평히 코를 골아 올린다. 젖통이를 풀어헤친 채 부끄럼 없고, 두 다리는 이불 싼 위로 번쩍 들어올렸다. 담배 연기 가득찬 방안에는 분내가 홱 끼치고—.

"이봐! 아끼꼬! 자?"

이번에는 대문 밖에서도 잘 들릴 만큼 목청을 돋웠다. 그러나 생시에도 대답 없는 아끼꼬가 꿈속에서 대답할 리 없음을 알았다. 그저 겨우 입 속으로,

"망할 계집애두, 가랑머릴 쩍 벌리고 저게 원, 쩨쩨."

미닫이가 딱 닫히는 서슬에 문틀 위의 안약병이 떨어진다.

그제서야 아끼꼬는 조심히 눈을 떠보고 일어나 앉았다. 망할 년, 저 보구 누가 보랬나, 하고 한 옆에 놓인 손거울을 집어 든다. 어제 밤잠을 설친 바람에 얼굴이 부석부석하였다. 궐련에 불이 붙는다.

그는 천장을 향하여 연기를 내뿜으며 가만히 바라본다. 뾰족한 입에서 연기는 고리가 되어 한 둘레 두 둘레 새어나온다. 고놈을 하나씩 손가락으로 꼭 찔러서 터치고 터치고.

아까부터 영애를 기다렸으나 오정이 가까워도 오질 않는다. 단성사엘 갔는지 창경원엘 갔는지, 그래도 저 혼자는 안 갈걸, 이런 때이면 방 좁은 것이 새삼스레 불편하였다. 햇빛이 안 들고 늘 습한 건 말고, 조금만 더 넓었으면 좋겠다. 영애나 아끼꼬나 둘 중의 누가 밤의 손님이 있으면 하나는 나가 잘 수밖에 없다. 둘이 자주 어깨가 맞부딪는데, 그런데, 셋이 자기에는 너무 창피하였다. 나가서 자면 숙박료는 오십 전씩 받기로 하였으니까 못 잘 것도 아니다. 마는 그 담

날 밝은 낮에 여기까지 허덕허덕 찾아오는 것은 어째 좀 어색한 일이었다.

어제도 카페서 나오다가 골목에서 영애를 꾹 찌르고,

"애! 너 오늘 어디서 자구 오너라!"

하고 귀엣말을 하니까,

"또? 애 너는 좋구나!"

"좋긴 뭐가 좋아? 애두!"

아끼꼬는 좀 수줍은 생각이 들어 쭈뼛쭈뼛 그 손에 돈 팔십 전을 쥐어 주었다. 여느 때 같으면 오십 전이지만 그만큼 미안하였다. 마는 영애는 지루퉁한 낯으로 돈을 받아 넣으며 또 하는 소리가,

"애! 인젠 종로 근처로 우리 큰 방을 얻어 오자."

"그래 가만 있어―. 잘 가거라, 그리고 내일 일찍 와!"

남 인사하는 데는 대답 없고,

"나만 밤낮 나와 자는구나!"

이것은 필시 아끼꼬에게 엇먹는 조롱이겠지. 망할 애두 저더러 누가 뚱뚱하고 못생기게 나랬나, 그렇게 빼지게 하지만 영애가 설마 아끼꼬에게 빼지거나 엇먹지는 않았으리라.

아끼꼬는 베개로 허리를 펴며 팔뚝시계를 다시 본다. 오정하고 십오 분 또 삼 분. 영애가 올 때가 되었는데, 망할 거 누가 채갔나. 기지개를 한 번 늘이고 드러누우며 미닫이께로 고개를 가져 간다. 문 아랫도리에 손가락 하나 드나들 만한 구멍이 뚫리었다. 주인 마누라가 그제야 좀 화가 식었는지 안방으로 휘젓고 들어가는 치마꼬리가 보인다. 그리고 마루 뒤주 위에는 언제 꺾어다 꽂았는지 정종병에 엉성히 뻗은 꽃가지. 붉게 핀 것은 복숭아 꽃일 게고, 노랗게 척척 늘어진 저건 개나리다. 건넌방 문은 여전히 꼭 닫혔고, 뒷간에

가는 기색도 없다. 저 속에는 지금 제가 별명진 톨스토이가 책상 앞에 웅크리고 앉아서 눈을 감고 앉았으리라. 올라가서 이야기나 좀 하고 싶어도 구렁이 같은 주인 마누라가 지키고 앉아서 감히 나오지를 못한다.

이것은 아끼꼬가 안채의 기맥을 정탐하는 썩 필요한 구멍이었다. 뿐만 아니라 저녁나절에는 재미스러운 연극을 보는 한 요지경도 된다. 어느 때에는 영애와 같이 나란히 누워서 베개를 베고 하나 한 구멍씩 맡아 가지고 구경을 한다. 왜냐면 다섯점 반쯤 되면 완전히 히스테리인 톨스토이의 누님이 공장에서 나오는 까닭이었다.

그 누님은 성질이 어찌 괄괄한지 대문간서부터 들어오는 기색이 난다. 입을 다물고 눈살을 접은 그 얼굴을 보면 일상 마땅치 않은, 그리고 세상의 낙을 모르는 사람 같다. 어깨는 축 늘어지고 풀 없어 보이면서 게다 걸음만 빠르다. 들어오면 우선 건넌방 툇마루에다 빈 벤또를 쟁그렁, 하고 내다붙인다. 이것은 아우에게 시위도 되거니와 이래야 또 직성도 풀린다.

그리고 그는 눈을 휘둥그렇게 뜨고 사면의 불평을 찾기 시작한다. 마는 아우는 마당도 쓸어 놓고 부뚜막의 그릇도 치고, 물독의 뚜껑도 잘 덮어 놓았다. 신발장이라도 잘못 놓여야 트집을 걸 텐데 아주 말쑥하니까 물바가지를 땅으로 동댕이친다. 이렇게 불평을 찾다가 불평이 없어도 또한 불평이었다.

"마당을 쓸면 잘 쓸던지, 그릇에다 흙칠을 온통 해놨으니 이게 뭐야?"

끝이 꼬부라진 그 책망, 아우는 속에서 끽소리 없다.

"밥을 얻어먹으면 밥값을 해야지, 늘 부처님같이 방구석에 꼭 앉았기만 하면 고만이냐?"

이것이 하루 몇 번씩 귀 아프게 듣는 인사였다. 눈을 홉 뜨고 서서, 문 닫힌 건넌방을 향하여 퍼붓는 포악이었다. 그런 때이면 야윈 목에 굵은 핏대가 불끈 솟고, 구부정한 허리로 게거품까지 흐른다. 그러나 이건 보통 때의 말이다. 어쩌다 공장에서 뒤를 늦게 본다고 감독에게 쥐어 박히거나, 혹은 재봉침에 엄지손톱을 박아서 반쯤 죽어오는 적도 있다. 그러면 가뜩이나 급한 그 행동이 더 불이야 불이야 한다. 손에 잡히는 대로 그릇을 내던져 깨치며,

"왜 내가 이 고생을 해가며 널 먹이니 응 이놈아?"

헐없이 미친 사람이 된다. 아우는 마당에 내려와서 누님의 어깨를 두 손으로 붙잡고,

"누님, 다 내가 잘못했수 그만 두."

하고 달래지 않을 수 없다.

"네가 이놈아! 내 살을 뜯어먹는 거야."

"그래 알았수, 내가 다 잘못했으니 그만 둡시다."

"듣기 싫어, 물러나."

하고 벌떡 떠다밀면 땅에 펄썩 주저앉는 아우다. 열적은 듯, 죄송한 듯, 얼굴이 벌개서 털고 일어나는 그 아우를 보면 우습고도 일변 가여웠다.

그러나 더 우스운 것은 마루에서 저녁을 먹을 때의 광경이다. 누님이 밥을 퍼 가지고 올라와서는 암 말 없이 아우 앞으로 한 그릇을 쭉 밀어 놓는다. 그리고 자기는 자기대로 외면하여 푹푹 퍼먹고 일어선다. 물론 반찬도 각각 먹는 것이다. 아우는 군말 없이 두 다리를 세우고, 눈을 내리깔고는 그 밥을 떠먹는다. 방에 앉아서, 주인 마누라는 업신여기는 눈으로 은근히 흘겨 준다.

영애는 톨스토이가 너무 병신스러운 데 골을 낸다. 암만 얻어먹더라도 씩씩하게 대들질 못하고 저런, 저런. 그러나 아끼꼬는 바보가 아니라 사람이 너무 착해서 그렇다고 우긴다.

하긴 그렇다고 누님이 자기 밥을 얻어먹는 아우가 미워서 그런 것도 아니다. 나뭇잎이 둥금둥금 날리던 작년 가을이었다. 매일같이 하 들볶이니까 온다간다 말 없이 하루는 아우가 없어졌다. 이틀이 되어도 없고 사흘이 되어도 없고 일주일이 썩 지나도 영 돌아오지를 않는다.

누님은 아우를 찾으러 다니기에 눈이 뒤집혔다. 그렇게 착실히 다니던 공장에도 며칠씩 빠지고, 혹은 밥도 굶었다. 나중에는 아우가 한을 품고 죽었나 보다고 집에 들어오면 마루에 주저앉아서 통곡이었다. 심지어 아끼꼬의 손목을 붙잡고,

"여보, 내 아우 좀 찾아 주, 미치겠수."

"그렇지만 제가 어딜 간 줄 알아야지요."

"아니 그런데 놀러가거든 좀 붙들어 주, 부모 없이 불쌍히 자란 그놈이."

말끝도 다 못 마치고 이렇게 울던 누님이 아니었던가. 아흐레 만에야 아우를 남대문 밖에 동무집에서 찾아왔다. 누님은 기뻐서 또 울었다. 그리고 그 다음 날부터 다시 들볶기 시작하였다.

이 속은 참으로 알 수 없고, 여북해야 아끼꼬는 대문 소리만 좀 다르면,

"얘 영애야! 변덕쟁이 온다. 어서 이리 와."

하고 잇속 없이 신이 오른다.

아끼꼬는 남모르게 톨스토이를 맘에 두었다. 꿈을 꾸어도 늘 울

가망으로 톨스토이가 나타나곤 한다. 꼭 발렌티노같이 두 팔을 떡 벌리고 하는 소리가 오! 저는 당신을 사랑합니다. 이 가슴에 안겨 주소서. 그러나 생시에는 이놈의 톨스토이가 아끼꼬의 애타는 속도 모르고 본 둥 만 둥이 아닌가. 손님에게 꼭 답장할 필요가 있어서,

"선생님! 저 연애 편지 하나만 써 주셔요."

아끼꼬가 톨스토이를 찾아가면,

"저 그런 거 못 씁니다."

"소설 쓰시는 이가 그래 연애 편지를 못 써요?"

하고 어안이 벙벙해서 한참 쳐다본다. 책상 앞에서 늘 쓰고 있는 것이 소설이란 말은 여러 번이나 들었다. 그래 존경해서 선생님이라고 톨스토이로 받치는데 그래 연애 편지 하나 못 쓴다니 이게 말이 되느냐. 하도 기가 막혀서,

"선생님! 연애 해보셨어요?"

하면 무안당한 계집애처럼 그만 얼굴이 벌개진다.

"전 그런 거 모릅니다."

아끼꼬는 톨스토이가 저한테 흥미를 안 갖는 걸 알고 좀 샐쭉하였다. 카페서 구는 여급이라고 넘보는 맥인지 조선말로 부르면 숭해서 아끼꼬로 행세는 하지만 영영 아끼꾼 줄 아나 보다. 어쩌면 톨스토이가 흉측스럽게 아랫방 버스걸과 눈이 맞았는지도 모른다. 왜냐면 버스걸이 나갈 때 고때쯤 해서 톨스토이가 세수를 하러 나오고 하는 것을 보았다. 그리고 옥생각인진 몰라도 버스걸도 요즘엔 버쩍 모양을 내기에 몸이 달았다. 며칠 전에는 버스걸이 거울과 가위를 들고서 아끼고의 방엘 찾아왔다.

"언니! 나 이 머리 좀 잘라 줘."

"건 왜 자를려구 그래? 그냥 두지."

"날마다 머리 빗기가 귀찮아서 그래."

하고 좀 거북한 표정을 하더니,

"난 언니 머리가 좋아 뭉툭한 게!"

웃음으로 겨우 버무른다.

하 조르므로 아끼꼬도 그 좋은 머리를 아니 자를 수 없다. 가위에 힘을 주어 그 중턱을 툭 끊었다. 버스걸은 손으로 만져보더니 재겹게 기쁜 모양이다. 확 돌아앉아서 납죽한 주둥이로 해해 웃으며,

"언니 머리같이 좀 더 디려 잘라 주어요."

"더 자르면 못 써. 이만하면 좋지 않어?"

대구 졸랐으나 아끼꼬는 머리를 버려 놓을까봐 더 응칠 않았다. 여기에 성이 바르르 나서 버스걸은 제 방으로 가서는 제 손으로 몽톡히 잘라 버렸다. 그 뜯어논 머리에다 분을 하얗게 바르고는 아주 좋다고 나다니는 계집애다. 양말 뒤축에 빵꾸가 좀 나도 제방 들어갈 제 뒤로 기어든다.

아침에 나갈 제 보면 버스걸은 커단 책보를 옆에 끼고 아주 버젓하다. 처음에 아끼꼬가 고등과에 다니는 학생인가, 한 것도 무리는 아니었다. 왜냐면 그 책보가 고등과에 다니는 책보같이 그렇게 탐스럽고 허울이 좋았다. 그러나 차차 알고 보니 보지도 않는 헌 잡지를 그렇게 포개고, 사이에 벤또를 꼭 물려서 싼 책보이었다. 벤또 하나만 싸면 공장의 계집애나 버스걸로 알까 봐서 그 무거운 잡지책을 힘드는 줄도 모르고 들고 왔다갔다 하는 것이 아니냐. 그래 놓고는 저녁에 돌아올 때면 웬 도둑놈 같은 무서운 중학생 놈이 쫓아오고 한다고 늘 성화다.

"그눔 다리를 꺾어 놓지."

이렇게 딸의 비위를 맞추어 병든 아버지는 이불 속에서 큰 소리

다. 그리고 아침마다 딸 맘에 썩 들도록 그 책보를 싸는 것도 역시 그의 일이었다. 정성스레 귀를 내어 문 밖으로 두 손을 내바치며,

"얘! 일찍가니 돌아오너라, 감기 들라."

이런 걸 보면 영애는 또 마음에 마뜩치 않았다. 딸에게 구리칙칙이 구는 아버지는 보기가 개만도 못하다 했다. 그래 아끼꼬와 쓸데없이 주고받고 다툰 일까지 있다.

"그럼 딸의 거 얻어먹구 그렇지 않어?"

"그러니 더 든적스럽지 뭐냐?"

"든적스럽긴 얻어먹는 게 든적스러, 몸에 병은 있구 그럼 어떡허니? 애두! 너무 빠장빠장 우기는구나!"

아끼꼬는 샐쭉이 토라지다 고개를 다시 돌리어 웅크려 뜯는 소리로,

"너 느 아버지가 팔아먹었다지, 그래 네 맘에 좋냐?"

"애두! 절더러 누가 그런 소리 하라나?"

하고 영애는 더 덤비지 못하고 그제서는 눈으로 치마를 걷어 올린다. 이렇게까지 영애는 그 병장이가 몹시 싫었다. 누렇게 말라붙은 그 얼굴을 보고 김마까라는 별명을 지을 만큼 그렇게 밉살스럽다. 왜냐면 어느 날 김마까가 영애를 방해하였다.

그날은 어쩐 일인지 김마까가 초저녁부터 딸과 싸운 모양이었다. 새로 두 점쯤 해서 영애가 들어오니까 둘이 소곤소곤 하고 싸우는 맥이다. 가뜩이나 엄살을 부리는 데다 더 흉칙을 떨며,

"어이쿠! 어이쿠! 하나님 맙시사!"

그렇지 않으면,

"하나님! 날 잡아가지 왜 이리 남겨 두슈!"

아래위 칸을 흙벽으로 막았으면 좋을 걸 얇은 빈지를 들이고 종이로 발랐다. 위칸에서 부시럭 소리만 나도 아래칸까지 고대로 흘러든다. 그 벽에다 머리를 쾅쾅 부딪치며,

"어이구! 이놈의 팔자두!"

제 깐에는 딸 앞에서 죽는다고 결기를 이는 꼴이다. 그러면 딸은 표독스러운 음성으로,

"누가 아버지 보고 돌아가시랬어요? 괜히 남의 비위를 긁어 놓구 그러시네!"

"늙은이 보구 담밸 끊으라는 게 죽으라는 게지 뭐냐!"

"그게 죽으라는 거야요? 남 들으면 정말로 알겠네."

딸이 좀 더 볼멘 솔로 쏘아 박으니 또다시,

"어이구! 이놈의 팔자두!"

벽에 머리를 부딪치며 어린애같이 깩깩 울고 앉았다. 질긴 귀로도 못 들을 징그러운 그 울음 소리가―.

가물에 빗방울같이 모처럼 끌고 왔던 영애의 손님이 이마를 접는다. 그리고 아무 말 없이 취한 걸음으로 비틀비틀 쪽마루로 내걷는다. 되는 대로 구두짝이 끌린다.

"왜 가셔요?"

"요담 또 오지."

"여보세요! 이 밤중에 어딜 간다구 그러셔요?"

하고 대문간서 그 양복을 잡아챈다. 마는 허황한 손이 올라와 툭툭 털어버리고,

"요담 또 오지."

그리고 천변을 끼고 비틀거리는 술 취한 걸음이다. 영애는 눈에

독이 잔뜩 올라서 한 전등이 둘 셋씩 보인다.

빈 방 안에 홀로 누워서 입 속으로 김마까를 악담하며 눈물이 핑 돈다.

벌써 한 점 사십오 분, 영애는 뒤뚝뒤뚝 들어오며 살집 좋은 얼굴이 싱글벙글이다. 손에는 통통한 과자봉지. 미닫이를 여니 윗목 구석에 쓸어 박은 헌 양말짝, 때 찔은 속옷, 보기에 어수선 산란하다.

"벌써 오니? 좀 더 있지."

"애두! 목욕허고 온단다."

"목욕은 혼자 가니?"

하고 좀 삐지려 한다.

"그래 너 줄려구 과자 사왔어요."

"그럼 그렇지 우리 영애가!"

요강에서 손을 뽑으며 긴히 달려든다. 아끼꼬는 오줌을 눌 적마다 요강에 받아서는 이 손을 담그고 한참 있고 저 손을 담그고, 그러나 석 달이나 넘어 그랬건만 손결이 별로 고와진 것 같지 않다.

그 손을 수건에 닦고 나서,

"모두 나마까시만 사왔구나."

우선 하나를 덥석 물어 뗀다.

"그 손으로 그냥 먹니? 애! 난 싫단다!"

"뭐 드러워? 저두 오줌은 누면서 그래."

"그래두 먹는 것하구 같으냐?"

하지만 영애는 아끼꼬보다 마음이 훨씬 눅었다. 더 화내지 않고 그런 양으로 앉아서 같이 집어먹는다. 그의 마음에는 아끼꼬의 생활이 몹시 부러웠다. 여러 손님의 사랑에 고이며 예쁜 얼굴 자랑하는 아끼꼬. 영애 자신도 꼭 껴안아 주고 싶은, 아담스러운 그런 얼굴이다.

"그인 은제 갔니?"

"새벽녘에 내뺐단다. 아주 숫배기야."

"넌 참 좋겠다. 나두 연애 좀 해봤으면!"

"허려무나, 누가 허지 말라니?"

"아니 너 같은 연앤 싫어, 정신으로만 허는 연애 말이지."

하고 어딘가 좀 뒤둥그러진 소리.

"오! 보구만 속 태우는 연애 말이지?"

하긴 했으나 아끼꼬는 어쩐지 영애에게 너무 심하게 한 듯싶었다. 가뜩이나 제 몸 못난 것을 은근히 슬퍼하는 애를—.

"애! 별소리 말아요. 연애두 몇 번 해보면 다 시들해지는 걸 모르니? 난 일상 맘 편히 혼자 지내는 네가 부럽더라."

하고 슬그머니 한번 문질러 주면,

"뭐가 부러워? 애두! 괜히 저러지."

영애는 이렇게 부인은 하면서도 벙싯 하고 짜장 우월감을 느껴보려 한다. 영애도 한때에는 주체궂은 살을 말리고자 아편도 먹어 봤다. 남의 말대로 듬뿍 먹었다가 꼬박이 이틀 동안을 일어나지도 못하고 고생하던 생각을 하면 시방도 등어리가 선뜻하다. 그러나 영애에게도 어쩌다 엽서가 오는 것은 참 신통한 일이라 아니할 수 없다.

"또 뭐 뒤져 갔니?"

하고 영애는 의심이 나서 제 경대 서랍을 뒤져 본다. 과연 며칠 전 어떤 전문 학교 학생에게서 받은, 끔찍이 귀한 연애 편지가 또 없어졌다. 사내들은 어쩌다 남의 계집애 세간을 뒤져 가기 좋아하는지, 그 심사는 참으로 알 수 없다.

"또 집어갔구나? 이럼 난 모른단다!"

영애는 그만 울상이 된다.

"뭐?"

"편지 말이야!"

"무슨 편지를?"

"왜 요전에 받은 그 연애 편지 말이야."

"저런! 그 망할 자식이 그건 뭣 하러 집어가, 난 통히 보덜 못 했는데, 수줍은 척하더니 아주 숭악한 자식이로군!"

아끼꼬는 가는 눈썹을 더욱이 잰다. 그리고 무색한 듯이 영애의 눈치만 한참 바라보더니,

"내 톨스토이 보고 하나 써 달라마. 그럼 이담 연애 편지 쓸 때 그거 보구 쓰면 고만 아냐."

하고 곱게 달랜다. 그러나 과연 톨스토이가 써줄는지 그것도 의문이다. 영애가 벌써 전부터 여기를 떠나자고 졸라도 좀 좀, 하고 망설이고 있는 아끼꼬! 그런 성의를 모르고 톨스토이는 아끼꼬를 보아도 늘 한 양으로 대단치 않게 지나간다. 그렇다고 한때는 버스걸에게 맘을 두었나, 하고 의심을 해봤으나 실상은 그런 것도 아닐 것이다. 낮에 사직동 공원으로 올라가면 아끼꼬는 가끔 톨스토이를 만난다. 굵은 소나무 줄기에 등을 비벼 대고 먼 하늘만 정신없이 바라보고 섰는 톨스토이다. 아끼꼬가 그 앞을 지나가도 못 본 척하고 들떠보도 않는다. 약이 올라서 속으로 망할 자식, 하고 욕도 하여 본다. 그러나 나중 알고 보면 못 본 척이 아니라 사실은 뜨고 못 보는 것이다. 그렇게 등신같이 한눈을 팔고 섰는 톨스토이다. 이걸 보면 아끼꼬는 여자고보를 중도에 퇴학하던 저의 과거를 연상하고 가엾은 생각이 든다. 누님에게 얻어먹고 저러고 있는 것이 오죽 고생이랴.

그러고 학교 때 수신 선생이 이야기하던 착하고 바보 같다던 그 톨스토이가 과연 저런 건지 하고 객쩍은 조바심도 든다.

아끼꼬는 기침을 캑, 그 앞으로 다가선다. 눈을 깜박깜박 하며,

"선생님! 뭘 그렇게 생각하셔요?"

하고 불쌍한 낯을 하면,

"아니오."

하고 어색한 듯이 어물어물하고 만다.

"그렇게 섰지 마시고 좀 운동을 해보셔요."

하도 딱하여 아끼꼬는 이렇게 권고도 하어 본다.

"오늘은 방을 좀 치워야 하겠소. 여기 내 조카도 지금 오고 했으니까."

주인 마누라는 약이 바짝 올라서 매섭게 쏘아본다. 방에서만 꾸물꾸물 방패막이를 하고 있는 톨스토이가 여간 밉지 않다.

"아 여보! 방의 세간을 좀 치워 줘요. 그래야 오는 사람이 들어가질 않소?"

"사날만 더 참아 줍쇼. 이번엔 꼭 내겠습니다."

"아니 뭐 사글세를 안 낸대서 그런 게 아니오. 내가 오늘부터 잘 데가 없고 이 방을 꼭 써야 하겠기에, 그래서 방을 내달라는 것이지."

양복바지를 거반 엉덩이게 걸친, 뻐드렁니가 이렇게 허리를 쓱 편다. 주인 마누라가 툭하면 불러온다던 제 조카라는 놈이 필연 이걸 게다. 혼자 독학으로 부청에까지 출세를 한 굉장한 사람이라고 늘 입의 침이 말랐다. 그러나 귀쳐진 눈은 말고, 헤벌어진 입과 양복 입은 체격하고 별로 굉장한 것 같지 않았다. 게다가 얼자가 분수 없이 뻐팅기려고,

"참아 주시든 길이니 며칠만 더 참아 주십시오."

이렇게 애걸하면,

"아 여보! 당신도 그래 사람이오?"

하고 제법 삿대질까지 할 줄 안다.

"저런 자식두! 못두 생겼다. 저게 아마 경성부 고쓰까인 거지?"

"글쎄, 그래도 제법 넥타일 다 잡숫구."

하고 손가락이 들어가 문의 구멍을 좀 더 후벼 판다. 마는 아끼꼬는 구렁이(주인 마누라)의 속을 빠안히 다 안다. 인젠 방세도 싫고 셋방 사람을 다 내쫓으려 한다. 김마까나 아끼꼬는 겁이 나서 차마 못 건드리고 제일 만만한 톨스토이부터 우선 몰아내려는 연극이었다.

"저 구렁이 좀 봐라. 옆에 서서 눈짓을 쳐가며 자꾸 시키지."

"글쎄, 자식도 얼간이가 아냐? 즈 아즈멈 시키는 대로 놀구 섰게."

"어쭈, 얼자가 뻐팅긴다. 지가 우와기를 벗어 놓면 어쩔 테야 그래? 자식두!"

"톨스토이가 잠자쿠 앉았으니까 약이 올라서 저래, 맛부리는 게 밉살머리 굿지? 자식, 그저 한 대 앵겨 줬으면."

"내가 한 대 먹이면 저거 고택골 간다. 그러니깐 아끼꼬한테 감히 못 오지 않어."

주먹을 이렇게 들어 뵈다가 고만 영애의 턱을 처질렀다. 영애는 고개를 저리 돌리어 또 빼죽하고,

"얘 이럼 난 싫단다!"

"누가 뭐 부러 그랬니 또 삐죽하게?"

하고 아끼꼬도 좀 빼죽하다가 슬슬 눙치며,

"그래 잘못했다. 고만 두자, 쐭 쐭!"

영애의 턱을 손등으로 문질러 주고,

"쟤! 저것 봐라, 놈은 팔을 걷고 구렁이는 마루를 구르고 야단

이다."

"얘 재밌다. 구렁이가 약이 바짝 올랐지?"

"저 자식 보게, 제 맘대로 남의 방엘 들어가지 않아?"

아끼꼬가 영애에게 눈을 크게 뜨니까,

"뭐 일을 칠 것 같지? 병신이 지랄한다더니 정말인가베!"

"저 자식이 남의 세간을 맘대로 내놓질 않나? 경을 칠 자식!"

"그건 나무래 뭘 해, 그저 톨스토이가 바보야! 그래도 부처같이 잠자코 앉았지 않아. 세상엔 별 바보두 보다 많어이!"

아끼꼬는 그건 들은 체도 안 하고 대뜸 일어선다. 미닫이가 열리자 우람스러운 걸음. 한숨에 툇마루로 올라서며 볼멘소리다.

"아니 여보슈! 남의 세간을 그래 맘대로 내놓는 법이 있소?"

"당신이 웬 참견이오?"

얼자는 톨스토이의 책상을 들고 나오다 방 문턱에 우뚝 멈춘다. 눈을 휘둥그렇게 뜨고 주저주저하는 양이 대담한 아끼꼬에 적이 놀란 모양ㅡ.

"오늘부터 내가 여기서 자야 할 테니까. 그래서 방을 치는데…."

얼자는 주변성 없는 말로 이렇게 굴다가,

"당신 맘대로 방은 치는 거요?"

"그럼 내 방 내 맘대로 치지 누구에게 물어본단 말이유?"

하고 제법 을딱이긴 했으나 뒷갈망은 구렁이에게 눈짓을 슬슬 한다.

"그렇지, 내 방 내가 치는데 누가 뭐 하러 있나?"

"당신 맘대룬 안 되우, 그 책상 도루 저리 갖다 놓우. 사글세를 내란다든지 하는 게 옳지, 등을 밀어 내쫓는 경우가 어디 있단 말이오?"

"아니 아끼꼬는 제거나 낼 생각하지 웬 걱정이야? 저리 비켜 서!"

구렁이는 문을 막고 섰는 아끼꼬의 팔을 잡아당긴다. 여편네는 찍 소리 없이 눌려 왔지만 오늘은 얼자를 잔뜩 믿는 모양이다. 이걸 보고 옆에 섰던 영애가 또 아니꼬와서,

"제거라니? 누구 보구 저야. 이 늙은이가 눈깔이 뺐나!"

하고 그 팔을 뒤로 확 잡아챈다.

늙은 구렁이와 영애는 몸 중량의 비례가 안 된다. 제풀에 비틀비틀 돌더니 벽에 가 쿵하고 쓰러진다. 그러나 눈을 감고 턱이 떨리는 아이고 소리는 엄살이다.

얼자가 문턱에 책상을 떨어뜨리더니 용감히 홱 넘어온다. 아끼꼬는 저 자식이 달마찌의 흉내를 내는구나, 할 동안도 없이 영애의 뺨이 짤꺽―.

"이년아! 늙은이를 쳐?"

"아 이 자식 보레! 누구 뺨을 때려?"

아끼꼬는 악을 지르자 그 혁대를 뒤로 잡아서 나꿔친다. 마루 위에 놓였던 다듬잇돌에 걸리어 얼자는 엉덩방아가 쿵, 하고. 잡은 참 날아드는 숯보니는 독 오른 영애의 분풀이다.

그러자 또 아랫방 문이 확 열리고, 지팡이가 김마까를 끌고 나온다.

"이 자식이 웬 자식인데 남의 계집애 뺨을 때려? 원 이런 망하다 판이 날 자식이, 눈에 아무것도 뵈질 않나―세상이 망한다 망한다 한대두만 이런 자식은."

김마까는 뜰에서부터 사방이 들으라고 와짝 떠들며 올라온다. 구렁이한테 늘 쪼어지내던 원한의 복수로,

아끼꼬와 서로 멱살잡이로 섰는 얼자의 복장을 지팡이로 내지른다.

"이런 염병을 하다 땀통이 끓어질 자식이 있나!"

그와 동시에 김마까는 검불같이 뒤로 벌렁 나자빠졌다. 내댔던 지팡이가 도로 물러 오며 바짝 마른 허구리를 쳤던 것이다. 개신개신 몸을 일으키며 김마까는 구시월 서리 맞은 독사가 된다.

"이 자식아! 너는 니 애비두 없니?"

대뜸 지팡이는 날아들어 얼자의 귓바퀴를 내려 갈긴다. 딱 하고 뼈 닿는 무딘 소리. 얼자는 고개를 푹 꺾고 귀에 두 손을 들여대자 죽은 듯이 꼼짝 못 한다.

아끼꼬도 얼자에게 뺨 한 대를 얻어맞고 울고 있었다. 이 좋은 기회를 타서 얼자의 등뒤로 빨간 얼굴이 달려든다. 이건 권투식으로 집어셀까 하다 그대로 그 어깻죽지를 뒤로 물고 늘어진다. 아, 아, 이렇게 외마디 소리로 아가리를 딱딱 벌린다. 그리고 뒤통수로 암팡스레 날아든 것은 영애의 주먹이다.

톨스토이는 모두가 미안쩍고, 따라 제풀에 지질러서 어쩔 줄을 모른다. 옆에서 눈을 흘기는 영애도 모르고,

"놓세요, 고만 놓세요, 어떡 헙니까?"

하며 아끼꼬의 등을 두 손으로 흔든다. 구렁이도 벌벌 떨어 가며,

"이년이 사람을 뜯어먹을 텐가, 안 놓니 이거 안 놔?"

아끼꼬를 대구 잡아당기며 얼른다. 그러나 잡아당기면 당길수록 얼자는 소리를 더 지른다. 이러다간 일만 더 크게 벌어질 걸 알고 구렁이는 간이 고만 달랑한다. 이 사품에 안방 미닫이는 설쭉이 부러지고 뒤주 위에 얹었던 대접이 둘이나 떨어져 깨졌다. 잔뜩 믿었던 조카는 저렇게 죽게 되고, 이러단 방은커녕 사람을 잡겠다, 생각하고 그는 온몸이 덜덜 떨리었다. 게다 모지게 내려치는 김마까의

지팡이ㅡ.

구렁이는 부리나케 대문 밖으로 나왔다. 골목길을 내려오며 뒤에 날리는 치맛자락에 바람이 났다.

"사글세를 내랬으면 좋지, 내쫓으려구 하니까 그렇게 분란이 일구 하는 게 아니야?"

"아닙니다. 누가 내쫓으려구 그래요. 세를 내라구 그러니깐 그렇게 아끼꼬란 년이 올라와서 온통 사람을 뜯어먹고 그러는군요!"

"말 말아. 내쫓으려구 한 걸 아는데 그래, 요전에도 또 한 번 그런 일이 있었지?"

순사는 노파의 뒤를 따라오며 나른한 하품을 주먹으로 끈다. 툭 하면 와서 찐대를 붙는 노파의 행세가 여간 귀찮지 않다. 조그맣게 말라붙은 노파의 센 머리 쪽을 바라보며,

"올해 몇 살이야?"

"그년 열아홉이죠. 그런데 그렇게ㅡ."

"아니 노파 말이야?"

"내 제 나요? 왜 쉰일곱이라고 전번에 여쭸지요. 그런데 이 고생을 하는군요."

하고 궁상스레 우는 소리다.

노파는 김마까보다도 톨스토이보다도 아끼꼬가 가장 미웠다. 방세를 받을래도 중뿔나게 가로 맡아서 지랄하기가 일쑤요, 게다 세숫물을 버려도 일부러 심청 궂게 안마루 끝으로 홱 끼얹는 아끼꼬. 이년을 경을 흠씬 쳐놓고 말리라고 속이 간질대서 그는 총총 걸음을 치다가 돌 뿌리에 채여 고만 나가둥그러진다. 그 바람에 쓰레기통 한 귀에 내뻗은 못에 가서 치맛자락이 찌익 하고 찢어진다.

"망할 자식 같으니, 씨레기통의 못두 못 박았나!"

하고 흙을 털고 일어나며 역정이 난다. 그 꼴을 보고 순사는 손으로 웃음을 가린다.

"그봐! 이젠 다시 오지 말아, 이번엔 할 수 없지만 또 다시 오면 그땐 노파를 잡아갈 테야?"

"네에, 다시 갈 리 있겠습니까. 그저 이번에 그 아끼꼬란 년만 흠씬 버릇을 아르켜 주십시오. 늙은이 보구 욕을 않나요, 사람 치질 않나요! 그리고 아직 핏대도 다 안 마른 년이 서방이 몇인지 수가 없어요!"

순사는 코대답을 해가며 귓등으로 듣는다. 너무 많이 들어서 인제는 흥미를 놓친 까닭이었다. 갈팡질팡 문지방을 넘다 또 꼬꾸라지려는 노파를 뒤로 부축하여 눈살을 찌푸린다. 알고 보니 짐작대로 노파 허통에 또 속은 모양이었다. 살인이 났다고 짓떠들더니 임장하여 보니까 집안에 웬 낯설은 양복쟁이 하나만 마루 끝에서 천연스레 담배를 필 뿐이다. 그리고는 장독 사이에서 왔다 갔다 하며 뭘 주워 먹는 생쥐가 있을 뿐 신발짝 하나 놓이지 않았다. 하 어처구니가 없어서,

"어서 죽었어?"

"어이구 분해! 이것들이 또 저를 고랑땡을 먹이는군요! 입 때까지 저 마루에서 치고 깨물고 했답니다."

노파는 이렇게 주먹으로 복장을 치며 원통한 사정을 하소한다. 왜냐면 이것들이 이 기맥을 벌써 눈치 채고 제각기 헤져서 아주 얌전히 박혀 있다. 아끼꼬는 문을 닫고 제 방에서 콧노래를 부르고 지팡이를 들고 날뛰던 김마까는 언제 그랬더냐 듯이 제 방에서 끙, 끙 여전히 신음 소리. 이렇게 되면 이번에도 또 자기만 나

무람받게 될 것을 알고,

"어이구 분해! 어이구 분해!"

주먹으로 복장을 연방 두들기다 조카를 보고,

"애 넌 어떻게 돼서 이렇게 혼자 앉았니?"

"뭘 어떻게 돼요, 되긴?"

하고 지릅뜨는 그 대답은 썩 퉁명스럽고 꺽세다. 이런 화중으로 끌고 온 아주멈이 몹시도 밉고 원망스러운 눈치가 아닌가. 이걸 보면 경은 무던히 치고 난 놈이다.

"어이구 분해! 너꺼정 이러니!"

"뭘 분해? 이 망할 것아!"

순사는 소릴 뺙 지르고 도로 돌아서려 한다.

"나리! 저 좀 보세요. 문 부서진 것하구 대접 깨진 걸 보셔두 알지 않아요?"

"어떤 조카가 죽었어, 그래?"

"이것이 그렇게 죽도록 경을 치고도 바보가 돼서 이래요!"

"바보면 죽어도 사나?"

하고 순사는 고개를 디밀어 마루께를 살펴보니 딴은 그릇은 깨지고 문은 부서졌다. 능글맞은 노파가 일부러 그런 줄은 아나, 책임상 그냥 가기도 어렵다. 퍽도 극성스러운 늙은이라 생각하고,

"누가 그랬어 그래?"

"저 아끼꼬가 혼자 그랬어요!"

"아끼꼬! 고반까지 같이 가."

"네! 그러세요."

하도 여러 번 겪은 일이라, 이제는 익숙하다. 저고리를 갈아입으며 웃는 얼굴로 내려온다. 그러나 순사를 따라 대문을 나설 적에는

고개를 모로 돌리어 구렁이에게 몹시 눈총을 준다.

순사는 아끼꼬를 데리고 느른한 걸음으로 골목을 꼽든다. 쪽다리를 건너니 화창한 사직원 마당, 봄이라고 땅의 잔디는 파릇파릇 돋았다. 저 위에선 투덕거리는 빨래 소리. 한옆에선 풋볼을 차느라고 날뛰고 떠들고 법석이다. 부웅, 하고 음충맞게 내대는 자동차의 싸이렌, 남치마에 연분홍 저고리가 버젓이 활을 들고 나온다. 그리고 키 훌쩍 큰 놈팡이는 돈지갑을 내든다.

"너 왜 또 말썽이냐?"

하고 순사는 고개를 돌리어 아끼꼬를 씽긋이 흘겨본다. 그는 노파가 왜 그렇게 아끼꼬를 못 먹어서 기를 쓰는지 영문을 모른다. 노파의 눈에도 아끼꼬가 좀 귀여울 텐데, 그렇게 미울 때에는 아마 아끼꼬가 뭘 좀 먹이질 않아 그랬는지 모른다. 그렇지 않으면 다른 사람 다 젖혀 놓고 아끼꼬만 씹을 리가 없다. 생각하다가,

"뭘 말썽유, 내가?"

"네가 뭐 줸 마누라를 깨물고 사람을 죽이구 그런다며? 그리구 요전에도 카페서 네가 손님을 쳤다는 소문도 들리지 않니?"

하고 눈살을 접고 웃어 버린다. 얼굴 똑똑한 것이 아주 할 수 없는 계집애라고 돌릴 수밖에 없다.

"난 그런 거 몰루!"

아끼꼬는 땅에 침을 탁 뱉고 아주 천연스레 대답한다. 그리고 사직원의 문간쯤 와서는,

"이담 또 만납시다."

제멋대로 작별을 남기고 저는 저대로 산 쪽으로 올라온다.

활텃길로 올라오다 아끼꼬는 궁금하여 뒤를 한 번 돌아본다. 너무 기가 막혀서 벙벙히 바라보고 있다가 다시 주먹으로 나른한 하

품을 끄는 순사, 한편에선 날뛰고 자빠지고 쾌활히 공을 찬다. 아끼꼬는 다시 올라가며 저도 남자가 됐더라면 풋볼을 차 볼 걸 하고 후회가 막급이다. 그리고 산을 한바퀴 돌아 내려가서는 이번엔 장독대 위에 요강을 버리리라 결심을 한다.

구렁이는 장독대 위에 오줌을 버리면 그것처럼 질색이 없다.

"망할 년! 이담에 봐라! 내 장독 위에 오줌까지 깔길 테니!"

이렇게 아끼꼬는 몇 번 몇 번 결심을 한다.

아 내

우리 마누라는 누가 보든지 뭐 이쁘다고는 안 할 것이다. 바로 계집에 환장된 놈이 있다면 모르거니와. 나도 일상 같이 지내긴 하나 아무리 잘 고쳐 보아도 요만치도 이쁘지 않다. 하지만 계집이 낯짝이 이뻐 맛이냐.

제기랄, 황소 같은 아들만 줄대 잘 빠처 놓으면 고만이지. 사실 우리 같은 놈은 늙어서 자식까지 없다면 꼭 굶어 죽을밖에 별도리가 없다. 가진 땅 없어, 몸 못 써, 일 못 하여, 이걸 누가 열쳤다고 그냥 먹여줄 테냐. 하니까 내 말이 이왕 젊어서 되는 대로 자꾸 자식이나 쌓아 두자 하는 것이지.

그리고 어미가 낯짝 글렀다고 그 자식까지 더러운 법은 없으렷다. 아 바로 우리 똘똘이를 보아도 알겠지만 제 어미년은 쥐었다 논 개떡 같아도 좀 똑똑하고 끼끗이 생겼느냐. 비록 먹고도 대구 또 달라고 불아귀처럼 덤비기는 할망정. 참 이놈이야말로 나에게는 아버지보담도 할아버지보담도 아주 말할 수 없이 끔찍한 보물이다.

넌이 나에게 되지 않은 큰 체를 하게 된 것도 결국 이 자식을 낳았기 때문이다. 전에야 그 상판대길 가지고 어디 끽소리나 제법 했으랴. 흔히 말하길 계집의 얼굴이란 눈의 안경이라 한다. 마는 제아무리 물커진 눈깔이라도 이 얼굴만 어째 볼 도리 없을 게다.

이마가 훌떡 까지고 양미간이 벌면 소견이 탁 트였다지 않냐. 그럼 좋기는 하다마는 아기자기한 맛이 없고 이조로 둥굴넓적이 내려온 하관에 멋없이 쑥 내민 것이 입이다. 두툼은 하나 건순입술, 말좀 하려면 그리 정하지 못한 윗니가 부질없이 뻔질 드러난다. 설혹

그렇다치고 한복판에 달린 코나 좀 똑똑히 생겼다면 얼마나 좋겠
나. 첫째 눈에 띄는 것이 이 코인데 이렇게 말하면 년의 흉을 보는
것 같지만 썩 잘 보자 해도 먼 산 바라보는 돼지의 코가 자꾸만 생각
이 난다.

꼴이 이러니까 밤이면 내 눈치만 슬슬 살피는 것이 아니냐. 오늘은 구박이나 안 할까 하고 은근히 애를 태우는 맥이렷다. 이게 가여워서 피곤한 몸을 무릅쓰고 대개 내가 먼저 말을 걸게 된다. 온종일 뭘 했느냐는 둥, 싸리문을 좀 고쳐 놓으라 했더니 어떻게 했느냐는 둥, 혹은 오늘밤에는 코가 훨씬 좋아 보인다는 둥 하고, 그러면 년이 금세 헤에 벌어지다 힝하게 내 곁에 와 앉아서는 어깨를 비껴 대고 슬근슬근 비빈다. 그리고 코가 좋아 보인다니 정말 그러냐고 몸이 달아서 묻고 또 묻고 한다. 저로도 믿지 못할 그 사실을 한때의 위안이나마 또 한 번 들어 보자는 심정이렷다. 그 속에 알고 짜장 콧날이 서나 보다고 하면 년의 대답이 뒷간엘 갈 적마다 잡아당기고 했더니 혹 나왔을지 모른다나, 그리고 아주 좋아한다.

그러나 어느 때에는 한나절 밭고랑에서 시달린 몸이 고만 축 늘어지는구나. 물론 말 한 마디 붙일 새 없이 방바닥에 그대로 누워 버리지. 하면 년이 제 얼굴 때문에 그런 줄 알고 한구석에 가 시무룩해서 앉았다. 얼굴을 모로 돌리어 턱을 빼쭘 쳐들고 있는 걸 보면 필연 제 간엔 옆얼굴이나 한 번 봐 달라는 속이겠지. 경칠 년 옆얼굴이라고 뭐 깨묵셍이나 좀 난 줄 알고—.

이러던 년이 똘똘이를 내놓고는 갑자기 세도가 댕댕해졌다. 내가 들어가도 네놈 언제 봤냐 듯이 좀체 들떠보는 법 없지. 눈을 스르르 내려 깔고는 잠자코 아이에게 젖만 먹이겠다. 내가 좀 아이의 머리라도 쓰다듬으며,

"이 자식, 밤낮 잠만 자나?"

"가만 둬, 왜 깨놓고 싶은감."

하고 사정없이 내 손등을 주먹으로 갈긴다. 나는 처음에 어떻게 되는 셈인지 몰라서 멀거니 천장만 한참 쳐다보았다. 내 자식 내가

만지는데 주먹으로 때리는 건 무슨 경우야. 하지만 잘 따져 보니까 조금도 내가 억울한 것은 없다. 년이 나에게 큰 체를 해야 할 권리가 있는 것을 차차 알았다. 그래서 그때부터 내가 이년, 하면 저는 이놈, 하고 대들기로 무언중 계약되었지.

동리에서 남의 속은 모르고 우리를 각다귀들이라고 별명을 지었다. 혹 하면 서로 대들려고 노리고만 있으니까 말이지. 하긴 요즘에 하루라도 조용한 날이 있을까 봐서 만나기만 하면 이놈, 저년, 하고 먼저 대들기로 위주다. 다른 사람들은 밤에 만나면,

"마누라 밥 먹었수?"

"아니요, 당신 오면 같이 먹으려구."

하고 일어나 반색을 하겠지만 우리는 안 그러기다. 누가 그렇게 괭이 소리로 달라붙느냐. 방에 들어서는 길로 우선 넓적한 년의 궁둥이를 발길로 퍽 들여 지른다.

"이년아! 일어나서 밥 차려!"

"이놈이 왜 이래? 대릴 꺾어 놀라."

하고 년이 고개를 겨우 돌리면,

"나무 판 돈 뭐 했어, 또 술 처먹었지?"

이렇게 제법 탕탕 호령하였다. 사실이지 우리는 이래야 정이 보째 쏟아지고 또한 계집을 데리고 사는 멋이 있다. 손자새끼 낯을 해 가지고 마누라 어쩌구 하고 어리광으로 덤비는 건 보기만 해도 눈허리가 시질 않겠나. 계집 좋다는 건 욕하고 치고 차고 다 이러는 멋에 그렇게 치고 보면 혹 궁한 살림에 쪼들리어 악에 받친 놈의 말일지는 모른다. 마는 누구나 다 일반이겠지. 가다가 속이 맥맥하고 부화가 끓어오를 적이 있지 않냐. 농사는 지어도 남는 것이 없고 빚에는 몰리고. 게다가 집에 들어서면 자식놈 킹킹거려, 년은 옷이 없으

니 떨고 있어, 이러한 때 그냥 배길 수야 있느냐. 티격태격 꼬집어 가지고 년의 비녀 쪽을 턱 잡고는 한바탕 홀두들겨 대는구나. 한참 그 지랄을 하고 나면 등줄기에 땀이 쭉 흐르고 한숨까지 후, 돈다면 웬만큼 속이 가라앉을 때였다. 담에는 년을 도로 밀쳐 버리고 담배 한 대만 피워 물면 된다.

이 멋에 계집이 고마운 물건이라 하는 것이고, 내가 또 년을 못 잊어하는 까닭이 거기 있지 않냐. 그렇지 않다면야 저를 계집이라 고 등을 뚜덕여 주고 그 못난 코를 좋아 보인다고 가끔 추어줄 맛이 뭐야. 하지만 년이 훌쩍거리고 앉아서 우는 걸 보면 이건 좀 재미적 다. 제가 주먹심으로든 입심으로든 나에게 덤비려면 어림도 없다. 쌈의 시초는 누가 먼저 걸었던간 언제든지 경을 팥다발같이 치고 나앉는 것은 년의 차지렷다.

"이리 와 자빠져 자."

"곤두어, 너나 자빠져 자렴."

하고 년이 독이 올라서 돌아다도 안 보고 비쌘다. 마는 한 서너 번 내려오라고 권하면 나중에는 저절로 내 옆으로 스르르 기어들게 된다. 그리고 눈물 흐르는 장반을 벙긋이 흘겨보이는 것이 아니냐.

하니까 년으로 보면 두들겨 맞고 비쌔는 멋에 나하고 사는지 도 모르지.

그러나 우리가 원수같이 늘 싸운다고 정이 없느냐 하면 그건 잘못이다. 말이 났으니 말이지 정분치고 우리 것만큼 찰 떡처럼 끈끈한 놈은 다시없으리라. 미우면 미울수록 싸우면 싸울수록 잠시를 떨어지기가 아깝도록 정이 착착 붙는다. 부 부의 정이란 이런 겐지 모르나 하여튼 영문 모를 찰거 머리 정이다. 나뿐 아니라 년도 매를 한참 두들겨 맞고

나서 같이 자리에 누우면,

"내 얼굴이 그래두 그렇게 숭업진 않지?"

하고 정말 잘난 듯이 바짝바짝 대든다. 그러면 나는
이때 뭐라고 대답해야 옳겠느냐. 하 기가 막혀서 천장
을 쳐다보고 피익 내버린다.

"이년아! 그게 얼굴이야?"

"얼굴 아니면 가주 다닐까."

"내니깐 이년아! 데리구 살지 누가 근다리니 그 낯짝을?"

"뭐 네 얼굴은 얼굴인 줄 아니? 불밤송이 같은 거, 참 내니깐 데리
구 살지!"

이러면 또 일어나서 땀을 한 번 흘리고 다시 드러눌 수밖에 없다.
내 얼굴이 불밤송이 같다니 이래도 우리 어머니가 나를 낳고서 낭
중 땅마지기나 만져볼 놈이라고 좋아하던 이 얼굴인데. 하지만 다
시 일어나고 손짓 발짓을 하고 하는 게 성이 가셔서 대개는 그대로
눙쳐 둔다.

"그래, 내 너 이뻐할 게 자식이나 대구 내놔라."

"먹이지도 못할 걸 자꾸 나 뭐하게. 굶겨 죽이려구?"

"아 이년아! 꿰다 먹이진 못하니?"

하고 소리는 뺙 지르다 딴은 뒤가 캥긴다. 더끔더끔 모아 두었다
가 먹이지나 못하면 그걸 어떻게 하랴. 꿰다 버리지도 못하고 죽이
지도 못하고 떼송장이 난다면, 이런 걸 보면 년이 나보담 훨씬 소견
이 튄 것을 알 수 있겠다. 물론 십 리 만큼 벌어진 양미간을 보아도
나와는 턱이 다르지만—.

우리가 요즘 먹는 것은 내가 나무장사를 해서 벌어들인다. 여름
같으면 품이나 판다 하지만 눈이 척척 쌓였으니 얼음을 깨먹느냐.

하기야 산골에서 어느 놈 치고 별수 있겠냐마는 하루는 산에 가서 나무를 해들이고 그 담날엔 읍에 갖다가 판다. 나니깐 참 쌍지게질도 할 근력이 되겠지만. 잔뜩 나무 두 지게를 혼자서 번차례로 이놈 져다 놓고 쉬고 저놈 져다 놓고 쉬고, 이렇게 해서 장찬 삼십 리 길을 한나절에 들어가는구나. 그렇지 않으면 언제 한 지게씩 팔아서 목구멍을 축일 수 있겠느냐. 잘 받으면 두 지게에 팔십 전, 운이 나쁘면 육십 전, 육십오 전, 그걸로 좁쌀, 콩, 미역, 무엇 사들고 찾아오겠다. 죽을 쑤었으면 좀 느루 가겠지만 우리는 더럽게 그런 것은 안 한다. 먹다가 못 먹어서 뱃가죽을 움켜쥐고 나설지언정 으레 밥이지. 똘똘이는 네 살짜리 어린애니깐 한 보시기, 나는 제 아버지니까 한 사발에다 또 반 사발을 더 먹고, 그런데 년은 유독히 두 사발을 처먹지 않나. 그리고도 나보다 먼저 홀딱 집어세고는 내 사발의 밥을 한 귀퉁이 더 떠 먹는 버릇이 있다. 계집이 좋다 했더니 이게 밥버러지가 아닌가 하고 한때는 가슴이 선뜩할 만큼 겁이 났다. 없는 놈이 양이나 좀 적어야지 이렇게 대구 처먹으면, 너 웬 밥을 이렇게 처먹니, 하고 눈을 크게 뜨니까 년의 대답이 애 난 배가 그렇지, 그럼 저도 앨 나보지 하고 샐쭉이 토라진다. 아따 그래, 대구 처먹어라. 나중 밥값은 그 배때기에 다 게 있고 게 있는 거니까. 어떤 때에는 내가 좀 덜 먹고라도 그대로 내주고 말겠다. 경을 칠 년, 하지만 참 너무 처먹는다.

그러나 년이 떡국이 농간을 해서 나보담 한결 의뭉스럽다. 이깐 농사를 지어 뭘 하느냐, 우리 들병장수로 나가자고. 딴은 내 주변으로 생각도 못 했던 일이지만 참 훌륭한 생각이다. 밑지는 농사보다는 이밥에 고기에 옷, 마음대로 입고 좀 호강이냐. 마는 년 얼굴을 이윽히 뜯어보다간 고만 풀이 죽는구나. 들병장수에게 술 먹으러 오는 건 계집의 얼굴 보자 하는 걸 어떤 밸 없는 좀이 저 낯짝엔 몸살 날 것 같지 않다. 알고 보니 참 분하다. 년이 놈만 똑똑히 나왔더면 수가 나는 걸. 멀뚱이 쳐다보고 쓴 입맛만 다시니까 년이 그 눈치를 채었는지,

"들병장수가 얼굴만 이뻐서 되는 게 아니라든데 얼굴은 박색이라도 수단이 있어야지!"

"그래 너는 그거 할 수단 있겠니?"

"그럼 하면 하지 못할 게 뭐야."

년이 이렇게 아주 번죽 좋게 장담을 하는 것이 아니냐. 들병장수로 나가서 식성대로 밥 좀 한바탕 먹어 보자는 속이겠지. 몇 번 다져물어도 제가 꼭 될 수 있다니까 아따 그러면 한 번 해보자꾸나. 밑천이 뭐 드는 것도 아니고 소리나 몇 마디 반반히 가르쳐서 데리고 나서면 고만이니까.

내가 밤에 집에 들어오면 년을 앞에 앉히고 소리를 가르치겠다. 우선 내가 무릎 장단을 치며 아리랑 타령을 한 번 부르는구나. 아리랑 아리랑 아라리요, 춘천아 봄의 산아 잘 있거라, 신연강배 타면 하직이라. 산골의 계집이면 강원도 아리랑쯤은 곧잘 하련만 년은 도사리고 앉아서 두 손으로 엉덩이를 치며 흉내를 낸다. 목구멍에서 질그릇 물러앉는 소리가 나니까 나중에 목이 트이면 노래는 잘 할거다 마는 가락이 딱딱 들어맞아야 할 텐데 이게 세상에 돼 먹어야지. 나는 노래를 가르치는데 이 망할 년은 소설책을 읽고 앉았으니 어떡허냐. 이걸 데리고 앉으면 흔히 닭이 울고 때로는 날도 밝는다. 년이 하도 못 하니까 본보기로 나만 하고 또 하고 또 하고, 그러니 저를 들병장수를 가르친다는 게 하품을 줄대며 졸려 죽겠지. 하지만 내가 먼저 자자 하기 전에는 제가 차마 졸립다진 못할라. 애초

들병장수로 나가자 말을 낸 것이 누군데 그래. 이렇게 생각하면 울화가 울컥 올라서 주먹이 가끔 들어간다.

"이년아. 정신을 좀 채려, 나만 밤낮 하래니?"

"이놈이 팔때길 꺾어 놀라."

"이거 잘 배면 너 잘되지 이년아, 날 주는 거야. 큰 체게."

이번엔 손가락으로 이마빼기를 쿡 찍어서 뒤로 넘긴다. 여느 때 같으면 년이 독살이 나서 저리로 내뺄 게다. 제가 한 죄가 있으니까 다시 일어나서 소리 가르쳐 주기만 기다리는 게 아니냐. 하니 딱한 일이다. 될지 안 될지도 의문이거니와 서로 하품은 뻔질 터지고 이왕 내친 걸음이니 그렇다고 안 할 수도 없고, 예라 빌어먹을 거, 너나 내가 얼른 팔자를 고쳐야지 늘 이러고 말 테냐. 이렇게 기를 한번 쓰는구나. 그리고 밤의 산천이 울리도록 소리를 빽빽 질러 가며 년하고 또다시 흥타령을 부르겠다.

그래도 하나 기특한 것은 년이 성의는 있단 말이지. 하기는 그나마도 없다면야 들병장순커녕 깻묵도 그르지만, 날이라도 틈만 있으면 지 혼자서 노래를 연습하는구나. 빨래를 할 적이면 빨랫방망이로 가락을 맞추어 가며 이팔청춘을 부른다. 혹은 방 한구석에 죽치고 앉아서 어깨짓으로 버선을 꿰매며 노랫가락을 부른다. 노래 한 장단에 바늘 한 꿰엄씩이니 버선 한 짝 기리려면 열나절은 걸리지. 하지만 아따 버선으로 먹고 사느냐. 노래만 배워라. 년도 나만큼이나 이밥에 고기가 먹고 싶어서 몸살도 나는지 어떤 때에는 바깥 밭둑을 지나가려면 뒷산에서 콧노래가 흥이 겨울 적도 있겠다. 그러나 인제 노랫가락에 흥타령쯤 겨우 배웠으니 그 담 건 어느 하가에 배우느냐, 망할 년두 참.

게다가 년이 시큰둥해서 나더러 신식 창가를 가르쳐 달라구, 들병장수는 구식 소리도 잘해야 하겠지만 첫째 시체 창가를 알 수 있냐. 땅이나 파먹던 놈이 나는 그런 거 모른다, 하고 좀 무색했더니 며칠 후에는 년이 시체 창가 하나를 배워 왔다. 화로를 끼고 앉아서 그 전을 두드리며 네 보란 듯이 자랑스럽게 하는 것이 아닌가. 피었네, 피었네, 연꽃이 피었네. 피었다구 하였더니 볼 동안에 옴쳤네. 대체 이걸 어디서 배웠을까? 얘 이년 참 나보담 수단이 좋구나, 하고 나는 퍽 감탄하였다. 그랬더니 나중 알고 보니까 년이 어느 틈에 야학에 가서 배우질 않았겠나. 야학이란 요 산 뒤에 있는 조그만 움인데 농군 아이에게 한겨울 동안 국문을 가르친다. 창가를 할 때쯤 해서 년이 추운 줄도 모르고 거길 찾아간다. 아이를 업고 문밖에서 서서 귀를 기울이고 엿듣다가 저도 가만 가만히 흉내를 내보고 내보고 하는 것이다. 그래 가지고 집에 와서는 히짜를 뽑고 야단이지. 신식 창가는 며칠만 좀 더 배우면 아주 능통하겠다.

그러나 아무리 생각해봐도 년의 낯짝만은 걱정이다. 소리는 차차 어지간히 돼들어 가는데 이놈의 얼굴이 암만 봐도 영 글렀구나. 경칠 년, 좀만 얌전히 나왔더면 이 판에 돈 한 몫 크게 잡는 걸. 간혹 가다 제물에 화가 뻗치면 아무 소리 않고 년의 배때기를 한 두어 번 안 줴박을 수 없다. 웬 영문인지 몰라서 년도 눈깔을 크게 굴리고 벙벙히 쳐다보지. 땀을 낼 년, 그 낯짝을 하고 나한테로 시집을 온담, 뻔뻔하게. 하나 년도 말은 안 하지만 제 얼굴 때문에 가끔 성화이지 쪽 떨어진 손거울을 들고 앉아서 이리 뜯어보고 저리 뜯어보고 하지만 눈깔이야 일반이겠지. 저라고 나 뵐 리가 있겠나, 하니까 오장 썩는 한숨이 연방 터지고 한 풀 죽는구나. 그러나 요행히 내가 방에 있으면

돌아다보고,

"이봐! 내 얼굴이 요즘 좀 나가지 않어?"

"그래 좀 난 것 같다."

"아니 정말 해봐."

하고 이년이 팔때끼를 꼬집고 바싹바싹 들이덤빈다. 년이 능글맞아 나쯤은 좋도록 대답해 주려니 하고 아주 탁 믿고 묻는 게렷다. 정말 본 대로 말할 사람이면 제가 겁이 나서 감히 묻지도 못한다. 짐짓 이뻐졌다, 하고 나도 능청을 좀 부리면 년이 좋아서 요새 분때를 자주 밀었으니까 좀 나졌겠지, 하고 들병장수는 뭐 그렇게까지 이쁘지 않아도 된다고 또 구구히 설명을 늘어놓는다. 경을 칠 년, 계집은 얼굴 밉다는 말이 칼로 찌르는 것보다도 더 무서운 모양이다. 별 욕을 다하고 개잡듯 막 뚜드려도 조금 뒤에는 헤, 하고 앞으로 기어드는 이년이다. 마는 어쩌나. 제 얼굴의 흉이나 좀 본다면 사흘이고 나흘이고 년이 나를 슬슬 피하며 은근히 곯리려고 든다. 망할 년, 밉다는 게 그렇게 진저리가 나면 아주 면사포를 쓰고 다니지 그래. 년이 능청스러워 조금 더 이뻤더라면 나는 얼렁얼렁해 버리고 돈 있는 놈 군서방해 갔으렷다. 계집이 얼굴이 이쁘면 제 값 다하니까. 그렇게 생각하면 년의 낯짝 더러운 것이 나에게는 불행 중 다행이라 안 할 수 없으리라.

계집은 아마 남편을 속여먹는 맛에 깨가 쏟아지나 보다. 년이 들병장수 노릇을 할 수단이 있다고 감히 장담한 것도 저의 이 행실을 믿고 그랬는지도 모른다. 새벽 일찍이 뒤를 보려니까 어디서 창가를 부른다. 거적 틈으로 내다보니 년이 밥을 끓이면서 연습을 하지 않나, 눈보라는 쌩쌩 소리를 치는데 아궁지에 앉아서 부지깽이로 솥뚜껑을 톡톡 두드리겠다. 그리고 거기 맞추어 신식 창가를 청승맞게 부르는구나. 그러다 밥이 우루루 끓으니까 뙤를 빗겨 놓고 다시 시작한다. 젊어서도 할미꽃 늙어서도 할미꽃, 아하하하 우습다, 꼬부라진 할미꽃. 망할 년, 창가는 경치게도 좋아하지. 방아타령 좀 부지런히 공부해 두라니깐 그건 안 하고 아따 아무 거라도 많이 하니 좋다. 마는 이번엔 저고리 섶이 들먹들먹 아무도 없으니까 아궁이에다 들여다대고 한 모금 뻑뻑 빠는구나. 그리고 냅다 재채기를 줄대 뽑고 코를 풀고 이 지랄이다. 그저께도 들켜서 경을 쳤더니 년이 또 내 담배를 훔쳐 가지고 나온 것이다. 돈 안 드는 소리나 배웠겠지. 망할 년, 아까운 담배를, 곧 뛰어나가려다 뒤도 급하거니와 요즘 똘똘이가 감기로 앓는다. 년이 밤낮 둘러업고 야학으로 돌아다니더니 그예 그 꼴을 만들었다. 오라질 년, 남의 아들을 중한 줄을 모르고 들병장수하다가 이것 행실 버리겠다. 망할 년이 하는 소리가 들병장수가 되려면 소리도 소리려니와 담배도 먹을 줄 알고 술도 마실 줄 알고 사람도 주무를 줄 알고 이래야 쓴다나. 이게 다 요전에 동리에 들어왔던 들병장수에게 들은 풍월이렷다. 그래서 저도 연습 겸 골고루 다 한 번씩 해보고 싶어서 아주 안달이 났다. 방아타령 하나 변변히 못 하는 년이 소리는 저절로 될 듯싶은지!

이런 기맥을 알고 년을 농락해 먹은 놈이 요아래 사는 뭉태놈이다. 놈도 더러운 놈이다. 우리 마누라의 이 낯짝에 몸이 달았다면 그만하면 다 알쪼지. 어디서 계집이 없어서 그걸 손을 대구, 망할 자식도. 놈이 와서 섣달 대목이니 술 얻어먹으러 가자고 년을 꾀였구나. 조금 있으면 내가 올 테니까 안 된다. 해지기 전에 잠깐만, 하고 손을 내끌었다. 들병장수로 나가려면 우선 술 파는 경험도 해봐야 하니까, 하는 바람에 년이 솔깃해서 덜렁덜렁 따라섰겠지. 집안을 망할 년. 남편이 나무를 팔러 갔다 늦으면 밥 먹을 준비를 하고 기다려야 옳지 않느냐. 남은 밤길을 삼십 리나 허덕지덕 걸어오는데, 눈이 푹푹 쌓여 발모가지는 떨어져나가는 듯이 저리고, 마을에 들어와서는 짜장 곧 쓰러질 듯이 허기가 졌다. 얼른 가서 밥 한 그릇 때려뉘고 년을 데리고 앉아서 또 소리를 가르쳐야지. 이런 생각을 하고 술집 옆을 지나다가 뜻밖에 깜짝 놀란 것은 그 바깥방에서 년의 너털웃음이 들린다. 얼른 다가서서 문틈으로 들여다보니까 아 이 망할 년이 뭉태하고 술을 먹는구나.

입때까지는 하도 우스워서 꼴들만 보고 있었지만 더는 못 참는다. 지게를 벗어던지고 방문을 홱 열어젖히자 우선 놈부터 방바닥에 메어쳤다. 물론 술상은 발길로 찼으니까 벽에 가 부서졌지. 담에는 년의 비녀쪽을 질질 끌고 밖으로 나왔다. 술취한 년은 정신이 번쩍 들도록 흠뻑 경을 쳐줘야 할 터이니까 눈에다 틀어박았다. 그리고 깔고 올라앉아서 망할 년 등줄기를 두 주먹으로 대구 우렸다. 때리면 때릴수록 점점 눈으로 들어갈 뿐 발악을 치기에는 너무 취했다. 때리는 것도 년이 대들어야 멋이 있지 이러면 아주 싱겁다. 년은 그대로 내버리고 방으로 들어가서 놈을 찾으니까 이 빌어먹을 자식이 생쥐새끼처럼 어디로 벌써 내빼지 않았나. 참말이지 이런 자식 때문에 우리 동리는 망한다. 남의 계집을 보았으면 마땅히 남편 앞에 나와서 대강이가 깨져야 옳지 그래 달아난담. 못생긴 자식도 다 많지. 할 수 없이 척 늘어진 이년을 등에다 업고 비척비척 집으로 올라오자니까 죽겠구나.

날은 몹시 차지, 배는 쑤시도록 고프지, 좀 노할래야 더 노할 근력이 없다. 게다 우리 집 앞 언덕을 올라가다 엎어져서 무르팍을 크게 깠지. 그리고 집엘 들어가니까 빈 방에는 똘똘이가 혼자 어미를 부르고 울고 된통 법석이다. 망할 잡년도, 남의 자식을 그래 이렇게 길러 주면 어떡할 작정이람. 년의 꼴 봐하니 행실은 예전에 글렀다. 이년하고 들병장수로 나갔다가는 넉넉히 나는 한 옆에 재워 놓고 딴 서방 차고 달아날 년이다. 너는 들병장수로 돈 벌 생각도 말고 그저 집안에 가만히 앉았는 것이 옳겠지. 구구로 주는 밥이나 얻어먹고 몸성히 있다가 연해 자식이나 쏟아라. 뭐 많이도 말고 굴대 같은 아들로만 한 열다섯이면 족하지. 가만있자, 한 놈이 일 년에 벼 열 섬씩만 번다면 열다섯 놈이니까 일백오십 섬, 한 섬에 더도 말고 십 원 한 장씩만 받는다면 죄다 일천오백 원이지. 일천오백 원, 일천오백 원, 사실 일천오백 원이면 어이구 이건 참 너무 많구나. 그런 줄 몰랐더니 이년이 뱃속에 일천오백 원을 지니고 있으니까 아무렇게 따져도 나보담은 낫지 않는가.

이런 음악회

내가 저녁을 먹고 종로거리로 나온 것은 그럭저럭 여섯 점 반이 넘었다. 너펄대는 우와기 주머니에 두 손을 콱 찌르고 그리고 휘파람을 불며 올라오자니까,

"얘!"

하고 팔을 뒤로 잡아채며,

"너 어디 가니?"

이렇게 황급히 묻는 것이다.

나는 삐끗하는 몸을 고르잡고 돌려보니 교모를 푹 눌러쓴 황철이다. 번이 성미가 겁겁한 놈인 줄은 아나 그래도 이토록 씨근거리고 긴 달려듦에는, 하고,

"왜 그러니?"

"너 오늘 콩쿨음악대횐 거 아니?"

"콩쿨음악대회?"

하고 나는 좀 떠름하다가 그제서야 그 속이 뭣인 줄을 알았다. 이 황철이는 참으로 우리 학교의 큰 공로자이다. 왜냐하면 학교에서 운동시합을 하게 되면 늘 맡아 놓고 황철이가 응원대장으로 나선다. 뿐만 아니라 제 돈을 들여 가면서 선수들을(학교에서 먹여야 번히 옳을 건데) 제가 꾸미꾸미 끌고 다니며 먹이고 놀리고 이런다. 그리고 시합 그 이튿날에는 목에 붕대를 칭칭하게 감고 와서 똑 벙어리 소리로,

"어떠냐? 내 어제 응원을 잘해서 이기지 않았니?"

하고 잔뜩 뽐을 내고는,

"그저 시합엔 응원을 잘해야 해!"

그러니까 이런 사람은 영영 남 응원하기에 목이 잠기고 돈을 쓰고 이래야 되는, 말하자면 팔자가 응원대장일지도 모른다. 이번에도 콩쿨음악대회에 우리 반 동무가 나갔고 또 요행히 예선에까지 붙기도 해서, 놈이 어제부터 응원대 모으기에 바빴다. 그러나 나에게는 아무 말도 없더니 왜 붙잡나 싶어서,

"그럼 얼른 가보지. 왜 그러구 있니?"

"다시 생각해보니까 암만 해도 사람이 부족하겠어."

하고 너도 같이 가자 팔을 막 잡아끄는 것이다.

"너나 가거라, 난 음악회 싫다."

나는 이렇게 그 손을 털고 옆으로 떨어지다가,

"쟤! 쟤! 내 이따 나오다가 돼지고기 만두 사 주마."

함에는 어쩔 수 없이 고개를 모로 돌리어,

"대관절 몇 시간이나 하냐?"

하고 묻지 않을 수 없다. 그러나 그 대답이 끽 두 시간이면 끝나리라 하므로 나는 안심하고 따라섰다.

둘이 음악회장 입구에 헐레벌떡하고 다다랐을 때는 우리 반 동무 열세 명은 벌써 와서들 기다리고 섰다. 저희끼리 낄낄거리고 수군거리고 하는 것이 아마 한창들 흉계가 벌어진 모양이다.

황철이는 우선 입장권을 사가지고 와 우리에게 한 장씩 나누어주며 명령을 하는 것이다. 즉 우리들이 네 무더기로 나누어서 회장의 전후좌우로 한구석에 한 무더기씩 앉고 시치미를 딱 떼고 있다가 우리 악사만 나오거든 덮어 놓고 손바닥을 치며 재청이라고 악을 쓰라는 것이다. 그러면 암만 심사원이라도 청중을 무시하는 법은 없으니까 일등은 반드시 우리의 손에 있다고 하나 다른 악사가

나올 적에는 손바닥커녕 아예 끽 소리도 말라 하고 하나씩 붙들고는 귀에다,

　　"알았지, 응?"

　　그리고 또,

"알았지, 재청?"

하고 꼭꼭 다진다.

"그래 그래 알았어!"

나도 쾌히 깨닫고 황철이의 뒤를 따라서 회장으로 올라갔다.

새로 건축한 넓은 대강당에는 벌써 사람들 머리로 까맣게 깔리었다. 시간을 기다리다 지루했는지 고개들을 길게 뽑고 수선스레 들어가는 우리를 돌아본다. 우리는 황철이의 명령대로 덩어리 덩어리 지어 사방으로 헤졌다. 나는 황철이와 또 다른 동무 하나와 셋이서 왼쪽으로 뒤 한구석에 자리를 잡았다.

일곱 점 정각이 되자 북적거리던 장내가 갑자기 조용하여진다. 모두들 몸을 단정히 갖고 긴장된 시선을 모았다.

제일 처음이 순서대로 성악이었다. 작달만한 젊은 여자가 나와 가냘픈 음성으로 노래를 부르는데 귀가 간지럽다. 하기는 노래보다도 조그만 두 손을 가슴께 고부려 붙이고 고개를 개웃이 앵앵거리는 그 태도가 나는 가엾다 생각하고 하품을 길게 뽑았다. 나는 성악은 원 좋아도 안 하려니와 일반 음악에도 씩씩한 놈이 아니면 귀가 가려워 못 듣는다.

그 담에도 역시 여자의 성악, 그리고 피아노 독주, 다시 여자의 성악—그러니까 내가 앞의 사람 의자 뒤에 고개를 틀어박고 코를 곤 것도 그리 무리는 아닐 듯싶다.

얼마쯤이나 잤는지는 모르나 옆의 황철이가 흔들어 깨우므로 고개를 들어보니 비로소 우리 악사가 등장한 걸 알았다. 중학교 복으로 점잖이 바이올린을 켜고 섰는 양이 귀엽고도 한편 앙증해 보인다. 나도 졸음을 참지 못하여 눈을 감은 채 손바닥을 서너 번 때렸으나 그러나 잘 생각하니까 다른 동무들은 다 가만히 있는데 나만 치는 것이 아닌가. 게다 황철이가 옆을 콱 치면서,

"이따 끝나거든."

하고 주의를 시켜주므로 나도 정신이 좀 들었다. 나는 그 바이올린보다도 응원에 흥미를 갖고 얼른 끝나기만 기다렸다.

연주가 끝나기가 무섭게 우리들은 목이 마른 듯이 손바닥을 치기 시작하였다. 이렇게 치고도 손바닥이 안 해지나 생각도 하였지만 이쪽에서,

"재청이요!"

하고 악을 쓰면,

"재청! 재청!"

하고 고함을 냅다 지른다.

나도 두 귀를 막고 '재청!'을 연발했더니 내 앞에 앉은 여학생 계집애가 고개를 뒤로 돌리어 딱한 표정을 하는 것이 아닌가.

이렇게 우리들은 기가 올라서 응원을 하련만 황철이는 시무룩하니 좋지 않은 기색이다. 그 까닭은 우리 십여 명이 암만 악장을 쳐도 쾅하게 넓은 그 장내, 그 청중으로 보면 어디서 떠드는지 알 수 없을 만큼 우리들의 존재가 너무 희미하였다. 그뿐 아니라 재청을 요구함에도 불구하고 이번에는 말쑥이 차린 신사 한 분이 바이올린을 옆에 끼고 나오는 것이다.

신사는 예를 멋지게 하고 또 역시 멋지게 바이올린을 턱에 갖다 대더니 그 무슨 곡조인지 아주 장쾌한 음악이다. 그러자 어느 틈에

그는 제멋에 질리어 팔뿐 아니라 고개며 어깨까지 바이올린 채를 따라다니며 꺼떡꺼떡 하는 모양이 애, 이놈 참 진짜로구나, 하고 감탄 안 할 수 없다. 더구나 압도적 인기로 청중을 매혹케 한 그것을 보더라도 우리 악사보다 몇 배 뛰어남을 알 것이다.

그러나 내가 더 놀란 것은 넓은 강당을 뒤엎는 듯한 그 환영이다. 일반 군중의 시끄러운 박수는 말고 위층에서(한 삼사십 명 되리라) 떼를 지어 악을 쓰는 것이 아닌가. 재청 소리에 귀청이 터지지 않은 것도 다행은 하나 손뼉이 모자랄까봐 발까지 굴러 가며 거기에 장단을 맞추어 부르는 재청은 참으로 썩 신이 난다. 음악도 이만하면 나는 얼마든지 들을 수 있다 생각하였다. 그리고 저도 모르게 어깨가 실룩실룩하다가 급기야엔 나도 따라 발을 구르며 재청을 청구하였다. 실상 바이올린도 잘했거니와 그러나 나는 바이올린보다 씩씩한 그 응원을 재청한 것이다. 그랬더니 황철이가 불끈 일어서며 내 어깨를 잡고,

"이리 좀 나오너라."

이렇게 급히 잡아끈다. 그리고 아무도 없는 변소로 끌고 와 세워 놓더니,

"너 누굴 응원하러 왔니?"

하고 해슥한 낯으로 입술을 바르르 떤다. 이놈은 성이 나면 늘 이 꼴이 되는 것을 잘 알므로,

"너 왜 그렇게 성을 내니?"

"아니, 너 뭐 하러 예 왔냐 말이야?"

"응원하러 왔지!"

하니까 놈이 대뜸 주먹으로 내 복장을 콱 지르며,

"예이 이 자식! 우리 건 고만 납작했는데 남을 응원해 줘?"

그리고 또 주먹을 내대려 하니 암만 생각해도 아니꼽다. 하여튼 잠깐 가만히 있으라고 손으로 주먹을 막고는,

"너 왜 주먹을 내대니, 말루 못 해?"

하다가,

"이놈아! 우리 얼굴에 똥칠한 것 생각 못 허니?"

하고 또 주먹으로 대들려는 데는 더 참을 수 없다.

"돼지고기 만두 안 먹으면 그만이다!"

이렇게 한 마디 내뱉고는 나의 약이 올라서 부리나케 층계로 내려왔다.

봄 밤

"얘, 오늘 사진 재밌지?"

영애는 옥녀의 옆으로 다가서며 정다이 또 물었다. 마는 옥녀는 고개를 폭 숙이고 그저 걸을 뿐 역시 대답이 없다.

극장에서 나와서부터 이제까지 세 번을 물었다. 그래도 한 마디의 대답도 없을 때에는 아마 나에게 삐쳤나 보다. 영애는 이렇게 생각도 하여 봤으나 그럴 아무 이유도 없다. 필연 돈 없어 뜻대로 되지 않는 저의 연애를 슬퍼함에 틀림없으리라.

쓸쓸한 다옥정 골목으로 들어서며 영애는 날씬한 옥녀가 요즘으로 부쩍 더 자란 듯싶었다. 이젠 머리를 틀어 올려야 되겠군, 하고 생각하다 옥녀와 거번 동시에 발이 딱 멈추었다. 누가 사가지고 가다가 떨어뜨렸는가 발 앞에 네모반듯한 갑 하나가 떨어져 있다.

옥녀는 걸쌈스러운 시늉으로 사방을 돌아보고 선뜻 집어 들었다. 그리고 갑의 흙을 털며 그 귀에 가만히,

"영애야! 시겐 게지?"

"글쎄, 갑을 보니 아마 금시겔걸!"

그들은 전등 밑에 바짝 붙어서서 어깨를 맞대었다. 그리고 부랴부랴 갑이 열리었다. 그 속에서 나오는 물건 또 발질반질한 종이에 몇 겹 싸이었다. 그놈을 마저 허둥지둥 펼치었다. 그러나 그 속 알이 나타나자 그들은 기겁을 하여 땅을 도로 내던지며 퉤, 퉤, 하고

이방이나 하듯이 침을 뱉지 않을 수 없다. 그보다 더 놀란 건 골목 안에 사람이 없는 줄 알았더니 이 구석 저 구석에서 장난꾼들이 불쑥불쑥 빠져나온다. 더러는 재밌다고 배를 얼싸 안고 껄껄거리며,

"똥은 왜 금이 아닌가?"

하고 콧등을 찌긋하는 놈―.

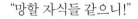

영애는 옥녀를 끌고 저리로 달아나며,

"망할 자식들 같으니!"

"으하하하하! 고것들 이쁘다!"

야영(夜櫻)

향기를 품은 보드라운 바람이 이따끔씩 볼을 스쳐간다. 그럴 적마다 꽃잎은 하나, 둘, 팔라당 공중을 날며 혹은 머리 위로 혹은 옷고름 고에 사뿐 얹히기도 한다. 가지가지 나무들 새에 끼어 있는 전등도 밝거니와 그 광선에 아련히 비치어 연분홍 막이나 벌여 논 듯, 활짝 피어 벌어진 꽃들도 곱기도 하다.

'아이구! 꽃도 너무 피니까 어지럽군!'

경자는 여러 사람들 틈에 끼어 사쿠라 나무 밑을 거닐다가 우연히도 콧등에 스치려는 꽃 한 송이를 똑 따들고 한번 느긋하도록 맡아 본다. 맡으면 맡을수록 가슴속은 후련하면서도 저도 모르게 취하는 듯싶다. 두어 서너 번 더 코에 들어 대다가 이번에는,

"얘! 이 꽃 좀 맡아봐."

하고 옆에 따르는 영애의 코 밑에다 들어 대고,

"어지럽지?"

"어지럽긴 뭬가 어지러워, 이까짓 꽃 냄새 좀 맡고!"

"그럴 테지!"

경자는 호박같이 뚱뚱한 영애의 몸집을 한 번 훔쳐보고 속으로 저렇게 뒤룩뒤룩하니까 코청도 아마, 하고는,

"너는 꽃두 볼 줄 모르는구나!"

혼잣말로 탄식하지 않을 수 없었다.

"그래 내사 꽃 볼 줄 몰라, 얘두 그럼 왜 이렇게 창경원엘 찾아왔드람?"

하고 눈을 똑바로 뜨니까,

"얘! 눈 무섭다, 저리 치워라."

하고 경자는 고개를 저리 돌리어 웃음을 날려 놓고,

"눈만 있으면 꽃 보는 거냐, 코루 냄새를 맡을 줄 알아야지."

"보자는 꽃이지 그럼, 누가 애들같이 꺾어 들고 그러디."

"넌 아주 모르는구나, 아마 교양이 없어서 그런가 부다. 꽃은 이렇게 맡아 보고야 비로소 좋은 줄 아는 거야!"

하면서 경자는 아까의 그 꽃송이를 두 손바닥으로 으깨어 가지고는 다시 맡아 보고,

"아! 취한다, 아주 어지럽구나!"

그러나 영애는 거기에는 아무 대답도 아니 하고,

"얘! 쥔 놈이 또 지랄을 하면 어떡허니?"

하고 그 왁살스러운 대머리를 생각하며 은근히 코를 비빈다.

"얘, 듣기 싫다. 별소릴 다 하는구나, 그까짓 자식 지랄 좀 하거나 말거나."

"그래도 아홉 점 안으로 다녀온댔으니까 약속은 지켜야 할 텐데ㅡ."

하고 팔을 들어보고는 깜짝 놀라며,

"벌써 아홉 점 칠 분인데!"

"열 점이면 어때? 카페 여급이면 뭐 즈 집서 기르는 개돼지인 줄 아니? 구경헐 거나 허구 가면 그만이지."

경자는 이렇게 애꿎은 영애만 쏘아박고는 새삼스레 생각난 듯이 같이 왔던 정숙이를 찾아보았다.

정숙이는 어느 틈엔가 저만큼 떨어져서 홀로 걸어가고 있었다. 어른의 손에 매달리어 오고가는 어린아이들을 일일이 살펴보며 귀여운 듯이 어떤 아이는 머리까지 쓰다듬어 본다. 마는 바른손에 꾸겨 든 손수건을 가끔 얼굴로 가져가며 시름없이 걷고 있는 그 모양

이 심상치 않고,

'저게 눈물을 짓는 것이 아닌가? 정숙이가 왜 또 저렇게 풀이 죽었을까? 아마도 아까 우리 주인 녀석에게 말대답하다가 패랑패랑한 여자라구 사설을 당한 것이 분해 저러는 게 아닐까? 그러나 정숙이는 그렇게 맘 좁은 사람은 아닐 텐데….' 하고 경자는 아리숭한 생각을 하다가 때로 몰리는 어른 틈에 끼어 좋다고 방싯거리는 알쏭달쏭한 어린애들을 가만히 바라보고야 아하, 하고 저도 비로소 깨달은 듯싶다.

계집아이의 등에 업히어 밤톨만한 두 주먹을 내흔들며 낄낄거리는 어린애도 귀엽고, 어머니 품에 안겨 장난감을 흔드는 어린애도 또한 귀엽다.

한 손으로 입에다 빵을 꾸겨 넣으며 부지런히 따라가는 양복 입은 어린애—.

아버지 어깨에 두 다리를 걸치고 걸터앉아서 '말 탄 양반 끄덕!' 하는 상고머리 어린애—.

이런 번화로운 구경은 처음 나왔는지 어머니의 치마 속으로 기어들려는 노랑 저고리에 조그만 분홍 몽당치마—.

"쟤! 영애야! 아마 정숙이가 잃어버린 딸 생각이 또 나나 보지? 저것 좀 봐라, 자꾸 눈물을 씻지 않니?"

"글쎄."

영애는 이렇게 엉거주춤히 받고는 언짢은 표정으로 정숙이의 뒷모양을 이윽히 바라보다가,

"요새론 더 버쩍 생각이 나나 보더라. 집에서도 가끔 저래."

"애 좀 잃어버리고 뭘 저런담, 나 같으면 도리어 몸이 가뜬해서

좋아하겠다."

"어째서 제가 난 아이가 보고 싶지 않으냐? 넌 아직 애를 못 나봐서 그래."

하고 영애는 제 일같이 펄쩍 뛰었으나 앞뒤 좌우에 빽빽이 사람들이매 혹시 누가 듣지나 않았나, 하고 좀 무안스러웠다. 그는 제 주위를 흘끔흘끔 둘러본 다음 경자의 곁으로 바싹 다가서며,

"네 살이나 먹여 놓고 잃어버렸으니 왜 보고 싶지 않으냐? 그것도 아주 죽었다면 모르지만 극장 광고 돌리느라고 뿡뿡대는 바람에 쫓아나간 것을 누가 집어 갔어, 그러니 애통을 안 하겠니?"

"오 그래! 난 잃어버렸다게 아주 죽은 줄 알았구나. 그러면 수색원을 내지 그래 왜?"

"수색원을 낸 지 벌써 이태나 된다나."

"그래두 못 찾았단 말이지? 가만있자."

하고 눈을 깜박거리며 무엇을 한참 궁리해 본 뒤에,

"그럼 걔 아버지가 누군질 정숙이두 모르겠구먼?"

"넌 줄 아니, 모르게?"

영애가 이렇게 바삭스리 단 마디로 쏘아붙이는 통에 암말 못 하고 그만 얼굴이 빨개졌다.

'애두! 누군 갠 줄 아나? 아이 망할 년 같으니! 이년 떼내던지고 혼자 다닐까 부다' 하고 경자는 골김에 도끼눈을 한번 떠봤으나 그렇다고 저까지 노하긴 좀 어색하고 해서 타이르는 어조로,

"별 애두 다본다, 네 대답이나 했으면 고만이지 고렇게 톡 쏠건 뭐 있니?"

그리고 고개를 숙이고 한 대여섯 발 옮겨 놓다가 다시

영애 쪽을 돌아보며,

"지금 정숙이는 혼자 살지 않어? 그럼 걔 아버지는 가끔 만나 보긴 허나?"

"난 몰라."

"좀 알면 큰일나니 모른다게? 넌 한 집에 같이 있고 그리고 정숙이허구 의형제까지 한 애가 그걸 모르겠니?"

경자는 발을 딱 멈추고 업신여기는 눈초리로 영애를 쏘아본다. 방충 맞은 이년하구는 같이 다니지 않아도 좋다고 생각한 때문이었다.

하나 영애가 먼첨에는 좀 비쌨으나 불리한 저의 처지를 다시 깨닫고,

"헤어진 걸 또 뭘 만나니? 말하자면 언니가 이혼해서 내던진 걸."

하고 고분히 숙어드니까,

"그럼 말이야, 가만 있자."

하고 경자는 눈을 째긋이 감아 보며 아까부터 해오던 저의 궁리에 다시 취하다가,

"그럼 말이야, 그 애를 걔 아버지가 집어가지 않았을까?"

"그건 모르는 소리야, 걔 아버지란 작자는 자식이 귀여운지 어떤지도 모르는 사람이란다. 아내를 사랑할 줄 알아야 자식이 귀여운 줄도 알지."

"그럼 아주 못된 놈을 얻었었구나?"

"못되구 말구 여부 있니. 난 직접 보질 못해 모르지만 정숙이 언니 얘기를 들어 보면 고생두 요만조만 안 했나 보더라. 집에서 아내는 먹을 것이 없어서 굶고 앉았는데 이건 젊은 놈이 밤낮 술이래. 저두 가난하니까 어디 술 먹을 돈이 있겠니. 아마 친구들 집을 찾아

가서 이래저래 얻어먹구는 밤중이 돼서야 비틀거리고 들어오나 보더라. 그런데 집에 들어와서는 아내가 뭐래도 이렇다 대답 한 마디 없고 벙어리처럼 그냥 쓰러져 잠만 자. 그뿐이냐. 집에 붙어 있기가 왜 그렇게 싫은지 아침 훤해서 나가면 밤중에나 들어오고 또 담날도 훤해 나가곤 헌대. 그러니까 아내는 그걸 붙들고 앉아서 조용히 말 한 마디 해볼 겨를이 없지. 살림두 그렇지, 안팎이 손이 맞아야 되지 혼자 애쓴다구 되니? 그래 오죽해야 정숙이 언니가ㅡ."

하다가 가만히 생각해보니 남의 신변에 관한 일을 너무 지껄여 논 듯싶다. 이런 소리가 또 잘못해서 그 귀에 들어가면 어쩌나 하고 좀 좌지가 들렸으나 그렇다고 이왕 꺼낸 이야기, 도중에서 말기도 입이 가렵고 해서,

"너 괜히 이런 소리 입 밖에 내지 마라."

"너 왜 미쳤니, 그런 소릴 허게."

하고 철석같이 맹세를 하니까,

"그래 오죽해야 정숙이 언니가 아주 멀미를 내다시피 해서 떼내던졌어요. 방세는 내라구 조르고 어린애는 보채고 허니 어떻게 사니. 나 같으면 분통이 터져서 죽을 노릇이지. 그래서 하루는 잔뜩 취해 들어온 걸 붙들고 앉아선 이래선 당신하구 못 살겠수, 난 내대로 빌어먹을 터이니 당신은 당신대루 어떡헐 셈대구 내일은 민적을 갈라 주. 조금도 화도 안 내고 좋은 소리루 그랬대. 뭐 화두 낼 자리가 따루 있지 그건 화를 냈댔자 아무 소용이 없으니까. 그리고 어린애는 아직 젖먹이니까 어미 품을 떨어져서는 못 살 게니 내가 데리구 있겠소, 그랬더니 그날은 암말두 않고 그대로 자고는 그 담날부터는 들어오질 않더래. 별 것두 다 많지? 그리고 나달 후에는 엽서 한 장이 왔는데 읽어 보니까 당신 원대로 인제는 이혼 수속이 다 되

었으니 당신은 당신 갈 데로 가시오, 하고 아주 뱃심 좋은 편지래
지. 그러니 이따위가 자식새끼를 생각하겠니? 아내 떼버리는 게 좋
아서 얼른 이혼해 주고 이렇게 편지까지 헌 놈이―."

"그렇지 그래, 그런데 사내들은 제 자식이라면 눈깔을 뒤집고 들
이덤비나 보던데……. 그럼 이건 미환 게로구나?"

"미화다마다! 그래 정숙이 언니도 매일같이 바가질 긁
다가도 그래도 들은 둥 만 둥 하니까 나중에는 기가 막혀
서 말 한 마디 안 나온다지. 그런데 처음에는 그렇지도
않았대. 순사 다닐 때에는 아주 똬롱똬롱하고 점잖은 것
이. 그걸 내떨리고 나서 술을 먹고 그렇게 바보가 됐대요. 왜
첨에야 의두 좋았지. 아내가 병이 나면 제 손으로 약을 대려다 바치
구 대리미도 붙들어 주고 이러던 것이 그만 바보가― 그 후로 삼 년
이나 되건만 어디가 죽었는지 살았는지 소식도 들어 보질 못하겠
대."

"아주 바본 게로군? 허긴 애! 바볼수록 더 기집애에게 미치나 보
더라, 왜 저 우리 쥔 녀석 좀 봐, 얼병이같이 어릿어릿허는 자식이
그래도 기집애 꽁무니만 노리고 있지 않아?"

"글쎄 아마 그런가봐. 그런 것한테 걸렸다간 아주 신세 조질걸?
정숙이 언니 좀 봐, 좀 가여운가. 게다가 그 후 일 년두 채 못 돼서
딸까지 마저 잃었으니. 넌 모르지만 카페로 돌아다니며 벌어다가
모녀가 먹고 살기에 고생 묵찐히 했다. 나갈 때마다 쥔 여편네에게
어린애 어디 가나 좀 봐 달라구 신신부탁은 허나 어디 애들 노는 걸
일일이 쫓아다니며 볼 수 있니?"

"그건 또 있어 뭘 하니? 외래 잘 됐지."

"그러나 애어머니야 어디 그러냐?"

하고 툭 찼으나 남의 일이고 밑천 드는 것이 아닌 걸 좀더 지껄이지 않고는 속이 안심치 않다. 그는 경자 귀에다 입을 들여 대고 몇만 냥짜리 이야기나 되는 듯이 넌지시,

"그래서 우리 집 주인 마나님이 어디 다른 데 중매를 해줄 터이니 다시 시집을 가보라구 날마다 쑹쑹거려두 언니가 말을 안 들어. 한번 혼이 나서 서방이라면 진절머리가 난다구……."

하고 안 해도 좋을 소리를 마저 쏟아 놓았다.

"그럴 거 뭐 있어? 얻었다가 싫으면 또 차 내던지면 고만이지."

"말이 쉽지 어디 그러냐? 사내가 한 번 달라붙으면 진드기 모양으로 어디 잘 떨어지니. 너 같으면 혹……."

하고 은연히 너와 정숙이 언니와는 번히 사람이 다르단 듯이 입을 삐쭉했으나 경자가 이 눈치를 선뜻 채고 저도 뒤둥그러지며,

"암 그럴 테지! 넌 술취한 손님이 안에서 소리만 빽 질러도 눈물이 끌썽끌썽하는 바보가 아니냐? 그러니 남편한테 겁도 나겠지. 허지만 그게 다 교양이 없어서 그래."

이렇게 밸을 긁는 데는 큰 무안이나 당한 듯싶어서 얼굴이 빨개지며 짜장 눈에 눈물이 핑 돌지 않을 수가 없다.

망할 년, 그래 내가 바보야? 남의 이야기는 다 듣고 고맙단 소리 한 마디 없이, 망할 년! 학교는 얼마나 다녔다구 밤낮 저만 안다지. 그리고 그 교양인가 빌어먹을 건 어디서 들은 문자인지 걸핏하면,

"넌 교양이 없어서 그래에? 말대가리같이 생긴 년이 저만 잘났대지."

영애는 속으로 약이 바짝 올랐으나 그렇다고 겉으로 내대기에는 말솜씨로든 그 위풍으로는 어느 모로든 경자에게 딸

린다. 입문을 곧 열었으나 그러나 주저주저하다가,

"남편이 무서워 그러니? 애두! 왜 고렇게 소견이 없니? 하루라도 같이 살던 남편을 암만 싫더라두 무슨 체모에 너 나가라고 그러니?"

"체모? 홍! 어서 목말라 죽은 것이 체모야?"

하고 콧등을 홍, 홍 하고 울리니까,

"너는 체모도 모르는구나! 아이 별 아이두! 그게 교양이 없어서 그래."

하고 때는 이때라구 얼른 그 '교양'을 돌려 대고 써먹어 보았다.

경자는 저의 '교양'을 제법 무단히 써먹는 데 자존심이 약간 꺾이면서,

"이년 보래! 내가 쓰는 걸 배워 가지고 그래 내게 도루 써먹는 거야? 시큰둥헌 년! 제가 교양이 뭔지나 알고 그러나?"

하고 모로 슬며시 눈을 흘겼으나 하나 그걸 가지고 다투긴 유치하고,

"체모는 다 뭐야, 배고파도 체모에 물려서 굶겠구나? 애두! 배우지 못헌 건 참 헐 수 없어!"

"넌 요렇게 잘 뱄니? 그래서 요전에 주정꾼에게 삐루 세례를 받았구나?"

"뭐? 내가 삐루 세례를 받건 말건 네가 알게 뭐냐? 건방지게 이년이 누길."

하고 그 팔을 뒤로 홱 잡아채고 그리고 색색거리며 독이 한창 오르려 하였을 때 예기치 않고 그들은 얼김에 서로 폭 얼싸안고 말았다. 인적이 드문 외진 이 구석, 게다가 그게 무슨 놈의 짐승인지 바로 언덕 위에서 이히히히, 하고 가괴하게 울리는 그 울음소리에 고

만 온 전신에 소름이 쪽 끼치는 것이다.

그들은 정숙이에게로 힝하게 따라가며,

"아 무서워! 얘 그게 무어냐?"

"글쎄 뭘까— 아주 징그럽지?"

이렇게 서로 주고받으며 어린애같이 마주대고 웃어 본다.

경자는 정숙이 곁으로 바짝 붙으며,

"정숙이! 다리 아프지 않어? 우리 저 식당에 가서 좀 앉았다가 돌아서 나가지?"

"그럴까?"

정숙이는 아까부터 그만 나가고 싶었으나 경자가 같이 가자고 굳이 붙잡는 바람에 건성 따라만 다녔다.

이번에는 경자가 하자는 대로 붐비는 식당으로 들어가 자리를 잡았을 때 골머리가 아찔하고 아무 생각도 없었으나,

"우리 사이다나 먹어 볼까?"

하고 묻는 그대로,

"아무 거나 먹지."

하고 좋도록 대답하였다.

그들은 사이다 세 병과 설고 세 개를 시켜 놓았다.

경자는 사이다 한 컵을 쭉 들이켜고 나서,

"영애야! 너 아까 보자는 꽃이라고 그랬지? 그럼 말야, 그림 한 장을 사다 걸구 보지 애써 여기까지 올 게 뭐냐?"

하고 아까부터 미결로 온 그 문제를 다시 건드린다. 마는 영애는 저 먹을 것만 천천히 먹고 있을 뿐으로 숫제 받아 주질 않는다. 억설쟁이 경자를 데리고 말을 주고 받다간 결국엔 제가 곱는 것을 여러 번 경험하고 있다. 나중에는 하도 비위를 긁어놓으니까 할 수 없이

정순이 쪽으로 고개를 돌리며,

"언니는 어떻게 생각허우? 그래 보라는 꽃이지 꺾어 들구 냄새를
맡자는 꽃이우? 바루 그럴 양이면 향수를 사다 뿌려 놓고 들엎디었

지 왜 예까지 온담?"

하고 응원을 청할 수밖에 없었다.

그러나 정숙이는 처음엔 무슨 소린지 몰라서 얼떨하다가,

"난 그런 거 모르겠어."

하고 울가망으로 씀씀히 받고 만다.

영애는 잇속 없이 경자에게 가끔 쪼여 지내는 자신을 생각할 때 여간 야속하지 않다. 연못가로 돌아 나오다 경자가 굳이 유원지에 들어가 썰매 한번 타보고 가겠다 하므로 따라서 들어가긴 하였으나 그때까지 말 한 마디 건네지 않았다. 뿐만 아니라 경자가 마치 망아지 모양으로 껑충거리며 노는 걸 가만히 바라보고는 '에이 망할 계집애두! 저것두 그래 계집애년이람?' 하고 속으로 손가락질을 않을 수 없다.

유원지 안에는 여러 아이들이 이리 몰리고 저리 몰리고 하였다. 부랑꼬에 매달렸다가 그네로 옮아 오고 그네에서 흥이 지면 썰매 위로 올라온다.

그 틈에 끼어 경자는 호기 있게 썰매를 한번 쭈욱 타고 나서는 깔깔 웃었다. 그리고 다시 기어올라서 또 찌익 미끄러져 내릴 때 저편 구석에서,

"저 궁둥이 해진다!"

하고 손뼉을 치며 껄껄거리고 웃는 것이다.

경자는 치마를 털며 일어서서 그쪽을 바라보니 열칠팔밖에 안 돼 보이는 중학생 셋이 서서 이쪽을 향하여 웃고 있다.

경자는 날카로운 음성으로 대뜸,

"어떤 놈이야? 내 궁둥이 해진다는 놈이……."

하고 쏘아붙이며 영애가 말림에도 듣지 않고 달려들었다.

철없는 학생들은 놀리면 달아날 줄 알았지 이렇게까지 독수리처럼 대들 줄은 아주 꿈밖이었다. 모두 얼떨떨해서 암말 못하고 허옇게 닭이다가,

"우리가 뭐랬다고 그러세요?"

혹은,

"우리끼리 이야기하고 웃었는데요."

이렇게 밑 빠진 구멍에 물을 채우려고 땀이 빠진다. 마는 경자는 좀체로 그만 두려지 않고,

"학생이 공부는 안 하구 남의 여자 히야까시하러 다니는 게 일이야?"

하고 그 중 나이 찬 학생의 얼굴을 벌겋게 달궈 놓는다.

이 서슬에 한 사람 두 사람 구경꾼이 모이더니 나중에는 삑 둘려성이 되고 말았다.

어떤 이는 너무 신이 나서,

"암, 그렇지 그래 잘한다!"

하고 소리를 내지르기도 하고 또는,

"나이 어려 그렇지요, 그쯤 하구 그만 두십시오."

하고 뜯어말리는 사람…….

그러나 정숙이는 이편에 따로 떨어져 우두커니 서서는 제 앞만 바라보고 있었다.

거기에는 대여섯 살 될지 말지 한 어린아이 둘이 걸상에 마주 걸터앉아서 그네질을 하며 놀고 있다. 눈을 뚝 부릅뜨고 심술궂게 생긴 그 사내아이도 귀엽고, 스스러워서 눈치만 할금할금 보는 조선 옷에 단발한 그 계집애도 또한 귀엽다. 바람이 불 적마다 단발머리가 부르르 날리다가는 사뿟 주저앉는 그 모양은 보면 볼수록 한 번

답삭 껴안아 보고 싶은 생각이 간절하였다.

'우리 모정이두 그대루 컸다면 저만은 하겠지!'

그리고 정숙이는 여지껏, 어딘가 알 수 없이 모정이와 비슷비슷한 계집애를 벌써 여남은이나 넘어 보아 오는 기억이 난다. 요 계집애두 어쩌면 그 눈매며 입 모양이 모정이같이 고렇게 닮았는지. 비록 살은 포동포동히 오르고 단발은 했을망정 하관만 좀 길다 하고 그리고 어디가 엎어져서 상처를 얻은 듯싶은 이마와 그 흠집만 없었더라면 어지간히 같을 뻔도 하였다, 하고 쓸쓸히 웃어 보다가,

'남이 우리 모정이를 집어간 것 마찬가지로 고런 계집애 하나 훔쳐다가 기르면 그만 아닌가?'

이렇게 요즈음 가끔 하여 보던 그 무서운 생각을 다시 하여 본다.

정숙이는 갖은 열정과 애교를 쏟아 가며 허리를 꾸부리어,

"얘! 아가야! 너 몇 살이지?"

하고 손으로 단발머리를 쓸어 본다.

계집애는 낯선 사람의 손을 두려워함인지 두 눈을 말뚱히 뜨고 치어다만 볼 뿐으로 아무 대답도 없었다. 그러나 손이 다시 들어와,

"아이 참! 우리 애기 예뻐요! 이름이 뭐지?"

하고 또 머리를 쓰다듬으니 이번에는 마치 모욕이나 당한 사람같이 어색하게도 비슬비슬 일어서더니 저리로 곧장 달아난다.

정숙이는 낙심하여 쌀쌀한 애두 많군, 하고 속으로 탄식을 하며 시선이 그 뒤를 쫓아가다가 이상도 하다고 생각하였다. 거리가 좀 있어 똑똑히는 보이지 않으나마 병객인 듯싶은 흰 두루마기에 중절모를 눌러 쓴 한 사나이가 괴로운 듯이 쿨룩거리고 서서 앞으로 다가오는 계집애와 이쪽을 번갈아가며 노려보고 있었다. 얼른 보기에 후리후리한 키며 구부정한 그 어깨가 정숙이는 사람의 일이라 혹시

하면서도 그러나 결코 그럴 리는 천만 없으리라고 혼자 이렇게 또 우기면서도 저도 모르게 앞으로 몇 걸음 걸어나간다. 시나브로 거리를 잡아 가며 댓 걸음 사이를 두고까지 아무리 고쳐서 뜯어보아도 그는 비록 병에 얼굴은 꺼졌을망정 그리고 몸은 반쪽이 되도록 시들었을망정 확실히 전일 제가 떼어 버리려고 민줄 대던 그 남편임에 틀림없고……

"아이, 당신이?"

정숙이는 무슨 말을 하려는지 저도 모르고 이렇게 입을 벌렸으나 그 다음 말이 나오지 않았다. 원수같이 진저리를 치던 그 사람도 오랜만에 뜻 없이 만나 보니까 이상스레도 더한층 반가웠다. 한참 멍하니 바라만 보다가 더 참을 수가 없어서,

"그 동안 서울 계셨어요?"

하고 간신히 입을 열었다.

사나이는 고개를 저리 돌리고 외면한 그대로,

"이리저리 돌아다녔습니다."

하고 활하게 대답하였다. 그리고는 반갑다는 기색도 혹은 놀랍다는 기색도 그 얼굴에는 아무 표정도 찾아볼 수가 없었다. 정숙이는 무엇보다도 먼저 그 앞에 폭 안긴 그 단발한 계집애가 모정이인지 아닌지 그것이 퍽도 궁금했다. 쭈뼛쭈뼛 손을 들어 계집애를 가리키며,

"얘가 우리 모정인가요?"

하고 물었으나 그는 못 들은 듯이 잠자코 있더니 대답 대신 주먹으로 입을 막고는 쿨룩거린다.

그러나 정숙이는 속으로,

'저것이 우리 모정이겠지! 입 눈을 보더라도 정녕코 모정이겠

지!' 하면서 이 년 동안이란 참으로 긴 세월임을 다시 깨달을 만치 이렇게까지 몰라보도록 될 줄은 아주 꿈밖이었다. 마는 그보다도 더욱 놀라운 것은 자신도 모르는 폐인인 줄 알았더니 그래도 제 자식이라고 몰래 훔쳐다가 이렇게 데리고 다니는 것을 생각하면 그 속은 암만해도 하늘 땅이나 알 듯싶다. 뿐만 아니라 갈릴 때에는 그렇다 소리 한 마디 없더니 일 년 후에야 슬며시 집어간 그 속도 또한 알 수 없고—.

'저것이 정말 귀여운 줄 알까?

"얘가 모정이지요?"

정숙이는 묻지 않아도 좋을 소리를 다시 물어보았다. 여전히 사나이는 못 들은 척하고 묵묵히 섰는 양이 쭐기고 맛장수이든 그 버릇을 아직도 못 버린 듯싶었다. 그러나 저는 구지레하게 걸쳤을망정 계집애만은 깨끗하게 옷을 입혀 논 걸 보더라도, 그리고 어미한테서 고생을 할 때보다 토실토실히 살이 오른 그 볼때기를 보더라도 정숙이는 어느 편으로든 어미에게 있었던 것보다는 그 아버지가 데려간 것이 애를 위하여는 오히려 천행인 듯싶었다.

정숙이는 사나이에게 아무리 물어야 대답 한 마디 없을 것을 알고 이번에는 계집애를 향하여,

"얘 모정아."

하고 불러 보니 어른 두루마기에 파묻혔던 계집애가 고개를 반짝 든다. 이태 동안이 길다 하더라도 저를 기르던 제 에미를 이렇게도 몰라볼까, 하고 생각해보니 곧 두 눈에서 눈물이 확 쏟아지며 그대로 꼭 껴안아 보고 싶은 생각이 간절은 하나 그러나 서름이

구는 아이를 그러다간 울릴 것도 같고 해서 엉거주춤히 손만 내밀어 머리를 쓰다듬어 주며,

"얘! 모정아, 너 올해 몇 살이지?"

또는,

"얘 모정아! 너 나 모르겠니?"

이렇게 대답 없는 질문을 하고 있을 때 저만큼 등 뒤에서,

"정숙이 안 가?"

하고 경자가 달겨드는 모양이었다.

"그럼 요즘엔 어디 계세요?"

정숙이는 조급히 그러나 눈물을 머금은 음성으로 애원하다시피 묻다가 의외에도 사나이가 사직동 몇 번지라고 순순히 대답하므로 그제서야 안심하고,

"모정이 잘 가거라!"

하고 다시 한 번 쓰다듬어 보고는 경자가 이쪽으로 다가오기 전에 그쪽을 향하여 힁하게 떨어져 간다.

경자는 활개짓을 하고 걸어가며 신이야 넋이야 오는 어조로,

"내 그 자식들 납작하게 눌러 줬지. 아 내 궁둥이가 해진다는구면, 망할 자식들이! 내 좀 더 닦아 샐래다……."

"넌 너무 그래, 철모르는 애들이 그렇지 그럼 말두 못 하니? 그걸 가지고 온통 사람을 모아 놓고 이 야단이니!"

영애는 경자 때문에 창피스러운 욕을 당한 것이 생각하면 할수록 썩 분하였다.

그런데도 경자는 저 잘났다고 시퉁그러진 소리로,

"너는 그럴 테지! 왜 너는 체모 먹구 사는 사람이냐?"

하고 또 비위를 거슬려 놓다가서 저리 향하여,

"정숙이! 아까 그 궐자가 누구?"

"응 그 사내 말이지? 그 전에 나 세 들어 있던 집 주인이야."

정숙이는 이렇게 선선히 대답하고 다시 얼굴로 손수건을 가져 간다.

'자식이 그렇게 귀엽다면 그걸 낳아 놓은 아내두 좀 귀여울 텐데?' 하고 지내온 일의 갈피를 찾아오다가 그래도 비록 말은 없었다 하더라도 아내도 속으로 사랑하리라고 굳이 이렇게 믿어 보고 싶었다. 어쩌다 그렇게 되었는지 병까지 든 걸 보면 그동안 고생은 무던히 한 듯싶고, 그렇다면 전일에 밤늦게 들어와 쓰러진 사람을 멱살잡이를 하여 일으켜서는 들볶던 그것도 잘못하였고, 술 먹었으니 아침은 그만두라고 하며 마악 먹으려던 콩나물죽을 땅으로 내던진 그것도 잘못하였고, 일일이 후회가 날 뿐이었다. 제 아버지를 그토록 푸대접을 하였으니 계집애만 하더라도 어미를 탐탁히 여겨 주지 않는 것이 당연하지 않을까 생각하니 더욱 큰 설움이 북받쳐오른다. 그러나 내일 아침에는 일찍 찾아가서 전사일은 모조리 잘못하였다고 정성껏 사과하고, 그리고 앞으로는 아무리 굶더라도 찍 소리 안 하리라고 다짐까지 둔다면 혹시 사람의 일이니 다시 같이 살아 줄는지 모르리라고 이렇게 조금 안심하였을 때 영애가 팔을 흔들며,

"언니! 오늘 꽃구경 잘했지?"

"참 잘했어!"

"꽃은 멀리서 봐야 존 걸 알아, 가찹게 가면 그놈의 냄새 때문에 골치가 아프지 않아. 그렇지만 오늘 꽃구경은 참 잘했어!"

영애가 경자에게 무수히 쪼이고 게다 욕까지 당한 것이 분해서 되도록 갚으려고 애를 쓰니까 경자는 코로 흥, 하고는,

'느들이 무슨 꽃구경을 잘했니? 참말은 내가 혼자 잘했다!'

"꽃은 냄새를 맡을 줄 알아야 꽃구경이야! 보는 게 다 무슨 소용 있어?"

하고 히짜를 뽑다가 정숙이 편을 돌아보니 아까보다 더 뻗질 손수건이 올라간다. 보기에 하도 딱하여 그 옆으로 바싹 붙어서며 친절히 위로하여 가로되,

"그까짓 딸 하나 잃어버리고는 뭘 그래? 없어지면 몸이 가뜬하고 더 편하지 않어?"

그때 눈 같은 꽃잎을 포르르 날리며 쌀쌀한 꽃샘이 목덜미로 스며든다.

문간 쪽에서는 고만 나가라고 종소리가 댕그렁 댕그렁 울리기 시작하였다.

정조(貞操)

주인 아씨는 행랑어멈 때문에 속이 썩을 대로 썩었다.
나가래자니 그것이 고분히 나갈 것도 아니거니와 그렇다
고 두고 보자니 괘씸스러운 것이 하루가 다 민망하다.

어멈의 버릇은 서방님이 버려 놓은 것이 분명하였다.

아씨는 아직 이불 속에 들어 있는 남편 앞에 도사리고 앉아서
는 아침마다 졸랐다. 왜냐면 아침때가 아니곤 늘 난봉 피러 쏘다니
는 남편을 언제 한번 조용히 대해볼 기회가 없었다. 그나마도 어제
밤이 새도록 취한 술이 미처 깨질 못하여 얼굴이 벌거니 늘어진 사
람을 흔들며,

"여보! 자우? 벌써 열 점 반이 넘었수. 기운 좀 채리우."

하고 말을 붙이는 것은 그리 정다운 일이 아니었다.

그러면 서방님은 그 속이 무엇임을 지레 채고 눈 하나 떠보려고
하지 않았다. 물론 술에 곯아서 못 들은 적도 태반이지만 간혹 가다
간 듣지 않을 수 없을 만한 그렇게 큰 음성임에도 불구하고 역시 못
들은 척하였다.

이렇게 되면 아내는 제물에 더 약이 올라서 이번에도 설마 하고
는,

"아니 여보! 일을 저질러 놨으면 당신이 어떻게 처칠 하든지 해야
지 않소."

"글쎄 관둬. 다 듣기 싫으니."

하고 그제서야 어리눅는 소리로 눈살을 찌푸리다가,

"듣기 싫으면 어떡해우? 그 꼴은 눈허리가 시어서 두고 볼 수가
없으니 일이나 허면 했지 그래 쥔을 손아귀에 넣고 휘두르려는 이

따위 행랑것두 있단 말이유?"

"글쎄 듣기 싫어."

이렇게 된통 호령은 하였으나 원체 뒤가 딸리고 보니 슬쩍 돌리고,

"어서 나가 아침이나 채려 오."

"난 세상 없어도 어떻게 할 수 없으니 당신이 내쫓든지 치갈 하든지……."

하고 말끝이 고만 살며시 뒤둥그러지며,

"어쩌자구 글쎄 행랑걸!"

"주둥아리 좀 못 닥쳐?"

여기에서 드디어 남편은 열병 든 사람처럼 벌떡 일어나 앉지 않을 수가 없었다. 그와 동시에 놋재떨이가 공중을 날아와 벽에 부딪고 떨어지며 쟁그렁하고 요란스러운 소리를 낸다.

이렇게까지 하지 않으면 서방님은 머리에 떠오르는 그 징글징글한 기억을 어떻게 털어 버릴 도리가 없는 것이다. 하기는 아내를 더지껄이게 하였다가는 그 입에서 무슨 소리가 나올지 모르니 겁도 나거니와 만일에 행랑어멈이 미닫이 밖에서 엿듣고 섰다가 이 기맥을 눈치 챘다면 그는 더욱 우자스러운 저의 몸을 발견함에 틀림없을 것이다.

아내가 밖으로 나간 뒤 서방님은 멀뚱히 앉아서 쓴 침을 한번 삼키려 하였으나 그것도 잘 넘어가질 않는다. 수전증 들린 손으로 머리맡에 냉수를 쭈욱 켜고는 이불 속으로 들어가 다시 눈을 감아 보려 한다. 잠이 들면 불쾌한 생각이 좀 덜어질 듯싶어서이다.

그러나 눈만 뽀송뽀송할 뿐 아니라 감은 눈 속으로 온갖 잡귀가 다아 나타난다. 머리를 풀어 헤치고 손톱을 길게 늘인 거지귀신, 뿔

돋힌 사자귀신, 치렁치렁한 꼬리를 휘저으며 낄낄거리는 여우 귀신, 그 중의 어떤 것은 한쪽 눈깔이 물커졌건만 그래도 좋다고 아양을 부리며,

"아이 서방님."

하고 달려들면 이번에는 다리 팔 없는 오뚜귀신이 저쪽에 올롱히 앉아서,

"요녀석!"

하고 눈을 똑바로 뜬다. 이것들이 모양은 다르다 할지라도 원바탕은 한바탕이리라.

'에이 망할 년들?'

서방님은 진저리를 치며 벌떡 일어나 앉아서는 궐련에 불을 붙인다. 등줄기가 선뜩하며 식은땀이 흥건히 내솟는다.

그것도 좋으련만 부엌에서는 그릇 깨지는 소리와 함께 아내가 악을 쓰는 걸 보면 행랑어멈과 또 말시단이 되는 듯싶다. 무슨 일인지 자세히는 알 수 없으나,

"자넨 그래 기어다니나?"

하니까,

"전 빨리 다니진 못해요."

하고 행랑어멈의 데퉁스러운 그 대답―.

서방님도 행랑어멈의 음성만 들어도 몸서리를 치며 사지가 졸아드는 듯 하였다. 그리고,

'아 아! 내 뭘 보구 그랬던가? 검붉은 그 얼굴, 푸르뎅뎅하고 찝찔한 그 입술, 그건 그렇다 하고 찝찔한 짠지 냄새가 홱 끼치는, 그리고 생후 목물 한 번도 못 해봤을 듯싶은 때꼽낀 그 몸뚱아리는? 에잇 추해! 추해, 내 뭘 보구? 술이다. 술, 분명히 술의 작용이었다.'

하고 또다시 애꿎은 술만 탓하지 않을 수 없다. 아무리 생각을 안 하려 하여도 그날 밤 지냈던 일이, 추악한 그 일이 저절로 머릿속에

서 빙글빙글 도는 것이다.

과연 새벽녘 집에 다다랐을 때쯤 하여서는 하늘 땅이 움직이도록 술이 잠뿍 올랐다. 택시에서 내리어 엎으러지고 다시 일어나다가 옆집 돌담에 부딪치어 면상을 깐 것만 보아도 취한 것이 확실하였다. 그러나 대문을 열어 주고 눈을 비비고 섰는 어멈더러,

"왔나?"

하다가,

"아직 안 왔어요. 아마 며칠 묵어서 올 모양인가 봐요."

그제야 안심하고 그 허리를 꽉 부둥켜안고 행랑방으로 들어간 걸 보면 전혀 정신이 없던 것도 아니었다. 왜냐면 아침나절 아범이 들어와 저 살던 고향에 좀 다녀오겠다고 인사를 하고 나간 것을 정말 취한 사람이면 생각해냈을 리가 있겠는가.

하나 년의 행실이 더 고약했는지도 모른다. 전일부터 맥없이 빙글빙글 웃으며 눈을 째긋이 꼬리를 치던 것은 그만 두고라도 방에서 그 알량한 낯바대기를 갖다 비비며,

"전 서방님하구 살구 싶어요. 웬일이지 전 서방님만 뵈면 괜스리 좋아요."

"그래 그래 살아 보자꾸나!"

"전 뭐 많이도 바라지 않아요. 그저 집 한 채만 사주시면 얼마든지 살림하겠어요."

그리고 가장 이쁜 듯이 팔로 그 목을 얽어들이며,

"그렇지 않아요? 서방님! 제가 뭐 기생 첩인가요, 색시 첩인가요, 더 바라게?"

더욱이 앙큼스러운 것은 나중에 발뺌하는 그 태도이었다. 안에서

이 눈치를 채고 아내가 기겁을 하여 뛰어나와서 그를 끌어낼 때 어멈은 뭐랬던가. 아내보다도 더 분한 듯이 쌔근거리고 서서는 그리고 눈을 사박스레 홉뜨고는,

"행랑어멈은 일 시키자는 행랑어멈이지 이러래는 거예요?"

이렇게 바로 호령하지 않았던가. 뿐만 아니라 고대 자기를 보면 괜스레 좋아서 죽겠다는 년이 딴통같이,

"아범이 없길래망정이지 이걸 아범이 안다면 그냥 안 있어요. 없는 사람이라구 너무 업신여기진 마셔요."

물론 이것이 쥔 아씨에게 대하여 저의 면목을 세우려는 뜻도 되려니와 하여튼 년도 무던히 앙큼스러운 계집이었다. 그리고 나서도 그 다음날 밤중에는 자기가 대문을 들어서자마자 술 취한 사람을 되는 대로 잡아끌고서 행랑방으로 들어간 것도 역시 그년이 아니었던가. 하지만 잘 따져 보면 모두가 자기의 불건실한 탓으로 돌릴밖에 없고.

'문지방 하나만 더 넘어서면 곱고 깨끗한 아내가 있으련만 그걸 뭘 보구?'

이렇게 생각해보니 곧 창자가 뒤집힐 듯이 속이 아니꼽다.

그러나 이미 엎친 물이니 주워 담을 수도 없는 노릇이고 어째볼래야 어째 볼 엄두조차 나질 않는다.

서방님은 생각다 못하여 하릴없이 궁한 음성으로 아씨를 넌지시 도로 불러들였다. 그리고 거진 울퉁한 표정으로,

"여보 설혹 내가 잘못했다 합시다. 이왕 이렇게 되고 난 걸 노하면 뭘 하오?"

하고 속 썩는 한숨을 휘 돌리고는,

"그렇다고 내가 나서서 나가라 마라 할 면목은 없고 허니 당신이

날 살리는 셈치고 그걸 조용히 불러서는 돈 십 원이나 주어서 나가게 하도록 해보우.”

“당신이 못 내보내는 걸 내 말은 듣겠소?”

아씨는 아까 윽박질렀던 앙갚음으로 이렇게 톡 쏘아붙이긴 했으나,

“만일 친구들에게 이런 걸 발설한다면 내가 이 낯을 들고 문 밖엘 못 나설 터이니 당신이 잘 생각해서 해 주.”

하고 풀이 죽어서 빌붙는 이 마당에는,

“그년에게 그래 괜히 돈을 준담!”

하고 혼잣소리로 쫑알거리고는 밖으로 나오지 않을 수 없다. 더 비위를 긁었다가는 다시 재떨이가 공중을 날 것이고 그러면 집안만 소란할 뿐 외려 더욱 창피한 일이었다.

아씨는 마루 끝에 와 웅크리고 앉아서 심부름하는 계집애를 시키어 어멈을 부르게 하고 그리고 다시 생각해보니 어멈도 물론 괘씸하거니와 계집이면 덮어 놓고 맥을 못 쓰는 남편도 남편이었다. 그의 본처라는 자기 말고도 수하동에 기생 첩을 치가하였고 또는 청진동에 쌀, 나무만 대고 드나드는 여학생 첩도 있는 것이다. 꽃 같은 계집들이 이렇게 놓였으련만 무슨 까닭에 행랑어멈은 그랬는지 그 속을 모르겠고,

‘그것두 외양이나 잘났음 몰라두 그 상판대기를 뭘 보구? 에, 추해!’

하고 아씨는 자기가 치른 것같이 메스꺼운 생각이 안 날 수 없었다.

그러나 이런 일이란 언제든지 계집이 먼저 꼬리를 치는 법이었다. 그렇게 생각하여 우선 행랑어멈 이년이 더욱 흉측스러운 굴치

라 안 할 수 없다. 처음 올 적만 해도 시골서 살다 쫓겨올라온 지 며칠 안 되는데 방이 없어서 다닌다고 하며 궁상을 떤 것이 좀 측은히 본 것이 아니었던가. 한편 시골 거라 부려먹기에 힘이 덜 드나 하고 둔 것이 단 열흘도 못 되어 까만 낯바대기에 분배기를 칠한다, 머리에 기름을 바른다, 치마를 외로 돌려 입는다 하며 휘두르고 다니는 걸 보니 서울서 자라도 어지간히 닳아 먹은 계집이었다. 그렇다 치더라도 일을 시켜 보면 뒷간까지도 죽어 가는 시늉으로 하고 하던 것이 행실을 버려 논 다음부터는 제가 마땅히 해야 할 걸레질까지도 순순히 하려 하질 않는다. 그리고 고기 한 메를 사러 보내도 일부러 주인의 안을 치기 위하여 열나절이나 있다 오는 이년이 아니었던가.

"자네 대리는 오곰이 붙었나?"

아씨가 하 기가 막혀서 이렇게 꾸중을 하면,

"저는 세상 없는 일이라도 빨리는 못 다녀요!"

하고 시퉁그러진 소리로 눈귀가 실룩이 올라가는 이년이 아니었던가. 그나 그뿐이랴. 아씨가 서방님과 어쩌다 같이 자게 되면 시키지도 않으련만 아닌 밤중에 슬며시 들어와서 끓는 고래에다 불을 쳐 지펴서 요를 태우고 알몸을 구워 놓은 이년이었다.

그러나 이렇게 생각하면 막벌이를 한다는 그 남편 놈이 더 흉악할는지 모른다.

이년의 소견으로는 도저히 애뱄다는 자세로 며칠씩 그대로 자빠져서 내다 주는 밥이나 먹고 누웠을 그런 배짱이 못 될 것이다. 아씨가 화가 치밀어서 어멈을 불러들이어,

"자네는 어떻게 된 사람이걸래 그리 도도한가, 아프다고 누웠고, 애 뱄다고 누웠고, 졸립다고 누웠고, 이러니 대체 일은 누가 할

겐가?"

이렇게 눈이 빠지라고 톡톡히 역정을 내었을 제,

"애 밴 사람이 어떻게 일을 해요? 아이 별일두! 아씨는 홀몸으로도 일 안 하시지 않아요?"

하고 저도 마주대고 눈을 똑바로 뜬 걸 보더라도 제 속에서 우러나온 소리는 아닐 듯싶다. 순사가 인구조사를 나왔다가 제 성명을 물어도 벌벌 떨며 더듬거리는 이년이 아니었던가. 이렇게 생각하면 아씨는 두 연놈에게 쥐어 그 농간에 노는 것이 고만 절통하여,

"그럼 자네가 쥔 아씨 대우로 받쳐 달란 말인가?"

"온 별 말씀을 다하셔요, 누가 아씨로 받쳐 달랬어요?"

어멈은 저로도 엄청나게 기가 막힌지 콧등을 한 번 찡긋하다가,

"애 밴 사람이 어떻게 몸을 움직이란 말씀이야요? 아씨두 원 심하시지!"

"애 애 허니 뉘 눔의 앨 뱄길래 밤낮 그렇게 우좌스리 대드나?"

하고 불같이 골을 팩 내니까,

"뉘 눔의 애라니요? 아씨두 그렇게 막 말씀할 게 아니야요. 애가 커서 이담에 데련님이 될지 서방님이 될지 사람의 일을 누가 알아요?"

하고 저도 모욕이나 당한 듯이 아씨 못지않게 큰소리로 대들었다.

아씨는 이 말에 가슴뿐만 아니라 온 전신이 그만 뜨끔하였다. 터놓고 말은 없어도 년의 어투가 서방님의 앨지도 모른다는 음흉이리라. 마는 설혹 그렇다면 실지 지금쯤은 만삭이 되어 배가 태독 같아

야 될 것이다. 부른 배를 보면 댓 달밖에 안 되는 쥐새끼를 가지고
도 틀림없이 서방님 애인 듯이 이렇게 흥증을 떠는 것을 생각하니
곧 달려들어 뺨 한 대를 갈기고도 싶고 그러면서도 일변 후환될까
하여 가슴이 죄여지지 않을 수도 없는 노릇이었다.

'오늘은 이년을 대뜸⋯⋯.'

아씨는 이렇게 맘을 다부지게 먹고 중문을 들어서는 어멈에게 매
서운 시선을 보내었다.

그러나 그렇다고 얼러 딱딱거렸다는 더욱 내보낼 가망이 없을 터
이므로 결국 좋은 소리로,

"여보게, 자네에게 이런 소리를 하는 것은 좀 뭣 하나."

하고 점잖이 기침을 한 번 하고는,

"자네더러 나가라는 건 나부터는 좀 섭섭한데 말이야, 자네가 뭐
밉다는가 해서 내쫓는 게 아닐세. 그러면 자네 대신 딴 사람을 들여
야 할 게 아닌가? 그런 게 아니라 자네도 아다시피 저 마당에 쌓인
저 세간을 보지? 인제 눈은 내릴 터이고 저걸 어떻게 주체하나? 그
래 생각다 못해 행랑방으로 척척 디러 쌀려고 하니까 미안하지만
자네더러 방을 내달라는 말일세."

"그러나 차차 추워질 텐데 갑작스리 나가요?"

행랑어멈은 짐작치 않았던 그 명령에 얼떨떨하여 질척한 눈이 휘
둥그랬으나,

"그래서 말이지, 이런 일은 번이 없는 법이지만 내가 돈 십 원을
줄 테니 이걸로 앞다리를 구해 나가게."

하고 큰 지전장을 생색 있게 내줌에는,

"글쎄요, 그렇지만 그렇게 곧 나갈 수는 없는 걸요."

하고 주밋주밋 돈을 받아들고는 좋아서 행랑방으로 삥 나가지 않

을 수 없었다.

아씨도 이만하면 네 년이 떨어졌구나 하고 비로소 안심이 되었다. 마는 단 오 분이 못 되어 어멈이 부리나케 들어오더니 그 돈을 내어 놓으며,

"다시 생각해보니까 못 떠나겠어요. 어떻게 몸이나 풀구 한 뒤 달 지나야 움직일 게 아녜요? 이 몸으로 어떻게 이사를 해요."

하고 또라지게 딴청을 부리는 데는 아씨는 고만 가슴이 다시 달랑하였다. 이년이 필연코 행랑방에 나갔다가 서방놈의 훈수를 듣고 들어와서 이러는 것이 분명하였다.

아씨는 더 말할 형편이 아님을 알고 돈을 받아든 채 그대로 벙벙히 섰지 않을 수 없었다.

그러나 한참 지난 뒤에야 안방으로 들어가서 서방님에게 일일이 고해 바치고,

"나는 더 할 수 없소. 당신이 내쫓든지 어떡허든지 해 보우!"

하고 속 썩는 한숨을 쉬니까,

"오죽 뱅충 맞게 해야 돈을 주고도 못 내보낸담? 쩨! 쩨! 쩨!"

하고 서방님은 도끼눈으로 혀를 찬다. 어멈을 못 내보내는 것이 마치 아씨의 말주변이 부족해 그런 듯싶어서이다. 그는 무언으로 아씨를 이윽히 노려보다가,

"나가! 보기 싫어!"

하고 공연스레 역정을 벌컥 내었다. 마는 역정은 역정이로되 그나마 행랑방에 들릴까봐 겁을 집어먹는 소리로 큰소리의 행세를 하려니까 서방님은 자기 속만 부쩍부쩍 탈 뿐이었다.

그것도 그럴 것이 서방님은 이걸로 말미암아 사날 동안이나 밖으로 낯을 들고 나오지 못하였다. 자기를 보고 실적게 씽긋씽긋 웃는

년도 년이려니와 자기의 앞에 나서서 멋없이 굽신굽신하는 그 서방
놈이 더 능글맞고 흉악한 것이 보기조차 두려웠다.

서방님은 이불을 머리까지 들쓰고는 여러 가지 귀신을 손으로 털
어 가며,

"끙! 끙!"

하고 앓는 소리를 치고 하였다. 그리고 밥도 잘 안 자시고는 무턱
대고 죄 없는 아씨만 들볶아 대었다.

"물이 왜 이렇게 차? 아주 얼음을 떠오지 그래."

어떤 때에는,

"방에 누가 불을 때랬어? 끓여 죽일 터이야?"

이렇게 까닭 모를 불평이 자꾸만 나오기 시작하였다.

아씨는 전에도 서방님이 이렇게 앓은 경험이 여러 번 있으므로
이번에는 며칠 밤을 새우고 술을 먹더니 주체가 났나 보다고 생각
할 것이 도리였다. 부모가 물려준 재산을 잘 온전히 못 쓰고 저러나
싶어서 딱한 생각을 먹었으나 그래도 서방님의 몸이 축갈까 염려가
되어 풍로에 으이를 쑤고 있느라니까,

"아씨, 전 오늘 이사를 가겠어요."

하고 어멈이 앞으로 다가선다. 아씨는 어떻게 되는 속인지 몰라
서 떨떠름한 낯으로,

"어떻게 그렇게 곧 떠나게 됐나?"

"네! 앞다리를 다 정하고 해서 지금 이삿짐을 옮기려구 그래요."

하고 어멈은 안마당에 놓였던 새끼뭉텅이를 가지고 나간다. 그
모양이 어떻게 신이 났는지 치마 뒤도 여밀 줄 모르고 미친년같이
허벙거리며 나간 것이었다.

아씨는 이 꼴을 가만히 보고 하여튼 앓던 이 빠진 것처럼 시원하

긴 하나 그러나 년이 갑자기 떠난다고 서두는 그 속이 한편 이상도 스러웠다. 좀체로 해서 앉은 방석을 아니 털던 이년이 제법 훌훌히 털고 일어설 적에는 여기에 딴 속이 있지 않으면 안 될 것이다.

얼마 후 아씨는 궁금한 생각을 먹고 문간까지 나와 보니 어멈네 두 내외는 구루마에 짐을 다 실었다. 그리고 바구니에 잔 세간을 넣어 손에 들고는 작별까지 하고 가려는 어멈을 보고,

"자네 또 행랑살이로 가나?"

하고 물으니까,

"저는 뭐 행랑살이만 밤낮 하는 줄 아세요."

하고 그전부터 눌러 왔던 그 아씨에게 주짜를 뽑는 것이다.

"그럼 사글세루?"

"사글세는 왜 또 사글세야요? 장사하러 가는데요!"

하고 나도 인제는 너만 하단 듯이 비웃는 눈치이다가,

"장사라니 밑천이 있어야 하지 않나?"

"고뿌술집 할 테니까 한 이백 원이면 되겠지요. 더는 해 뭘 하게 요?"

하고 네 보란 듯 토심스리 내뱉고는 구루마의 뒤를 따라 골목 밖으로 나간다.

아씨는 가만히 눈치를 봐하니 저년이 정녕코 이백 원쯤은 수중에 가지고 히짜를 빼는 모양이었다. 그렇다면 어제 저녁 자기가 뒤란에서 한참 바쁘게 약을 끓이고 있을 제 년이 안방을 친다고 들어가서 오래 있었는데 아마 그때 서방님과 수작이 되고 돈도 그때 주고 받은 것이 확적하였다. 그렇지 않으면 고분고분히 떠날 리도 없거나와 그년이 생파같이 돈 이백 원이 어서 생기겠는가. 그렇게 따지고 보면 벌써부터 칠팔십 원이면 사줄 그 신식 의걸이 하나 사달라

고 그리 졸랐건만도 못 들은 척하던 그가 어멈은 하상 뭐길래 이백 원씩 희떱게 내주나 싶어서 곧 분하고 원통하였다.

아씨는 새빨간 눈을 뜨고 안방으로 부르르 들어와서,

"그년에게 돈 이백 원 주었수?"

하고 날카로운 소리를 내었다. 그러나 서방님은 암말 없이 드러 누워서 입맛만 다시니 아씨는 더욱더 열에 띠어,

"글쎄 이백 원이 얼마란 말이오? 그년에게 왜 주는 거요? 그런 돈 나에겐 못 주?"

이렇게 포악을 쏟아 놓다가 급기야는 눈에 눈물이 맺힌다.

그래도 서방님은 입을 꽉 다물고는 대답 대신,

"끙! 끙!"

하고 신음하는 소리만 낼 뿐이다.

땡 볕

우람스레 생긴 덕순이는 바른팔로 왼편 소맷자락을 끌어다 콧등의 땀방울을 훑고는 통안 네거리에 와 다리를 딱 멈추었다. 더위에 익어 얼굴이 벌거니 사방을 둘러본다. 중복 허리의 뜨거운 땡볕이라 길 가는 사람은 저편 처마 밑으로만 배앵뱅 돌고 있다. 지면은 번들번들이 달아 자동차가 지날 적마다 숨이 탁 막힐 만큼 무더운 먼지를 풍겨 놓는 것이다.

덕순이는 아무리 참아 보아도 자기가 길을 물어 좋을 만큼 그렇게 여유 있는 얼굴이 보이지 않음을 알자, 소맷자락으로 또 한번 땀을 훑어 본다. 그리고 거북한 표정으로 벙벙히 섰다.

때마침 옆으로 지나가는 어린 깍정이에게 공손히 손짓을 한다.

"얘! 대학병원을 어디루 가니?"

"이리루 곧장 가세요."

덕순이는 어린 깍정이가 턱으로 가리킨 대로 그 길을 북으로 접어들며 다시 내걷기 시작한다. 내딛는 한 발짝마다 무거운 지게는 어깨에 배기고 등줄기에서 쏟아져내리는 진땀에 궁둥이는 쓰라릴 만큼 물렀다. 속 타는 불김을 입으로 불어 가며 허덕허덕 올라오다 엄지손가락으로 코를 힝 풀어 그 옆 전봇대 허리에 슥 문댈 때에는 그는 어지간히 답답하였다. 당장 지게를 벗어던지고 푸른 그늘에가 나자빠지고 싶은 생각이 굴뚝 같으련만 그걸 못 하니 짜증이 안 날 수 없다. 골피를 찌푸리어 데퉁스레,

'빌어먹을 거! 왜 이리 무거!'

하고 내뱉으려 하였으나, 그러나 지게 위에서 무색하여질 아내를

생각하고 꾹 참아 버린다. 제 속으로만 끙끙거리다 겨우,

"에이 더웁다!"

하고 자탄이 나올 적에는 더는 갈 수가 없었다.

덕순이는 길가 버들 밑에다 지게를 벗어 놓고는 두 손으로 적삼 등을 흔들어 땀을 들인다. 바람기 한 점 없는 거리는 그대로 타붙었고 그 위의 모래만 이글이글 달아간다. 하늘을 치어다보았으나 좀체로 비맛은 못 볼 듯싶어 바상바상한 입맛을 다시고 섰을 때 별안간 댕댕 소리와 함께 발등에 물을 뿌리고 물차가 지나가니 그는 비로소 산 듯이 정신기가 반짝 난다. 적삼 호주머니 손에 넣어 곰방대를 꺼내 물고 담배 한 알 없었던 것을 다시 깨닫고 역정스레 도로 집어넣는다.

"꽁무니가 배기지 않어?"

덕순이는 이렇게 아내를 돌아본다.

"괜찮아요!"

하고 거진 죽어 가는 상으로 글썽글썽 눈물이 고인 아내가 딱하였다. 두 달 동안이나 햇빛 못 본 얼굴은 누렇게 시들었고 병약한 몸으로 지게 위에 앉아 까맥이는 양이 금시라도 꺼질 듯싶은 그 아내였다. 덕순이는 아내를 이윽히 노려본다.

"아 울긴 왜 우는 거야?"

하고 눈을 부라렸으나,

"병원에 가면 짼대겠지요."

"째긴 아무거나 덮어 놓고 째나? 연구한다니까."

하고 되도록 아내를 안심시킨다. 그러나 덕순이 생각에는 째든 말든 그건 차차 해놓고 우선 먹어야 산다고,

"왜 기영이 할아버지의 말씀 못 들었어?"

"병원서 월급을 주구 고쳐 준다는 게 정말인가요?"

"그럼 설마 그 노인이 거짓말을 헐라구. 그래 시방두 대학병원의 이등 박산가 뭐가 열네 살 된 조선 아이가 어른보다 더 부대한 걸 보

구 하두 이상한 병이라구 붙잡아들여서 한 달에 십 원씩 월급을 주고, 그뿐인가 먹이구 입히구 이래 가며 지금 연구하고 있대지 않어?"

"그럼 나도 허구헌날 늘 병원에만 있게 되겠구려."

"인제 가봐야 알지, 어떻게 되는지."

이렇게 시원스레 받기는 받았으나 덕순이 자신 역시 기영 할아버지의 말을 꼭 믿어서 좋을지가 의문이었다. 시골서 올라온 지 얼마 안 되는 그로서는 서울이라 혹 알 수 없을 듯싶어 무료진찰권을 내온 데 더 되지 않았다. 그렇다 하더라도 병이 괴상하면 할수록 혹은 고치기가 어려우면 어려울수록 월급이 많다는 것인데 영문 모를 아내의 이 병은 얼마짜리나 되겠는가고 속으로 무척 궁금하였다. 아이가 십 원이라니 이건 한 십오 원쯤 주겠는가, 그렇다면 병 고치니 좋고, 먹으니 좋고, 두루두루 팔자를 고치리라고 속 안으로 육조배판을 늘이고 섰을 때,

"여보십쇼! 이 채미 하나 잡숴 보십쇼."

하고 저만큼 참외를 벌여 놓고 앉았는 아이가 시선을 끌어간다. 길쯤길쯤하고 싱싱한 놈들이 과연 뜨거운 복중에 하나 벗겨 들고 으썩 깨물어 봄직한 참외였다. 덕순이는 참외를 이놈 저놈 멀거니 물색하여 보다 쌈지에 든 잔돈 사 전을 얼른 생각은 하였으나 다음 순간에 그건 안 될 말이라고 꺽진 마음으로 시선을 걷어 온다. 사전에 일 전만 더 보태면 희연 한 봉이 되리라고 어제부터 잔뜩 꼽여 쥐고 오던 그 사 전, 이걸 참외 값으로 녹여서는 사람이 아니다.

"지게를 꼭 붙들어!"

덕순이는 지게를 지고 다시 일어나며 그 십오 원을 생각했던 것이니 그로서는 너무도 벅찬 희망의 보행이었다.

덕순이는 간호부가 지도하여 주는 대로 산부인과 문 밖에서 제 차례가 돌아오기를 기다리고 있었다.

아내는 남편이 업어다 놓은 대로 걸상에 가 번듯이 늘어져 괴로운 숨을 견디지 못한다. 요량 없이 부어오른 아랫배를 한 손으로 치마째 걷어 안고는 매 호흡마다 간댕거리는 야윈 고개로 가쁜 숨을 돌리고 있는 것이다. 게다가 수술실에서 들것으로 담아 내는 환자의 피고름이 섞인 쓰레기통을 보는 것은 그로 하여금 해쓱한 얼굴로 이를 떨도록 하기에는 너무도 충분한 풍경이었다.

"너무 그렇게 겁내지 말아, 그래두 다 죽을 사람이 병원엘 와야 살아나는 거야……."

덕순이는 아내를 위안하기 위하여 이런 소리도 하는 것이나 기실 아내 못지않게 저로도 조바심이 적지 않았다. 아내의 이 병이 무슨 병일까. 짜장 기이한 병이라서 월급을 타먹고 있게 될 것인가, 또는 아내의 병을 씻은 듯이 고쳐줄 수 있겠는가, 겸삼수삼 모두가 궁금했다.

이 생각 저 생각으로 덕순이는 아내의 상체를 떠받쳐 주고 있다가 우연히도 맞은편 타구 옆에 떨어져 있는 궐련 꽁댕이에 한눈이 팔린다. 그는 사방을 잠깐 살펴보고 힝하게 가서 집어다가는 곰방대에 피워 물며 제 차례를 기다렸으나 좀체로 불러 주질 않은 것이다. 이렇게 하여 그들은 허무히도 두 시간을 보냈다.

한 점을 십사 분 가량 지났을 때 간호부가 다시 나와 덕순이 아내의 성명을 외는 것이다.

"네, 여깃습니다!"

덕순이는 허둥지둥 아내를 들쳐 업고 진찰실로 들어갔다.

간호부들이 달려들어 우선 옷을 벗기고 주무를 제 아내는 놀란

토끼와 같이 조그맣게 떨고 있었다. 코를 찌르는 무더운 약내에 소름이 끼치기도 하려니와 한쪽에 번쩍번쩍 늘어 놓인 기계가 더욱이 마음을 조이게 하는 것이다. 아내가 너무 병신스레 떨므로 옆에 섰는 덕순이까지도 겸연쩍지 않을 수 없었다. 아내의 한 팔을 꼭 붙들어 주고 집에서 꾸짖듯이 눈을 부릅뜨며,

"뭬가 무섭다구 이래?"

하고는 유리판에서 기계 부딪는 절그렁 소리에 등줄기가 다 섬쩍할 제,

"은제부터 배가 이래요?"

간호부가 뚱뚱한 의사의 말을 통변한다.

"자세히는 몰라두……."

덕순이는 이렇게 머리를 긁고는 아마 이토록 부리기는 지난 겨울부턴가 봐요, 처음에는 이게 애가 아닌가 했던 것이 그렇지도 않구요, 애라면 열 달에 날 텐데,

"열석 달씩이나 가는 게 어딨습니까?"

하고는 아차, 애니 뭐니 하는 건 괜히 지껄였군 하였다. 그래 의사가 무어라고 또 입을 열 수 있기 전에 얼른 뒤미처,

"아무두 이 병이 무슨 병인지 모른다구 그래요, 난생 처음 본다구요."

하고 몇 마디 더 얹었다.

덕순이는 자기네들의 팔자를 고칠 수 있고 없고가 이 순간에 달렸음을 또 한 번 깨닫고 열심히 의사의 입만 처다보고 있는 것이다. 마는 금테안경 쓴 의사는 그리 쉽사리 입을 열려 하지 않았다. 몇 번을 거듭 주물러 보고 두드려 보고 들어 보고 이러기를 얼마 한 다음 시덥지 않게 저쪽으로 가 대야 손을 씻어 가며 간호부를 통하여

하는 말이,

"이 뱃속에 어린애가 있는데요. 나오려다 소문이 적어서 그대로 죽었어요. 이걸 그냥 둔다면 앞으로 일주일을 못 갈 것이니 수술을 해야겠으나 또 그 결과가 반드시 좋다고 단언할 수도 없는 것이며 배를 가르고 아이를 꺼내다 만일 사불여의하여 불행을 본다더라도 전혀 관계없다는 승낙만 있으면 내일이라도 곧 수술을 하겠어요."

하고 나 어린 간호부는 조금도 거리낌 없는 어조로 줄줄 쏟아 놓다가,

"어떻게 하실 테야요?"

"글쎄요……."

덕순이는 이렇게 얼떨떨한 낯으로 다시 한 번 뒤통수를 긁지 않을 수 없었다.

간호부의 말이 무슨 소린지 다는 모른다 하더라도 속대중으로 저쯤은 알아챘던 것이니 아내의 생명이 위험하다는 그 말이 두렵기도 하려니와 겨우 아이를 뱄다는 것쯤, 연구거리는 못 되는 병인 양 싶어 우선 낙심하고 마는 것이다. 하나 이왕 벌인 노릇이매,

"그럼 먹을 것이 없는데요……."

"그건 여기에서 입원시키고 먹일 것이니까 염려마세요……."

"그런데요 저……."

하고 덕순이는 열적은 낯을 무얼로 가릴지 몰라 주뼛주뼛,

"월급 같은 건 안 주나요?"

"무슨 월급이요?"

"왜 여기서 병을 고치면 월급을 주는 수도 있다지요."

"제 병 고쳐 주는데 무슨 월급을 준단 말이오?"

하고 맨망스레도 톡 쏘는 바람에 덕순이는 고만 얼굴이 벌개지고

말았다. 팔자를 고치려던 그 계획이 완전히 어그러졌음을 알자, 그의 주린 창자는 척 꺾이며 두꺼운 손으로 이마의 진땀이나 훑어 보는 밖에는 별도리가 없는 것이다. 하나 아내의 생명은 어차피 건져야 하겠기로 공손히 허리를 굽신하여,

"그럼 낼 데리고 올게, 어떻게 해주십시오."

하고 되도록 빌붙어 보았던 것이, 그때까지 끔찍끔찍한 소리에 얼이 빠져서 멀뚱히 누웠던 아내가 별안간 기급을 하여 일어나 살뚱 맞은 목성으로,

"나는 죽으면 죽었지 배는 안 째요."

하고 얼굴이 노랗게 되는 데는 더 할 말이 없었다. 죽이더라도 제 원대로나 죽게 하는 것이 혹은 남편 된 사람의 도릴지도 모른다. 아내의 꼴에 하도 어이가 없어,

"죽는 거보담야 수술을 하는 게 좀 낫겠지요!"

비소를 금치 못하고 섰는 간호부와 의사가 눈에 보이지 않도록 덕순이는 시선을 외면하여 뚱싯뚱싯 아내를 업고 나왔다. 지게 위에 올려놓은 다음 엎디어 다시 지고 일어나려니 이게 웬일일까, 아까 오던 때와는 갑절이나 무거웠다.

덕순이는 얼마 전에 희망이 가득히 차 올라가던 길을 힘 풀린 걸음으로 터덜터덜 내려오고 있었다. 보지는 않아도 지게 위에서 소리를 죽여 홀쩍홀쩍 울고 있는 아내가 눈앞에 환한 것이다. 학식이 많은 의사는 일자무식인 덕순이 내외보다는 더 많이 알 것이니 생명이 한 이레를 못 가리라던 그 말을 어째 볼 도리가 없다. 인제 남은 것은 우중충한 그 냉골에 다시 눕혀 놓고 죽을 때나 기다리고 있을 따름이다.

덕순이는 눈 위로 덮은 땀방울을 주먹으로 훔쳐 가며 장차 캄캄하여 올 그 전도를 생각해본다. 서울을 장대고 왔던 것이 벌이도 잘 안 되고 게다가 인젠 아내까지 잃는 것이다. 지에미붙을! 이놈의 팔자가, 하고 딱한 탄식이 목을 넘어 오다 꽉 깨무는 바람에 한숨으로 터져 버린다.

한나절이 되자 더위는 더한층 무서워진다.

덕순이는 통째 진무를 듯싶은 등어리를 견디지 못하여 먼젓번에 쉬어 가던 나무 그늘에 지게를 벗어 놓는다. 땀을 들여 가며 아내를 가만히 내려다보니 그동안 고생만 시키고 변변히 먹이지도 못하였던 것이 갑자기 후회가 나는 것이다. 이럴 줄 알았더라면 동넷집 닭이라도 훔쳐다 먹였을 걸 싶어,

"울지 말아, 그것들이 뭘 아나? 제까짓 게!"

하고 소리를 빽 지르고는,

"채미 하나 먹어볼 테야?"

"채민 싫어요!"

아내는 더위에 속이 탔음인지 한길 건너 저쪽 그늘에서 팔고 있는 얼음냉수를 손으로 가리킨다. 남편이 한 푼 더 보태어 담배를 사려던 그 돈으로 얼음냉수를 한 그릇 사다가 입에 먹여까지 주니 아내도 황송하여 한숨에 들이킨다. 한 그릇을 다 먹고 나서 더 사다 주랴 물었을 때 이번에는 왜떡이 먹고 싶다 하였다. 덕순이는 이것이 마지막이라는 생각으로 나머지 돈으로 왜떡 세 개를 사다 주고는 그대로 눈물도 씻을 줄 모르고 그걸 오직오직 깨물고 있는 아내를 이윽히 바라보고 있었다. 그러나 아내가 무슨 생각을 하였는지 왜떡을 입에 문 채 훌쩍훌쩍 울며,

"저 사촌형님께 쌀 두 되 꿔다 먹은 거 부대 잊지 말구 갚우."

하고 부탁할 제 이것이 필연 아내의 유언이라 깨닫고는,

"그래 그건 염려 말아!"

"그리구 임자 옷은 영근 어머니더러 사정 얘길 하구 좀 빨아 달래
우."

하고 이야기를 곧잘 하다가 다시 입을 일그리고 훌쩍훌쩍 우는
것이다.

덕순이는 그 유언이 너무 처량하여 눈에 눈물이 핑 돌아 가지고
는 지게를 도로 지고 일어선다. 얼른 갖다 눕히고 죽이라도 한 그릇
더 얻어다 먹이는 것이 남편의 도릴 게다.

때는 중복 허리의 쇠뿔도 녹이려는 땡볕이었다.

덕순이는 빗발같이 내려붓는 등골의 땀을 두 손으로 번갈아 훔쳐
가며 끙끙 내려올 제 아내는 지게 위에서 그칠 줄 모르는 그 수많은
유언을 차근차근 남기자, 울자, 하는 것이다.

옥 토 끼

　나는 한 마리 토끼 때문에 자나깨나
생각하였다. 어떻게 하면 요놈을 얼른 키워서
새끼를 낳게 할 수 있을까 이것이었다.
　이 토끼는 하나님이 나에게 내려 주신 보물이었다.
　몹시 춥던 어느 날 아침이었다. 내가 아직 꿈속에서 놀고 있
을 때 어머니가 팔을 흔들어 깨우셨다. 아침잠이 번이 늦은 데
다가 자는 데 깨우면 괜스레 약이 오르는 나였다. 팔꿈치로 그
손을 툭 털어 버리고,
　"아이 참 죽겠네,"
　골을 이렇게 내자니까,
　"너 이 토끼 싫으냐?"
　하고 그럼 고만 두란 듯이 은근히 나를 당기고 계신 것이다.
　나는 잠결에 그럼 아버지가 아마 오랜만에 고기 생각이 나서 토
끼 고기를 사오셨나, 그래 어머니가 나를 먹이려구 깨시는 것이 아
닐까 하였다. 그리고 고개를 돌리어 뻑뻑한 눈을 떠보니 이게 다 뭐
냐, 조막만하고도 아주 하얀 옥토끼 한 마리가 어머니 치마 앞에 폭
싸여 있는 것이 아닌가.
　나는 눈꼽을 비비고 허둥지둥 다가앉으며,
　"이거 어서 났수?"
　"이쁘지?"
　"글쎄 어서 났냔 말이야?"
　하고 조급히 물으니까,

"아침에 쌀을 씻으러 나가니까 우리 부뚜막 위에 올라앉아서 웅크리고 있더라. 아마 누 집에서 기르는 토낀데 빠져나왔나봐."

어미는 얼른 두 손을 화로 위에 비비면서 무척 기뻐하셨다. 그 말씀이 우리가 이 신당리로 떠나온 뒤로는 이날까지 지지리 지지리 고생만 하였다. 이렇게 옥토끼가, 그것도 이 집에 네 가구가 있으련만 그 중에서 우리를 찾아왔을 적에는 새해부터는 아마 운수가 좀 피려는 거나 아닐까 하며 고생살이에 찌는 한숨을 내쉬고 하시었다. 그러나 나는 나대로의 딴 희망이 있지 않아선 안 될 것이다. 이런 귀여운 옥토끼가 뭇사람을 제치고 나를 찾아왔음에는 아마 나의 셈평이 차차 피려나 보다 하였다. 그리고 어머니 치마 앞에서 옥토끼를 끄집어내 들고 고놈을 입에 대보고 뺨에 문질러 보고 턱에다 받쳐도 보고 하였다.

참으로 귀엽고도 아름다운 동물이었다. 나는 아침밥도 먹을 새없이 그리고 어머니가 팔을 붙잡고,

"너 숙이 갖다 주려구 그러니? 내 집에 들어온 복은 남 안 주는 법이야. 인내라 인내."

이렇게 굳이 말리는 것도 듣지 않고 덜렁거리고 문 밖으로 나섰다. 뒷골목으로 들어가 숙이를 문간으로(불러 만나보면 물론 둘이 떨고 섰는 것이나, 그 부모가 무서워 방에는 못 들어가고) 넌지시 불러내다가,

"이 옥토끼 잘 길루."

하고 두루마기 속에서 고놈을 꺼내 주었다. 나의 예상대로 숙이는 가선진 그 눈을 똥그랗게 뜨더니 손으로 담싹 집어다가는 저도 역시 입을 맞추고 뺨을 대보고 하는 것이 아닌가. 허지만 가슴에다 막 부둥켜안는 데는 나는 고만 질색을 하며,

"아, 아, 그렇게 하면 뼈가 부서져 죽우. 토끼는 두 귀를 붙들고 이렇게……."

하고 토끼 다루는 법까지 가르쳐 주지 않을 수 없었다. 하라는 대로 두 귀를 붙잡고 섰는 숙이를 가만히 바라보며 나는 이 집이 내 집이라 하고 또 숙이가 내 아내라 하면 얼마나 좋을까 하였다. 숙이가 여자 양말 하나 사달라고 부탁하고 내가 그래라고 승낙한 지가 달 장근이 되련만 그것도 못 하는 걸 생각하니 내 자신이 불쌍도 하였다.

"요놈이 크거든 짝을 채워서 우리 새끼를 자꾸 받읍시다. 그 새끼를 팔구 팔구 하면 나중에는 큰 돈이……."

그리고 토끼를 쳐들고 암만 들여다보니 대체 수놈인지 암놈이지 분간을 모르겠다. 이게 적이 근심이 되어,

"그런데 뭔지 알아야 짝을 채지!"

하고 혼자 투덜거리니까,

"그건 인제 ……."

숙이는 이렇게 낯을 약간 붉히더니 어색한 표정을 웃음으로 버무르며,

"낭중 커야 알지요!"

"그렇지! 그럼 잘 길루."

하고 집으로 돌아와서는 그 담 날부터 매일 한 번씩 토끼 문안을 가고 하였다. 토끼가 나날이 달라 간다는 숙이의 말을 듣고 나는 퍽 좋았다.

"요새두 잘 먹우?"

하고 물으면,

"네, 물찌꺼기만 주다가 오늘은 배추를 주었더니 아주 잘 먹어요."

하고 숙이도 대견한 대답이었다. 나는 이렇게 병이나 없이 잘만
먹으면 다 되려니 생각하였다. 아니나 다르랴, 숙이가,

　　"인젠 막 뛰다니구 똥두 밖에 가 누구 들어와요."

하고 까만 눈알을 뒤굴릴 적에는 아주 훤칠한 어른 토끼가 다 되었다. 인제는 짝을 채줘야 할 터인데, 하고 나는 돈 없음을 걱정하며 집으로 돌아왔다. 그러나 아무리 생각하여도 돈을 변통할 길이 없어서 내가 입고 있는 두루마기를 잡힐까, 그러면 뭘 입고 나가냐, 이렇게 양단을 망설이다가 한 닷새 동안 토끼에게 가질 못하였다. 그러나 하루는 저녁을 먹다가 어머니가,

"금철 어메게 들으니까 숙이가 그 토끼를 잡아먹었다더구나!"

하고 역정을 내는 바람에 깜짝 놀랐다.

우리 어머니는 싫다는 걸 내가 디리 졸라서 한 번 숙이네한테 통혼을 넣다가 거절당한 일이 있었다. 겉으로는 아직 어리다는 것이나 그 속셈은 돈 있는 집으로 딸을 내놓겠다는 내숭이었다. 이걸 어머니가 아시고 모욕을 당한 듯이 그들을 극히 미워하므로,

"그럼 그렇지! 그것들이 짐생 귀여운 줄이나 알겠니?"

"그래 토끼를 먹었어?"

나는 이렇게 눈에 불이 번쩍 나서 밖으로 뛰어나왔으나 암만 해도 알 수 없는 일이다. 제 손으로 색동조끼까지 해 입힌 그 토끼를 설마 숙이가 잡아먹을 성싶지는 않았다.

그러나 숙이를 불러내다가 그 토끼를 좀 잠깐만 뵈달라 하여도 아무 대답이 없이 얼굴만 빨개져서 서 있는 걸 보면 잡아먹은 것이 확실하였다. 이렇게 되면 이놈의 계집애가 나에게 벌써 맘이 변한 것은 넉넉히 알 수 있다. 나중에는 같이 살자고 우리끼리 맺은 그 언약을 잊지 않았다면 내가 위하는 그 토끼를 제가 감히 잡아먹을 리가 없지 않는가.

나는 한참 도끼눈으로 노려보다가,

"토끼 가질러 왔우, 내 토끼 도루 내수."

"없어요."

숙이는 거반 울 듯한 상이더니 이내 고개를 떨어뜨리며,

"아버지가 나두 모르게……."

하고는 무안에 취하여 말끝도 다 못 맺는다.

실상은 이때 숙이가 한 사날 동안이나 밥도 안 먹고 대단히 앓고 있었다. 연초회사에 다니며 벌어들이는 딸이 이렇게 밥도 안 먹고 앓으므로 그 아버지가 겁이 버쩍 났다. 그렇다고 고기를 사다가 몸 보신시킬 형편도 못 되고 하여 결국에는 딸도 모르게 그 옥토끼를 잡아서 먹여 버리고 말았던 것이다.

그러나 나는 그런 속은 모르니까 남의 토끼를 잡아먹고 할 말이 없어서 벙벙히 섰는 숙이가 다만 미웠다. 뭘 못 먹어서 옥토끼를, 하고 다시,

"옥토끼 내놓우, 가져갈 테니."

하니까,

"잡아먹었어요."

그제서야 바로 말하고 언제 그렇게 고였는지 눈물이 뚝 떨어진다. 그리고 무엇을 생각했음인지 허리춤을 뒤지더니 그 지갑(은 우리가 둘이 남몰래 약혼을 하였을 때 금반지 살 돈은 없고 급하긴 하고 해서 내가 야시에서 십오 전 주고 사넣고 다니던 돈지갑을 대신 주었는데 그것)을 내놓으며 새침이 고개를 트는 것이다.

망할 계집애, 남의 옥토끼를 먹고 요렇게 토라지면 나는 어떡하란 말인가. 하나 여기서 더 지껄였다는 나만 앵한 것을 알았다. 숙이의 옷가슴을 부랴사랴 헤치고 허리춤에다 그 지갑을 도로 꾹 찔러 주고는 쫓아올까봐 집으로 힝하게 달아왔다. 제가 내 옥토끼를 먹었으니까 암만 제 아버지가 반대를 한다더라도, 그리고 제가 설

혹 마음이 없더라도 인제는 하릴없이 나의 아내가 꼭 되어 주지 않을 수 없을 것이다.

이렇게 나는 생각하고 이불 속에서 잘 따져 보다 그 옥토끼가 나에게 참으로 고마운 동물임을 비로소 깨달았다.

'인제는 틀림없이 너는 내 거다.'

총각과 맹꽁이

잎잎이 비를 바라나 오늘도 그렇다. 풀잎은 먼지가 보얗게 나풀거린다. 멀뚱한 하늘에는 불더미 같은 해가 눈을 크게 떴다.

땅은 달아서 뜨거운 김을 틱 밑에다 풍긴다. 호미를 옮겨 찍을 적마다 무더운 숨을 헉헉 뿜는다. 가물에 좋은 잎은 앵생이다. 가끔 엎드려 김매는 이의 코며 눈퉁이를 찌른다. 호미는 퉁겨지며 쨍 소리를 때때로 낸다. 곳곳이 박힌 돌이다. 예사 밭이면 한 번 찍어 넘길 걸 서너 번 안 하면 흙이 일지 않는다.

콧등에서, 턱에서 땀은 물 흐르듯 떨어지면 호미 자루를 적시고 또 흙에 스민다. 그들은 묵묵하였다. 조밭고랑에 쭉 늘어박혀서 머리를 숙이고 기어갈 뿐이다. 마치 땅을 파는 두더지처럼—.

입을 벌리면 땀 한 방울이 더 흐를 것을 염려함이다. 그러자 어디서 말을 붙인다.

"어이 뜨거, 돌을 좀 밟았다가 혼났네."

"이놈의 것도 밭이라고 도지를 받아 처먹나."

"이제는 죽어도 너와는 품앗이 안 한다."

고 한 친구가 열을 내더니,

"씨값으로 골치기나 하자구 도루 줘버려라."

"이나마 없으면 먹을 게 있어야지!"

덕만이는 불안스러웠다. 호미를 놓고 옷깃으로 턱을 훑는다. 그리고 그 편으로 물끄러미 고개를 돌린다. 가혹한 도지다. 입쌀 석 섬. 보리, 콩, 두 되의 소출은 근근 댓 섬. 나눠 먹기도 못 된다. 본디 밭이 아니다. 고목 느티나무 그늘에 가리어 여름날 오고 가는 농군이 쉬던 장터이다. 그것을 지주가 무리로 갈아 도지를 놓아 먹는다. 콩을 심으면 잎 나기가 고작이요 대부분이 열지를 않는 것이었다. 친구들은 일상,

"덕만이가 사람이 병신스러워."

하고 이 밭을 침뱉어 비난하였다. 그러나 덕만이는 오히려 안 되는 콩을 탓할 뿐 올해는 조로 바꾸어 심은 것이었다.

"좀 쉐서들 하세!"

한 고랑을 마치고 덕만이는 일어서 고목께로 온다. 뒤묻어 땀바가지들이 옹기종기 모여든다. 돌 위에 한참 앉아 쉬더니 겨우 생기가 좀 돌았다. 곰뱅대들을 꺼내 문다. 혹은 대를 들고 담배 한 대 달라고 돌아치며 수선을 부른다.

"북새가 드네, 올 농사 또 헛하나 보다."

여러 눈이 일제히 말하는 시선을 더듬는다. 바람에 아른거리는 저편 버덩의 파란 벼잎을 이윽히 바라보았다. 염려스러이―.

젊은 상투는 무척 시장하였다. 따로 떨어져 쭈그리고 앉았다. 고개를 폭 기울이고는 불평이 요만이 아니다.

"제미붙을, 배고파 일 못 하겠네!"

"허기져 죽겠는걸, 허리가 착 까부러지는구나!"

옆에서 받는다.

"이 땀을 흘리고 에누리 없이 일할 수 있나? 진흥회 아니라 제 할아비가 온대두!"

하고 또 뇌더니 아무도 대답이 없으매,

"개×두 없는 놈에게 호포는 올려두 곁두리만 안 먹으면 산담 그래!"

어조를 높여 일동에게 맞장구를 청한다.

"너는 그래두 괜찮아, 덕만이가 다 호포를 낼라구."

뚝건달 뭉태는 콧살을 찡긋이 비웃으며 바라본다. 네가 촌뜨기들이 떠들어 뭣 하리 그보다—.

"여보게들 오늘 참 들병장수 온 것을 아니?"

이 말에 나이 찬 총각들은 귀가 번쩍 띄었다. 기쁜 소식이다. 그 입을 뻔히 처다보며 뒷말을 기다린다. 반갑기도 하려니와 한편으로 의아하였다. 한참 바쁜 농시방극에 뭘 바라고 오느냐고 다같은 질문이다.

그것을 들은 체 만 체 뭉태는 나무에 비스듬히 자빠져서 하늘로 눈만 껌벅인다.

그리고 홀로 침이 말라 칭찬이다.

"말갛고 살집 좋아라. 내려 씹어두 비린내두 없을걸! 제일 그 볼기짝 두두룩한 것이 ……."

"나이는?"

"스물둘, 한창 폈더라!"

"놈팽이 있나?"

에 제서 슬근슬근 죄어들며 묻는다.

"없어. 남편을 잃고서 홧김에 들병장수로 돌아다니는 판이라네!"

"그럼 많이 돌아먹었구면?"

"뭘 나이를 봐야지, 숫배기더라."

"애 좋구나, 한 잔 먹어 보자."

이쪽저쪽서 수군거린다. 풍년이나 만난 듯이 야단들이다. 한구석에 앉았던 덕만이가 일어서 오더니 뭉태를 꾹 찍어 간다. 느티나무 뒤로 와서,

"성님, 남편 없수?"

"그럼 정말이지!"

"난 좀 장가 들여 주. 한 턱 내리다."

뭉태의 눈치를 훑는다. 의형이라 못 할 말 없겠지만 그래두 어쩐지 얼굴이 후끈하였다.

"염려 말게. 그러나 돈이 좀 들걸!"

개울 건너서 덕만 어머니가 온다. 점심 광주리를 이고 더워서 허덕인다.

농군들은 일어서 소리치며 법석이다.

호미 자루를 뽑아 호미 등에다 길군악을 치는 놈도 있다.

"점심, 점심이다. 먹어야 산다!"

저녁이 들자 바람은 산들거린다. 뭉태는 제 집 바깥뜰에 보릿짚을 깔고 앉아서 동무 오기를 고대하였다. 덕만이가 제일 먼저 부리나케 내달았다. 뭉태 옆에 와 궁둥이를 내려 놓으며 좀 머뭇거리더니,

"아까 말이 실토유. 꼭 장가 좀 들여 줘겨유."

"글쎄 나만 믿어. 설사 자네게 거짓말하겠나."

"성님만 믿우. 꼭 해 줘겨유."

하고 다지고,

"내, 내 닭 팔거든 호미씨샛날 단단히 한 턱 하리다."

하고 또 한 번 굳게 다진다.

낮에 귀띔해 왔던 젊은 측들이 하나 둘 모인다. 약속대로 고스란히 여섯이 되었다. 모두들 일어서서 한 덩어리가 되어 수군거린다. 큰일이나 치러 가는 듯 이러자 저러자 의견이 분분하여 끝이 없다.

어떻게 해야 돈이 덜 들까가 문제다. 우리가 막걸리 석 되만 사가지고 가자 그래 계집더러 부으라고, 나중에 얼마간 주면 그만이다. 하니까 한편에선 그러지 말고 그 집으로 가서 술을 대구 퍼먹자, 그리고 시치미 딱 떼고 나오면 하구 우기는 친구도 있다. 그러나 뭉태는 말하였다. 계집을 우리 집으로 부르자. 소주 세 병만 가져오래서 잔풀이로 시키는 것이 제일 점잖아ㅡ.

술값은 각 추렴으로 할까 혹은 몇 사람이 술을 맡고 그 나머지는 안주를 할까를 토의할 제 덕만이는 선뜻 대답하였다. 오늘밤 술값은 내 혼자 전부 물겠다고. 그리고 닭도 한 마리 내겠으니 아무쪼록 힘써 잘 해달라고 뭉태에게 다시 당부하였다.

뭉태는 계집을 데리러 거리로 나갔다. 덕만이는 조금도 지체 없이 오라 경계하였다. 그리고 제 집을 향하여 개울 언덕으로 올라섰다. 산기슭에 내를 앞두고 놓았다. 방 한 칸, 부엌 한 칸, 단 두 칸을 돌로 쌓아올려 이엉으로 덮은 집이었다. 식구는 모자뿐. 아들이 일을 나가면 어머니도 따라 일찍 나갔다. 동네로 돌아다니며 일자리를 찾았다. 그리고 온종일 방아품을 팔아 밥을 얻어다가 아들을 먹여 재우는 것이 그들의 살림이었다.

딸은 선채를 받고 놓았다. 아들 장가 들일 예정이던 것이 빚구멍 갚기에 시나브로 녹여 버리고,

"그까짓 며느리쯤은 시시하다유."

하고 남들에는 겉을 꺼리지만ㅡ.

"언제나 돈이 있어 며느리를 좀 보나!"

돌아서 자탄을 마지않는 터이다. 반드시 장가는 들어야 한다.

덕만이는 언덕 밑에다 신을 벗었다. 그리고 큰 몸집을 사리어 사뿟사뿟 집엘 들어섰다. 방문이 벌떡 나가떨어지고 집안이 휑하다. 어머니는 자는 모양. 닭장 문을 조심해 열었다. 손을 집어넣어 손에 닿는 대로 허구리께를 슬슬 긁어 주었다. 팔아서 등걸 잠방이 해 입는다는 닭이었다. 한 손이 재빠르게 모가지를 움켜잡자 다른 손이 날갯죽지를 훔켜 쥐려 할 제 그만 빗나갔다. 한 놈이 풍기니까 뭇놈이 푸드덕하며 대구 골골거린다.

별안간,

"훼! 훼! 이 망할 년의 ×으로 난 놈의 고양이!"

하고 쮀박는 듯이 방에서 튀어나오는 기색이더니,

"다 쫓았어유. 염려 말구 주무시여유!"

하니까,

"닭장 문 좀 꼭 얽어라."

소리뿐으로 다시 조용하다.

그는 무거운 숨을 돌렸다. 닭을 옆에 감추고 나는 듯 튀어나왔다. 그리고 뭉태 집으로 내달으며 그의 머리에 공상이 한두 가지가 아니었다. 뭉태가 예쁘달 때엔 어지간히 출중난 계집일 게다. 이런 걸 데리고 술장사를 한다면 그밖에 더 큰 수는 없다. 뒤 해만 잘하면 소 한 마리쯤은 낙자 없이 떨어진다. 그리고 아들도 곧 낳아야 할 텐데 이거 무엇보다 큰 걱정이었다.

뭉태는 얼간하였다. 들병장수를 혼자 껴안고 물리도록 시달린다.

두터운 입술을 이그리며,

"요것아, 소리 좀 해라, 아리랑 아리랑."

고갯짓으로 계집의 엉덩이를 두드린다. 좁은 봉당이 꽉 찼다. 상

하나 희미한 등잔을 복판에 두고 취한 얼굴이 청승궂게 죄어 앉았다. 다같이 눈들은 계집에서 떠나지 않는다. 공석에서 벼룩은 들끓으며 등어리 정강이를 대구 뜯어 간다. 그러나 긁는 것은 사내의 체통이 아니다. 꾹 참고 제 차지로 계집 오기만 눈이 빨개 손꼽는다.

"술 좀 천천히 붓게유."

"그럼 일루 밤 새유? 없으면 가친 자지유!"

계집은 곁눈을 주며 생긋 웃어 보인다. 덩달아 맹입이 맥없이 그리고 슬그머니 뺑긴다. 얼굴 까만 친구가 얼마 벼르다가 마코 한 개를 피워 올린다.

그리고 우격으로 끌어당겨 남보란 듯이 입을 맞춘다. 계집은 예사로 담배를 받아 피고는 생글거린다. 좌중은 밸이 상했다. 양궐련 바람이 시다는 둥 이왕이면 속곳 밑 들고 인심 쓰라는 둥 별별 핀잔이 다 들어온다.

"돌려라 돌려, 혼자만 주무르는 게야?"

목이 마르듯 사방에서 소리를 지르며 눈을 지릅뜬다. 이 서슬에 계집은 일어서서 어디로 갈지를 몰라 술병을 들고 갈팡거린다. 덕만이는 따로 떨어져 봉당 끝에 구부리고 앉았다. 애꿎은 담배통만 돌에다 대구 두드린다. 암만 기다려도 뭉태는 저만 놀 뿐 인사를 아니 붙인다. 술은 제가 내련만 계집도 시시한지 눈 거들떠 보지 않는다. 그래 입때 말 한 마디 못 건네고 홀로 끙끙 앓는다. 봉당 아래 하얀 귀여운 신이 납죽 놓였다. 덕만이는 유심히 보았다. 돌아앉아서 남이 혹시 보지나 않나 살핀다. 그리고 퍼드러진 시커먼 흙발에다 그 신을 꿰고는 눈을 지그시 감아 보았다. 계집의 신이다. 다시 벗어 제 발에 꿰고는 짝 없이 기뻐한다.

약물같이 개운한 밤이다. 버들 사이로 달빛은 해맑다. 목이 터지라고 맹꽁이는 노래 부른다. 암수놈이 의좋게 주고받는 사랑의 노래이었다. 이 소리를 들으매 불현듯 울화가 터졌다. 여지껏 누르고 눌러 오던 총각의 쿠더분한 울분이 모조리 폭발하였다. 에이 하치 못한 인생! 하고 제 몸을 책하고 난 뒤 계집의 앞으로 달려들어 무릎을 꿇었다. 두 손을 공손히 무릎 위에 얹었다. 그 행동이 너무나 쑥스럽고 남다르므로 벗들이 눈이 커졌다.

"뵈기는 아까부터 뵀으나 인사는 처음 여쭙니다."

하고 죽어 가는 음성으로 억지로 봉을 뗐다. 그로는 참으로 큰 용기다.

"저는 강원도 춘천군 신면 중리 아랫말에 사는 김덕만입니다. 울 아버지가 성이 광산 김갑니다."

두 손을 자꾸 비비더니,

"어머니허구 단 두 식굽니다. 하치 못한 사람을 찾아 주셔서 너무 고맙습니다. 저는 서른넷인데두 총각입니다."

"?"

계집은 영문을 몰라 어안이 벙벙하다가,

"고만이올시다."

하며 이마를 기울여 절하는 것을 볼 때 참았던 고개가 절로 돌았다. 그리고 터지려는 웃음을 깨물다 재채기가 터져 버렸다.

"일테면 인사로군? 뭘 고만이야, 더 허지."

여기저기서 킥킥거린다. 그런 인사는 좀 됐다 하자구 핀잔이 들어온다. 모처럼 한 인사가 실패. 그는 그 자리에서 일어나지도 못하고 얼굴이 벌개서 고개를 숙인 채 부처가 되었다.

새벽녘이다. 달이 지니 바깥은 검은 장막이 내린다.

세 친구는 봉당에 굻아떨어졌다. 술에 취한 게 아니라 어찌 지껄였던지 흥에 취하였다. 뭉태, 덕만이, 까만 얼굴, 세 사람이 마주보며 앉았다. 제가끔 기회를 엿보나 맘대로 안 되며 속만 탈 뿐이다. 뭉태는 계집의 어깨를 잔뜩 부여잡고 부라질을 한다. 실상은 안 취했건만 독단 주정이요 발광이다.

새매같이 쏘다가 계집 귀에다 눈치 빠르게 수군거리곤 그 옆구리를 꾹 찌르고,

"어이 술췌. 소피 좀 보고 옴세."

벌떡 일어서 비틀거리며 싸리문 밖으로 나간다. 좀 있더니 계집이 마저 오줌 좀 누고 오겠노라고 나가 버린다. 덕만이는 실쭉하니 눈만 둥굴린다. 일이 내내 마음에 어그러지고 말았다. 그다지 믿었던 뭉태도 저 놀 구멍만 찾을 뿐으로 심심하다. 그리고 오줌은 만드는지 여태들 안 들어온다. 수상한 일이다. 그는 벌떡 일어서 문 밖으로 나왔다. 발밑이 캄캄하다.

더듬어 가며 잿간, 낟가리, 나뭇더미 틈바귀를 샅샅이 내려뒤졌다. 다시 발길을 돌리어 근방의 밭고랑을 뒤지기 시작하였다. 눈에서 불이 난다.

차차 동이 튼다. 젖빛 맑은 하늘이 품을 벌린다. 고운 봉우리, 험상궂은 봉우리, 이쪽 저쪽서 하나 둘 툭툭 불거진다. 손뼉 같은 콩잎은 이슬을 머금고 우거졌다. 스칠 새 없이 다리에 척척 엉기며 물을 뿜는다. 한동안 해갈을 하고서 밭 한복판 고랑에 콩잎에 가린 옷자락을 보았다. 다짜고짜로 달려들었다.

"이게 무슨 짓이지유? 아까 뭐라고 마켓지유?"

하고는 저로도 창피스러워 뒤 칸 거리에서 다리가 멈칫하였다.

의형이라고 믿었던 게 불찰이다. 뭉태는 조금도 거침없었다. 고

개도 안 돌리며,

"저리 가. 왜 사람이 눈치를 못 차리고 저 뻔새야."

화를 천둥같이 내지른다. 도리어 몰리니 기가 안 막힐 수 없다.

말문이 막혀 먹먹하다.

"그래 철석같이 장가 들여 주마 할 제는 언제유?"

하고 지지 않게 목청을 돋웠다.

"술값 내슈. 가게유!"

손을 벌일 때,

"나하고 안 살면 술값 못 내겠시우?"

하고는 끝대로 배를 튀겼다.

눈은 눈물이 어리어 야속한 듯이 계집을 쏘았다. 계집은 술 먹고 술값 안 내는 경우가 뭐냐고 중언부언 떠든다. 나중에는 내가 술 팔러 왔지 당신의 아내가 되러 온 것이 아니라고 좋이 타이르기까지 되었다.

뭉태는 시끄러웠다. 술값은 내가 주마고 계집의 팔을 이끌어 콩 포기를 헤집고 길로 나가 버린다. 시위도 좀 해봤으나 최후의 계획도 틀렸다. 덕만이는 아주 낙담하고 콩밭 복판에 멍하니 서서 그들의 뒷모양만 배웅한다. 계집이 길로 나서자 눈이 빠지게 기다리던 깜둥이 총각이 또 달려든다. 이것을 보니 가슴은 더욱 쓰라렸다. 동무가 빤히 지키고 서 있는데도 끌고 들어가는 그런 행세는 또 없을 게다. 눈물은 급기야 꺼칠한 윗수염을 거쳐 발등으로 줄줄 흘렀다.

이집 저집서 일꾼 나오는 것이 멀리 보인다. 연장을 들고 밭으로 논으로 제각기 흩어진다. 아주 활짝 밝았다.

덕만이는 금시로 콩밭을 튀어나왔다. 잿간 옆으로 달려들며 큰 돌멩이를 집어들었다. 마는 눈을 얼마 감고 있는 동안 단념하였는지 골창으로 던져 버렸다. 주먹으로 눈물을 비비고는,

"살재두 나는 인전 안 살 터이유!"

하고 잿간을 향하여 소리를 질렀다.

그리고 제 집으로 설렁설렁 언덕을 내려간다. 그러나 맹꽁이는 여전히 소리를 끌어올린다. 골창에서 가장 비웃는 듯이 음충맞게 '맹!' 던지면 '꽁!' 하고 간드러지게 받아넘긴다.

산골 나그네

밤이 깊어도 술꾼은 역시 들지 않는다. 메주 뜨는 냄새와 같이 퀴퀴한 냄새로 방안은 쾨쾨하다. 웃간에서는 쥐들이 찍찍거린다. 홀어미는 쪽 떨어진 화로를 끼고 앉아서 쓸쓸한 대로 곰곰 생각에 젖는다. 가뜩이나 침침한 반짝 등불이 북쪽 지게문에 뚫린 구멍으로 새드는 바람에 반득이며 빛을 잃는다. 헌 버선짝으로 구멍을 틀어막는다. 그러고 등잔 밑으로 반짇고리를 끌어당기며 시름없이 바늘을 집어 든다.

산골의 가을은 왜 이리 고적할까! 앞뒤 울타리에서 부수수하고 떡잎은 진다. 바로 그것이 귀밑에서 들리는 듯 나직나직 속삭인다. 더욱 몹쓸 건 물소리, 골을 휘돌아 맑은 샘은 흘러내리고 야릇하게도 음률을 읊는다.

퐁! 퐁! 퐁! 쪼록 퐁!

바깥에서 신발 소리가 자작자작 들린다. 귀가 번쩍 띄어 그는 방문을 가볍게 열어젖힌다. 머리를 내밀며,

"덕돌이냐?"

하고 반겼으나 잠잠하다. 앞뜰 건너면 수풀을 감돌아 싸늘한 바람이 낙엽을 훌뿌리며 얼굴에 부딪친다.

용마루가 쌩쌩 운다. 모진 바람 소리에 놀래어 멀리서 밤 개가 요란히 짖는다.

"쥔 어른 계서유?"

몸을 돌리어 바느질거리를 다시 들려 할 제 이번에는 짜장 인기가 난다. 황급하게,

"누구유?"

하고 일어서며 문을 열어 보았다.

"왜 그리유?"

처음 보는 아낙네가 마루 끝에 와 섰다. 달빛에 비끼어 검붉은 얼굴이 해쓱하다. 추운 모양이다. 그는 한 손으로 머리에 둘렀던 왜수건을 벗어들고는 다른 손으로 흩어진 머리칼을 쓰다듬어 올리며 수줍은 듯이 주뼛주뼛한다.

"저어, 하룻밤만 드새고 가게 해 주세유."

남정네도 아닌데 이 밤중에 웬일인가, 맨발에 짚신짝으로, 그야 아무렇든―.

"어서 들어와 불 쬐게유."

나그네는 주춤주춤 방 안으로 들어와서 화로 곁에 도사려 앉는다. 낡은 치맛자락 위로 빠지려는 속살을 아무리자 허리를 지그시 튼다. 그리고는 묵묵하다. 주인은 물끄러미 보고 있다가 밥을 좀 주랴느냐고 물어보아도 잠자코 있다.

그러나 먹던 대궁을 주워 모아 짠지쪽하고 갖다 주니 감지덕지 받는다. 그리고 물 한 모금 마심 없이 잠깐 동안에 밥그릇의 밑바닥을 긁는다.

밥숟갈을 놓기가 무섭게 주인은 이야기를 붙이기 시작하였다. 미주알 고주알 물어보니 이야기는 지수가 없다. 자기로도 너무 지쳐 무른 듯싶은 만큼 대고 추근거렸다. 나그네는 싫단 기색도 좋단 기색도 별로 없이 시나브로 대꾸하였다. 남편 없고 몸 붙일 곳 없다는 것을 간단히 말하고 난 뒤,

"이리저리 얻어먹어 단게유."

하고 턱을 가슴에 묻는다.

첫닭이 홰를 칠 때 그제야 마을 갔던 덕돌이가 들어온다. 문을 열고 감사나운 머리를 디밀려다 낯선 아낙네를 보고 눈이 휘둥그렇게 주춤한다. 열린 문으로 억센 바람이 몰아들며 방안이 캄캄하다. 주인은 문 앞으로 걸어와 서며 덕돌이의 등을 뚜덕거린다. 젊은 여자자는 방에서 떠꺼머리 총각을 재우는 건 상서롭지 못한 일이었다.

"얘 덕돌아, 오늘은 마을 가 자고 아침에 온."

가을할 때가 지났으니 돈냥이나 조히 퍼질 때도 되었다. 그 돈들이 어디로 몰리는지 이 술집에서는 좀체 돈맛을 못 본다. 술을 판대야 한 초롱에 오륙십 전 떨어진다. 그 한 초롱을 잘 판대도 사날씩이나 걸리는 걸 요새 같아선 그 알량한 술꾼까지 씨가 말랐다. 어쩌다 전일에 퍼놓았던 외상값도 갖다 줄 줄을 모른다. 홀어미는 열벙거지가 나서 이른 아침부터 돈을 받으러 돌아다녔다. 그러나 다리품을 들인 보람도 없었다. 낼 사람이 즐겨야 할 텐데 우물쭈물하며 한단 소리가 좀 두고 보자는 것이 고작이었다. 그렇다고 안 갈 수도 없는 노릇이다. 나날이 양식은 달리고 지점 집에서 집행을 하느니 뭘하느니 독촉이 어지간히 않음에랴―.

"저도 인젠 떠나겠세유."

그가 조반 후 나들이옷을 바꾸어 입고 나서니 나그네도 따라 일어서다 그의 손을 자상히 붙잡으며 주인은,

"고달플 테니 며칠 더 쉬어 가게유."

하였으나,

"가야지유, 너무 오래 신세를―."

"그런 염려는 말구."

라고 누르며 집 지켜 주는 셈치고 방에 누웠으라, 하고는 집을 나섰다.

백두고개를 넘어서 안말로 들어가 해동갑으로 헤매었다. 혜실수로 간 곳도 있기야 하지만 맑았다. 해가 지고 어두울 녘에야 그는 홀부들해서 돌아왔다. 좁쌀 닷 되밖에는 못 받았다. 다른 사람들은 돈 낼 생각커녕 이러면 다시 술 안 먹겠다고 도리어 얼러 보냈던 것이다. 그러나 이만도 다행이다. 아주 못 받느니보다는 끼니때를 가지였다. 그는 좁쌀을 씻고 나그네는 솥에 불을 지피어 부랴사랴 밥을 짓고 일변 상을 보았다.

밥들을 먹고 나서 앉았으려니깐 갑자기 술꾼이 몰려든다. 이거 웬일인가. 처음에는 하나가 오더니 다음에는 세 사람, 또 두 사람. 모두 젊은 축들이다. 그러나 각각들 먹일 방이 없으므로 주인은 좀 망설이다가 그 연유를 말하였으나 뭐 한 동리 사람인데 어떠냐, 한데서 먹게 해달라는 바람에 얼씨구나 하였다. 이제야 운이 트이나 보다. 양푼에 막걸리를 따라 나그네에게 주어 솥에 넣고 좀 속히 데워 달라 하였다. 자기는 치마꼬리를 휘둘러 가며 잽싸게 안주를 장만한다. 짠지, 동치미, 고추장, 특별 안주로 삶은 밤도 놓았다. 사촌 동생이 맛보라고 며칠 전에 갖다 준 것을 아껴둔 것이었다.

방 안은 떠들썩하다. 벽을 두드리며 아리랑 찾는 놈에, 건으로 너털웃음 치는 놈, 혹은 수군숙덕하는 놈—가지각색이다. 주인이 술상을 받쳐 들고 들어가니 짜기나 한 듯이 일제히 자리를 바로잡는다. 그 중에 얼굴 접적한 하이칼라 머리가 야리가 나서 상을 받으며 주인 귀에다 입을 비껴 댄다.

"아주머니, 젊은 갈보 사왔다지유? 좀 보여 주게유."

영문 모를 소문도 다 듣는다.

"갈보라니 웬 갈보?"

하고 어리뻥뻥하다 생각을 하니 턱없는 소리는 아니다. 눈치 있게 부엌으로 내려가서 아궁이 앞에 웅크리고 앉았는 나그네의 머리를 은근히 끌어안았다. 자, 저 패들이 새댁을 갈보로 횡보고 찾아온 맥이다. 물론 새댁 편으론 망칙스러운 일이겠지만 달포나 손님의 그림자가 드물던 우리 집으로 보면 재수의 빗발이다. 술국을 잡는다고 어디가 떨어지는 게 아니요, 욕이 아니니 나를 보아 오늘만 좀 팔아 주기를 바란다—이런 의미를 곰상궂게 간곡히 말하였다. 나그네의 낯은 별반 변함이 없다. 늘 한 양으로 예사로이 승낙하였다.

술이 온몸에 돌고 나서야 뒷술이 잔풀이가 난다. 한 잔에 오 전, 그저 마시긴 아깝다. 얼간한 상투박이 계집의 손목을 탁 잡아 앞으로 끌어당기며,

"권주가 좀 해, 이건 꿔어온 보릿자룬가?"

"권주가? 뭐야유?"

"권주가? 아 갈보가 권주가도 모르나. 으하하하."

하고는 무안에 취하여 폭 숙인 계집 뺨에다 꺼칠꺼칠한 턱을 문질러 본다. 소리를 암만 시켜도 아랫입술을 깨물고는 고개만 기울일 뿐 소리는 못 하나 보다. 그러나 노래 못 하는 꽃도 좋다. 계집은 영 내리는 대로 이 무릎 저 무릎으로 옮아앉으며 턱 밑에다 술잔을 받쳐 올린다.

술들이 담뿍 취하였다. 두 사람은 곯아져서 코를 곤다. 계집이 칼라머리 무릎 위에 앉아 담배를 피워 올릴 때 코웃음을 홍 치더니 그 무지스러운 손이 계집의 아랫 뱃가죽을 사양 없이 움켜잡았다. 별안간 '아야!' 하고 퍼들겅 하더니 계집의 몸뚱어리가 공중으로 도로 뛰어오르다 떨어진다.

"이 자식아, 너만 돈 내고 먹었니?"

한 사람 새두고 앉았던 상투가 콧살을 찌푸린다. 그리고 맨발 벗은 계집의 두 발을 양손에 붙잡고 가랑이를 쩍 벌려 무릎 위로 지르르 끌어올린다. 계집은 앙탈을 한다. 눈시울에 눈물이 엉기더니 불현듯이 쪼록 쏟아진다.

방 안에서 왱마가리 소리가 끓어오른다.

"저 잡놈 보게, 으하하하."

술은 연방 데워서 들여 가면서도 주인은 불안하여 마음을 졸였다. 겨우 마음을 놓은 것은 훨씬 밝아서이다.

참새들은 소란히 지저귄다. 기직바닥이 부스럼 자국보다 질배없다. 술, 짠지쪽, 가래침, 담뱃재—뭣해 너저분하다. 우선 한 길치에 자리를 잡고 개배를 대보았다. 마수걸이가 팔십오 전, 외상이 이 원 각수다. 현금 팔십 오 전, 두 손에 들고 앉아 세고 또 세어 보고…….

뜰에서는 나그네의 혀로 끌어올리는 인사.

"안녕히 가십시게유."

"입이나 좀 맞치고. 뽀! 뽀! 뽀!"

"나두."

찌르쿵! 찌르쿵! 찔거러쿵!

"방아머리가 무겁지유?……고만 까불까."

"덜 익었세유. 더 찧야지유."

"그런데 얘는 어쩐 일이야……."

덕돌이를 읍엘 보냈는데 날이 저물어도 여태 오지 않는다. 흩어진 좁쌀을 확에 쓸어 넣으며 홀어미는 퍽으나 애를 태운다. 요새 날

씨가 차지니까 늑대, 호랑이가 차차 마을로 찾아 내린다. 밤길에 고개 같은 데서 만나면 끽 소리도 못 하고 욕을 당한다.

나그네가 방아를 괴놓고 내려와서 키로 확의 좁쌀을 담아 올린다. 주인은 그 머리를 쓰다듬고 자기의 행주치마를 벗어서 그 위에 씌워 준다. 계집의 나이 열아홉이면 활짝 필 때이건만 버캐된 머리칼이며 야윈 얼굴이며 벌써부터 외양이 시들어 간다. 아마 고생을 진한 탓이리라.

날씬한 허리를 재빨리 놀려 가며 일이 끊일 새 없이 다구지게 덤벼드는 그를 볼 때 주인은 지극히 사랑스러웠다. 그리고 일변 측은도 하였다. 뭣하면 딸과 같이 자기 곁에서 길게 살아 주었으면 상팔자일 듯싶었다. 그럴 수 있다면 그 소 한 마리와 바꾼대도 이것만은 안 내놓으리라고 생각도 하였다.

아들만 데리고 홀어미의 생활은 무던히 호젓하였다. 그런데다 동리에서는 속 모르는 소리까지 한다. 떠꺼머리 총각을 그냥 늙힐 테냐고. 그러나 형세가 부치므로 감히 엄두도 못 내다가 겨우 올봄에서야 다붙어 서두르게 되었다. 의외로 일은 손쉽게 되었다. 이리저리 언론이 돌더니 남촌산에 사는 어느 집 둘째 딸과 혼약하였다. 일부러 홀어미는 사십 리 길이나 걸어서 색시의 손등을 문질러 보고는,

"참 애기 잘도 생겼세!"

좋아서 사돈에게 칭찬을 뇌고 뇌곤 하였다.

그런데 없는 살림에 빚을 내어 가며 혼수를 다 꼬매 놓은 뒤였다. 혼인날을 불과 이틀 격해 놓고 일이 고만 빗나갔다. 처음에야 그런 말이 없더니 난데없는 선채금 삼십 원을 가져오란다. 남의 돈 삼 원

과 집의 돈 오 원으로 거줏군에게 품삯 노비 주고 혼수하고 단지 이
원─잔치에 쓸 것밖에 안 남고 보니 삼십 원이란 입내도 못 낼 소리
다. 그 밤, 그는 이리 뒤척 저리 뒤척 넋 잃은 팔을 던져 가며 통 밤
을 새웠던 것이다.

"어머님! 진지 잡수세유."

새댁에게 이런 소리를 듣는다면 끔찍이 귀여우리라. 이것이 단
하나의 그의 소원이었다.

"다리 아프지유? 너무 일만 시켜서……."

주인은 저녁 좁쌀을 쓸어 넣다가 방아다리에 깝신대는 나그네를
걸삼스럽게 쳐다본다. 방아가 무거워서 껍적이며 잘 으르지 않는
다. 가냘픈 몸이라 상혈이 되어 두 볼이 새빨갛게 색색거린다. 치마
도 치마려니와 명주저고리는 어찌 삭았는지 어깨가 손바닥만하게
척 나갔다. 그러나 덕돌이가 왜 포 다섯 자를 바꿔오거든 첫째 사발
허통된 속곳부터 해 입히고 차차 할 수밖엔 없다.

"같이 찧시다유."

주인도 나머지 방아다리에 올라섰다. 그리고 찌껑 위에 놓인 나
그네의 손을 눈치 안 채게 슬며시 쥐어 보았다. 더도 덜도 말고 그
저 요만한 며느리만 얻어도 좋으려만! 나그네와 눈이 고만 마주치
자 그는 열적어서 시선을 돌렸다.

"퍽도 쓸쓸하지유?"

하며 손으로 울 밖을 가리킨다. 첫밤 같은 석양판이다. 색동저고
리를 떨쳐 입고 산들은 거반진 방아소리를 은은히 전한다. 찔그러
쿵! 찌러쿵!

그는 나그네를 금덩이같이 위하였다. 없는 대로 자기의 옷가지도
서로서로 별러 입었다. 그리고 잘 때에는 딸과 진배없이 이불 속에

서 품에 꼭 품고 재우곤 하였다. 하지만 자기의 은근한 속셈은 차마 입에 드러내어 말은 못 건넸다. 잘 들어 주면이어니와 뭣하게 안다면 피차의 낯이 뜨뜻한 일이었다.

그러자 맘먹지 않았던 우연한 일로 인하여 마침내 기회를 얻게 되었다. 나그네가 온 지 나흘 되던 날이었다. 거문관이 산기슭에 있는 영길네가 벼방아를 좀 와서 찧어 달라고 한다. 나그네는 줄밤을 새우므로 낮에나 푸근히 자라고 두고 그는 홀로 집을 나섰다.

머리에 겨를 뽀얗게 쓰고 맥이 풀려서 집에 돌아온 것은 이럭저럭 어스레하였다. 늙은 다리를 끌고 뜰 앞으로 향하다가 그는 주춤하였다. 나그네 홀로 자는 방에 덕돌이가 들어갈 리 만무한데 정녕코 그놈일 게다. 마루 끝에 자그마한 나그네의 짚신이 놓인 그 옆으로 질목 채 벗은 왕달 짚신이 왁살스럽게 놓였다. 그리고 방에서는 수군수군 낮은 말소리가 흘러나온다. 그는 무심코 닫은 방문께로 귀를 기울였다.

"그럼 와 그러는 게유? 우리 집이 굶을까봐 그리시유?"

"……."

"어머니도 사람은 좋아유……. 올해 잘만 하면 내년에는 소 한 마리 사놀 게구. 농사만 해두 한 해에 쌀 넉 섬, 조 엿 섬, 그만하면 고만이지유……. 내가 싫은 게유?"

"……."

"사내가 죽었으니 아무튼 얻을 게지유?"

옷 터지는 소리. 부시럭거린다.

"아이! 아이! 아이! 참! 이거 노세유."

쥐죽은 듯이 감감하다. 허공에 아롱거리는 낙엽을 이윽히 바라보며 그는 빙그레한다. 신발 소리를 죽이고 뜰 밖으로 다시 돌쳐 섰다.

저녁상을 물린 후 시치미를 딱 떼고 나그네의 기색을 살펴보다가 입을 열었다.

"젊은 아낙네가 홀몸으로 돌아다닌대두 고생일 게유. 또 어차피 사내는 ……."

여기서부터 사리에 맞도록 이말 저말을 주섬주섬 꺼내 오다가 나의 며느리가 되어 줌이 어떻겠느냐고 꽉 토파를 지었다. 치마를 흡싸고 앉아 갸웃이 듣고 있던 나그네는 치마끈을 깨물며 이마를 떨어뜨린다. 그러고는 두 볼이 빨개진다. 젊은 계집이 나 시집 가겠소 하고 누가 나서랴. 이만하면 합의한 거나 틀림없을 것이다.

혼수는 전에 해둔 것이 있으니 한시름 잊었다. 그대로 이앙이나 고쳐서 입히면 고만이다. 돈 이 원은 은비녀, 은가락지 사다가 각별히 색시에게 선물 내리고…….

일은 밀수록 낭패가 많다. 급시로 날을 받아서 대례를 치렀다. 한편에서 국수를 누른다. 잔치 보러 온 아낙네들은 국수 그릇을 얼른 받아서 후룩후룩 들여 마시며 색시 잘났다고 추었다.

주인은 즐거움에 너무 겨워서 추배를 흥건히 들었다. 여간 경사가 아니다. 뭇사람을 비집고 안팎으로 드나들며 분부하기에 손이 돌지 않는다.

"얘 메누라! 국수 한 그릇 더 가져온."

어째 말이 좀 어색하구먼―다시 한 번,

"메누라, 애야! 얼른 가져와."

삼십을 바라보자 동곳을 찔러 보니 제물에 멋이 질려 삐뚜름하다. 덕돌이는 첫날을 치르고 부썩부썩 기운이 난다. 남이 두 단을 털 제면 그의 볏단은 석 단째 풀쳐나간다. 연방 손바닥에 침을 뱉어 붙이며 어깨를 으쓱거린다.

"끅! 끅! 끅! 찍어라, 굴려라, 끅! 끅!"

동무의 품앗이 일이다. 거무튀튀한 젊은 농군 댓이 볏단을 번차례로 집어 든다. 열에 뜬 사람같이 식식거리며 세차게 벼를 절구통 배에서 주룩주룩 훑어 내린다.

"얘! 장가들고 한 턱 안 내니?"

"일색이더라. 단단히 먹자. 닭이냐? 술이냐? 국수냐?"

"웬 국수는? 너는 국수만 아느냐?"

저희끼리 찧고 까분다. 그들은 일을 놓으며 옷깃으로 땀을 씻는다. 골바람이 벼깔치를 부옇게 풍긴다. 옆 산에서 푸드덕하고 꿩이 날며 머리 위를 지나간다. 갈퀴질을 하던 넓적이가 갈퀴를 놓고 씽급하더니 달려든다. 장난꾼이다. 여러 사람의 힘을 빌리어 덕돌이 입에다 헌 짚신짝을 물린다. 버들껑거린다. 다시 양 귀를 두 손에 잔뜩 홈켜잡고 끌고 와서는 털어 놓은 벼 무더기 위에 머리를 틀어박으며 동서남북으로 큰절을 시킨다.

"야아! 야아! 아!"

"아니다, 아니야. 장갈 갔으면 산신령에게 이러 하다 말이 있어야지. 괜시레 산신령이 노하면 눈깔망난이(호랑이) 내려 보낸다."

뭇 웃음이 터져 오른다. 새신랑의 옷이 이게 뭐냐. 볼기짝에 구멍이 다 뚫리고…… 빈정대는 사람도 있다. 그러나 덕돌이는 상투의 먼지를 털고 나서 곰방대를 피워 물고는 싱그레 웃어 치운다. 좋은 옷은 집에 두었다. 인조견 조끼, 저고리, 새하얀 옥당목 겹바지, 그러나 아끼는 것이다. 일할 때엔 헌 옷을 입고 집에 돌아와 쉴 참에나 입는다. 잘 때에도 모조리 벗어서 더럽지 않게 착착 개어 머리맡 위에 놓고 자곤 한다. 의복이 남루하면 인상이 추하다. 모처럼 얻은 귀여운 아내니 행여나 마음이 돌아앉을까 미리미리 사려 두지 않을 수도 없는 노릇이다. 그야말로 이십구 년 만에 누런 이쪼각에다 이제야 소금을 발라본 것도 이 까닭이었다.

덕돌이가 볏단을 다시 집어 올릴 제 그 이웃에 사는 돌쇠가 옆으로 와서 품을 안는다.

"덕돌아! 너 내일 우리 조마댕이 좀 해 줄래?"

"뭐 어째?"

하고 소리를 빽 지르고는 그는 눈귀가 실룩하였다.

"누구보고 해라야? 응? 이 자식 까놀라."

어제까지는 턱없이 지냈단대도 오늘의 상투를 못 보는가!

바로 그날이었다. 웃간에서 혼자 새우잠을 자고 있던 홀어미는 놀라 눈이 번쩍 띄었다. 만뢰 잠잠한 밤중이다.

"어머니! 그거 달아났세유. 내 옷두 없고……."

"응?"

하고 반 마디 소리를 치며 얼떨 김에 그는 캄캄한 방 안을 더듬어 아랫간으로 넘어섰다. 황망히 등잔에 불을 당기며,

"그래 어디로 갔단 말이냐?"

영산이 나서 묻는다. 아들은 벌거벗은 채 이불로 앞을 가리고 앉아서 징징거린다. 옆 자리에는 빈 베개뿐 사람은 간 곳이 없다. 들어본즉 온종일 일하기에 피곤하여 아들은 자리에 들자 고만 세상을 잊었다. 하기야 그때 아내도 옷을 벗고 한자리에 누워서 맞붙어 잤던 것이다. 그는 보통 때와 조금도 다름없이 새침하니 드러누워서 천장만 쳐다보았다. 그런데 자다가 별안간 오줌이 마렵기에 요강을 좀 집어 달래려고 보니 뜻밖에 품안이 허룩하다. 불러 보아도 대답이 없다. 그제서야 어림 짐작으로 우선 머리맡에 위해 놓았던 옷을

더듬어 보았다. 딴은 없다.

필연 잠든 틈을 타서 살며시 옷을 입고 자기의 옷이며 버선까지 들고 내뺏음이 분명하리라.

"도적년!"

모자는 관솔불을 켜들고 나섰다. 부엌과 잿간을 뒤졌다. 그리고 뜰 앞 수풀 속도 낱낱이 찾아봤으나 흔적도 없다.

"그래도 방안을 다시 한 번 찾아보자."

홀어미는 구태여 며느리를 도둑년으로까지는 생각하고 싶지 않았다. 거반 울상이 되어 허벙저벙 방 안으로 들어왔다. 마음을 가라앉혀 돌쳐 보니 아니면 다르랴, 며느리 베개 밑에서 은비녀가 나온다. 달아날 계집 같으면 이 비싼 은비녀를 그냥 두고 갈 리 없다.

두말없이 무슨 병패가 생겼다. 홀어미는 아들을 데리고 덜미를 잡히는 듯 문밖으로 찾아 나섰다.

마을에서 산길로 빠져나는 어귀에 우거진 숲 사이로 비스듬히 언덕길이 놓였다. 바로 그 밑에 석벽을 끼고 깊고 푸른 웅덩이가 묻히고 넓은 그 물이 겹겹 산을 에돌아 약 십 리를 흘러내리면 신연강 중턱을 뚫는다. 모래에 반쯤 파묻히어 번들대는 큰 바위는 내를 싸고 양쪽으로 질펀하다. 꼬부랑길은 그 틈바귀로 뻗었다. 좀체 걷지 못할 자갈길이다. 내를 몇 번 건너고 험상궂은 산들을 비켜서 한 오 마장 넘어야 겨우 길다란 길을 만난다. 그리고 거기서 좀 더 간 곳에 냇가에 외지에 잃어진 오막살이 한 칸을 볼 수 있다. 물방앗간이다. 그러나 이제는 밥을 찾아 흘러가는 뜬 몸들의 하룻밤 숙소로 변하였다.

벽이 확 나가고 네 기둥뿐인 그 속에 힘을 잃는 물방아는 을씨년

궂게 모로 누웠다. 거지도 고 옆에 홑이불 위에 거적을 쓰고 누웠
다. 거푸진 신음이다. 으! 으! 으흥! 서까래 사이로 달빛은 쌀쌀히
흘러든다. 가끔 마른 잎을 뿌리며―.

"여보 자우? 일어나게유 얼핀."

계집의 음성이 나자 그는 꾸물거리며 일어앉는다. 그리고 너털대는 홑적삼 깃을 여며 잡고 덜덜 떤다.

"인제 고만 떠날 테이야? 쿨룩……."

말라빠진 얼굴로 계집을 바라보며 그는 이렇게 물었다.

십 분 가량 지났다. 거지는 호사하였다. 달빛에 번쩍거리는 겹옷을 입고서 지팡이를 끌며 물방앗간을 등졌다. 골골하는 그를 부축하여 계집은 뒤에 따른다. 술집 며느리다.

"옷이 너무 커. 좀 적었으면 ……."

"잔말 말고 어여 갑시다 펄쩍……."

계집은 부리나케 그를 재촉한다. 그러고 연해 돌아다보길 잊지 않았다. 그들은 강길로 향한다. 개울을 건너 불거져 내린 산모롱이를 막 꼽뜨리려 할 제다. 멀리 뒤에서 사람 욱이는 소리가 끊일 듯 날 듯 간신히 들려온다. 바람에 먹히어 말저는 모르겠으나 재 없이 덕돌이의 목성임은 넉히 짐작할 수 있다.

"아 얼른 좀 오게유."

똥끝이 마르는 듯이 계집은 사내의 손목을 겹겹이 잡아끈다. 병든 몸이라 끌리는대로 뒤툭거리며 거지도 으슥한 산 저편으로 같이 사라진다. 수은 빛 같은 물방울을 품으며 물결은 산벽에 부닥뜨린다. 어디선지 지정치 못할 늑대 소리는 이 산 저 산서 와글와글 굴러 내린다.

슬픈 이야기

  암만 때렸단대도 내 계집을 내가 쳤는데야 네가 하고 덤비면 나는 참으로 할 말이 없다. 허지만 아무리 제 계집이기로 개 잡는 소리를 가끔 치게 해가지고 옆집 사람까지 불안스럽게 구는 이것은 넉넉히 내가 꾸짖을 수 있다는 말이다. 그것도 일테면 내가 아내를 가졌다 하고 그리고 나도 저와 같이 아내와 툭툭거릴 수 있다면 혹 모르겠다. 장가를 들었어도 얼마든지 좋을 수 있을 만치 나이가 그토록 지났는데도 어쩌는 수 없이 사글세 방에서 이렇게 홀로 둥글둥글 지내는 놈을 옆방에다 두고 저희끼리만 내외가 투닥투닥하고 또 끼익끼익하고 이러는 것은 썩 잘못된 생각이다. 요즈음 같은 쓸쓸한 가을철에는 웬 셈인지 자꾸만 슬퍼지고 외로워지고 이래서 밤잠이 제대로 와주지 않는 것이 결코 나의 죄는 아니다. 자정을 넘어서 새로 두 점이나 바라보련만도 그대로 고생고생하다가 이제야 겨우 눈꺼풀이 어지간히 맞아 들어오려 하는 데다 갑작스레 쿵하고 방이 울리는 서슬에 잠을 고만 놓치고 마는 것이다. 이것은 재론할 필요 없이 요 뒷집의 건넌방과 세 들어 있는 이 내 방과를 구분하기 위하여 떡 막아 논 벽이라기보다는 차라리 울섶으로 보아 좋을 듯싶은 그 벽에 필연 육중한 몸이 되는 대로 들이받고 나가떨어지는 소리일 것이 분명하다. 이렇게 벽을 들이박고 떨어지고, 하는 것은 일상 맡아 놓고 그 아내가 해주므로 이번에는 그랬었음에 별로 틀리지 않을 것이다. 그러기에 들릴까 말까한 나직한, 그러면서도 잠아먹을 듯이 앙크러 뜯는 소리로 그 남편이 중얼거리다 픽하는 이것은 발길이 허구리로 돌아온 게고, 그래 아내가 어구구 하니까 그 바람에 옆에서 자던 세 살짜리 아들이 어아하고 놀라 깨는 것이 두루 불안스럽다. 허 이놈 또 했구나 싶어서 나는 약이 안 오를 수 없으니까 벌떡 일어나서 큰일을 칠 거라도 같이 제법 눈을 부라린 것만은 됐으나 그렇다고 벽 너머 저쪽을 향하여 꾸중을 한다든가 하는 것이 점잖은 나의 체면을 상하는 것쯤은 모를 리 없을 것이다. 이렇게 되면 잠자기는 영 글른 공사인 고로 궐련 하나를 피워 물었던 것이나 아무리 생각하여도 놈의 소행이 괘씸하여 그냥 배기기 어려우므로 케액하고 요강 뚜껑을 괜스리 열었다가 깨지지 않을 만큼 아무렇게나 내리닫으며 역정을 내본단대도 저놈이 이것쯤으로 끄빽할 놈이 아닌 것은 전에 여러 번 겪었으니 소용없다. 마땅치 않게 골피를 접고 혼자서 끙끙거리고 앉아 있자니까 아이놈이 깬 듯싶어서 점점 더하는 것이 급기야엔 아내가 아마 옷 궤짝에나 혹은 책상 모서리에나 그런데다 머리를 부딪는 것 같더니 얼마든지 마냥 울 수 있는 그 설움이 남의 이목에 걸리어 겨우 목젖 밑에서만 끅끅하도록 만들어 놓았다. 이놈이 사람을 잡을 작정인가, 하고 그대로 있기가 안심치가 않아서 내가 역정난 몸을 불쑥 일으키어 가지고 벽과 기둥이 맞붙은 쪽으로 한 지 오래된 도배지가 너털너털 쪼개어지고, 그래서 어쩌다 뽕 뚫린 하잘것없는 구멍으로 내외간의 싸움을 들여다보는 것은 좀 나의 실수도 되겠지만 이놈과 나와 예의니 뭐니 하고 찾기에는 제가 다 치신은 잃어 났거니와 그건 말고라도 이렇게 남 자는 걸 깨놓았으니까 나 좀 보는데 누가 뭐랄 테냐. 너털대는 벽지를 가만히 떠들고 들여다보니까 외양이 불밤송이같이 단작맞게 생긴 놈이 전기 회사의 양복을 입은 채 또는 모자도 벗는 법 없이 그대로 쪼그리고 앉아서 저보담 엄장도 훨씬 크고 투실투실히 벌은 아내의 머리를 어떻게 하다 그리도 묘하게스레 좁은 책상 밑

구멍에다 틀어박았는지 궁둥이만이 위로 불끈 솟은 이걸 노리고 미리 쥐고 있었던 황밤주먹으로 한번 콕 쥐어박고는, 이년아 네가 어쩌구 중얼거리다 또 한 번 쿡 쥐어박고 하는 것이다. 아내로 논지면 울려 들었다면 꽤 많이 울어 두었겠지만 아마 시골서 조촐히 자란 계집인 듯싶어 여필종부의 매운 절개를 변치 않으려고 애초부터 남편 보는 대로만 맡겨 두고 다만 가끔 가다 조금씩 끽끽할 뿐이었으나 한편에 울릉이 놀래 앉았는 어린 아들은 저의 아버지가 어머니를 잡는 줄 알고 때릴 때마다 빽빽 질러 우는 것이다. 그러면 놈은 송구스러운 그 악정에 다른 사람들이 깰까봐 겁 집어먹은 눈을 이리로 돌리어 아들을 된통 쏘아보고는 이 자식 울면 죽인다 하고 제 간에는 위협을 하는 것이나 그래도 조금 있으면 또 끼익하는 데는 어쩔 수 없이 입을 막고서 따귀 한 대를 먹여 놓았던 것이 그 반대로 더욱 난장판이 되니까 저도 어처구니 없는지 멀거니 바라보며 뒤통수를 긁는다. 놈이 워낙 대담치가 못해서 낮 같은 때 여러 사람이 있는 사람이 앞에서는 감히 아내를 치기는커녕 외출에서 들어올 적마다 가장 금슬이나 두터운 듯이 애기 엄마 저녁 자셨소 어쩌오 하고 낯간지러운 소리를 해두었다가, 다들 자고 난 뒤 잠잠한 꼭 요 맘 때 야근에서 돌아와서는 무슨 대천지 원수나 품은 듯이 울지 못하도록 미리 위협해 놓고는 은근히 치고, 차고, 이러는 이놈이다. 하기야 제 아내 제가 잡아먹는데 그야 뭐랄 게 아니겠지. 그렇지만 놈이 주먹으로 얼마고 콕콕 쥐어박아도 아내의 살 잘찐 투실투실한 궁둥이에는 좀처럼 아플 성싶지 않으니까 이번에는 두 손가락을 집게같이 꼬부려 가지고 그

허구리를 꼬집기 시작하는 것인데 아픈 것은 참아 왔더라도 치신이 없이 요렇게 꼬집어 뜯는 데 있어서야 제 아무리 춘향이기로 간지럼을 아니 타는 법은 없을 게다. 손가락이 들어올 적마다 구부려 있던 커단 몸집이 우지끈하고 노는 바람에 머리 위에 거반 얹히다시피 된 조그만 책상마저 들먹들먹하는 걸 보면 저 괴로워도 요만조만한 괴로움이 아닐 텐데 저런 저런. 계집을 친다기로 숫째 빰 한 번을 보기 좋게 찔꺽하고 치면 쳤지 나는 참으로 저럴 수는 없으리라고, 아아 나쁜 놈, 하고 남의 일 같지 않게 울화가 터지려고 하였던 것이다. 그보다도 우선 아무리 남편이란대도 이토록 되면 그 뭐 낼 쯤 두고 보아 괜찮으니까 그까짓 거 실팍한 살집에다 근력 좋겠다 달랑 들고 나와서 뒷간 같은 데다 틀어박고는 되는 대로 투그려 주어도 아내가 두려워서 제가 감히 찍 소리 한 번 못 할 텐데 그걸 못 하고 저런 저런, 에이 분하다. 그럼 그것은 내외간의 찌들은 정이 막는다 하기로니 당장 그 무서운 궁둥이만 위로 번쩍 들 지경이면 그 통에 놈의 턱주가리가 치받쳐서 뒤로 벌렁 나가떨어지는 꼴이 그런 대로 해롭지 않을 텐데 글쎄 어쩌자고, 그러나 좀더 분을 돋워 놓으면 혹 그럴는지도 모를 듯해서 놈의 무참한 꼴을 상상하며 이제나 저제나 하고 조를 비볐던 것이 이내 경만 치고 말므로 저런, 저런 하다가 부지중 주먹이 불끈 쥐어졌겼던 것이나 놈이 휘둥그린 눈을 들어 이쪽을 바라볼 때에 비로소 내 주먹이 벽을 올려친 걸 알고 깜짝 놀랐다. 허물 벗겨진 주먹을 황망히 입에 들이대고 엉거주춤히 입김을 쏘이고 섰느라니까 잠 안 자고 게 서서 뭘 하오, 하고 변소에를 다녀가는 듯싶은 심술궂은 쥔 노파가 긴치 않게 바라보더니 내 방으로 주춤주춤 다가와서 눈을 찌긋하고 하는 소리가 왜 남의 계집을 자꾸 들여다보고 그류, 괜히 맘이 동하면 잠도 못 자고, 하고 거지반 비웃는 것이 아닌가. 내가 나이 찬 홀몸이고 또 저쪽이 남편에게 소박받는 계집이고 하니까 이런 경우에는 남모르게 이러구 저러구 하는 것이 사차불피의 일이라고 제멋대로 이렇게 생각한 그는 요즘으로 들어서 나의 일거일동, 일테면 뒷간에서 뒤를 보고 나온다든가 하는 쓸데 적은 그런 행동에나마 유난히 주목하여 두는 버릇이 생겨서 가끔 내가 어마어마하게 눈총을 겨누는 것도 무서운 줄 모르고 나중에는 심지어 저놈이 계집을 떼 던지려고 지금 저렇게 못 살게 구는 거라우, 이혼만 하거든 그저 두말 말고 떼꺽 꿰차면 고만 아니오, 하며 그러니 얼마나 좋으냐고 나는 별로 좋을 것이 없는 것 같은데 아주 좋다고 깔깔 웃는 것이다. 이 노파의 말을 들어 보면 저놈이 십삼 년 동안이나 전차 운전수로 있다가 올에서야 겨우 감독이 된 것이라는데 그까짓 걸 바로 무슨 정승판서나 한 것 같이 곤댓질을 하며 동리로 돌아치는 건 그런 대로 봐준다 하더라도 갑작스레 무슨 지랄병이 났는지 여학생 장가 좀 들겠다고 아내보고 너 같은 시골뜨기하고 살면 내 낯이 깎인다, 하며 어서 친정으로 가라고 줄창같이 들볶는 모양이니 이건 짜장 괘씸하다. 제가 시골서 처음 올라와서 전차 운전수가 되어 가지고, 지금 사람이 원체 착실해서 돈도 무던히 모였다고 요통안서 소문이 자자하게 난 그 저금 팔백 원이라나 얼마나를 모으기 시작할 때 어떻게 생각하면 밤일에서 늦게 돌아오다가 속이 후출하여 다른 동무들은 냉면을 먹고, 설렁탕을 먹고, 하는 것을 놈은 홀로 집으로 돌아와 이불 속에서 언제나 잊지 않고 꼭 대추 두 개로만 요기를 하는 그대로 자고 자고 한 그 덕도 있거니와 엄동에 목도리, 장갑 하나 없이 그리고 겹저고리로 떨면서 아침 저녁 겨끔내기로 벤또를 붙이러 다니던 그 아내의 피땀이 안 들고야 그 칠팔백 원 돈이 어디서 떨어지는가. 그런 공로를 모르고 똥깨 떨 거 다 떨고 나니까 놈이 계집을 내차는 것이지만 그렇게 되면 제놈 신세는 볼일 다 볼 게라고 입을 삐쭉이다가 아무튼 이혼만 하였다면야 내가 새에서 중신을 서주기라도 할 게니 어디 한 번 데리구 살아 보구려, 하면 그 아내의 얼마큼이든지 남편에게 충실할 수 있는 미점을 들기에 야윈 손가락이 부질없이 폈다 접었다, 이리 수선이다. 이 신당리라는 데는 본시가 푼푼치 못한 잡동사니만이 옹기종기 몰린 곳으로 점잖은 짓이라고는 전에 한 번도 해본 일 없이 오직 저 잘난 놈이 태반일진댄 감독됐으니까, 여학생 장가 좀 들어 보자고 본처더러 물러서 달라는 것이 이상할 게 없고, 또 한편 거리에서 말똥만 굴러도 동리로 돌아다니며 말을 만드는 수다쟁이들이 매 밤마다 내가 벽 틈으로 눈을 들여 놓고 정신 없이 서 있어서 저 남의 계집 보고 조갈이 나서 저런다는 것쯤 노해서는 아니되겠지만 그래도 조금 심한 것 같다. 이놈의 늙은이가 남 곧잘 있는 놈 바람맞히지 않나 싶어서 할머너나 그리루 장가 가시구려, 하고 소리를 빽 질렀던 것이나 실상은 밤낮 남편에게 주리경을 치는 그 아내가 가엾은 생각이 들길래 그런 양이면 애초에 갈라서는 것이 좋지 않을까 보냐. 마는 부부간의 정이란 그 무언지 짧지 않은 세월에 찔기둥 찔기둥이 맺어진 정은 일조일석에는 못 끊는 듯싶어 저러고 있는 것을 요즈음에는 그 동생으로 말미암아 더 매를 맞는다는 소문이었다. 한편에다 여학생 신가정을 꿈꾸는 놈에게 본처라는 것이 눈의 가시만치나 미운데다가 한 열흘 전에는 시골 처가에서 처남이 올라와서 농사 못 짓겠으니 나 월급자리에 좀 넣어 달라고 언내 알라 세 사람을 재우기에도 옹색한 셋방에 깍짓동 같은 커단 몸집이 널찍하게 터를 잡고는 늘큰히 묵새기고 있다면 그야 화도 조금 나겠지. 허지만 놈에게 그게 아니라 하루에 세 그릇

씩 없어지는 그 밥쌀에 필연 겁이 더럭 났을 것이다. 그렇다고 처남을 면대 놓고 밥쌀이 아까우니 너 갈 데로 가라고 내쫓을 수는 없을 만큼 놈도 소견이 되었던 것이다. 이것은 적실히 놈의 불행이라 안 할 수 없는 것으로 상 앞에서는 아 여보게 고만 자시나, 물에 말아서 찬찬히 더 들어봐, 하고 겉면을 꾸리다가 밤에 들어와서는 이러면 저두 생각이 있으려니, 확신하고 아내를 생트집으로 뚜드려 패자니 몇 푼어치 못 되는 근력에 허덕허덕 고만 지고 마는 것이다. 그러면 처남은 누이 맞는 것이 가엾기는 하나 그렇다고 어쩌는 수는 없는 고로 무색하여 밖으로 비슬비슬 피해 나가는 것이다. 이래도 맞고 저래도 맞는 그 아내의 처지는 실로 딱한 것으로 이대로 내가 두고 보는 것은 인륜에 벗어나는 일이라 생각하고, 그 담날 부리나케 찾아가 놈을 꾸짖었단대도 그리 어줍잖은 일은 아닐 것이다. 내가 대문간에 가 서서 그 집 아이에게 건넌방에 세들은 키 쪼꼬만 감독 좀 나오래라, 해가지고, 그동안 곁방에서 살았고 또 전자부터 잘났다는 성식은 익히 들었건만 내가 못나서 인사가 이렇게 늦었다고 나의 이름을 대니까 놈도 좋은 낯으로 피차 없노라고 달랑달랑 쏟으며 멋없이 빙긋 웃는 양이 내 무슨 저에게 소청이라도 있어 간 것같이 생각하는 듯하여 불쾌한 마음으로 나는 뭐 전기 회사에서 오란 대두 안 갈 사람이라고 오해를 풀어 주고는 그 면상판을 이윽히 들여다보며, 오 네가 매밤의 대추 두 개로 돈 팔백 원을 모은 놈이냐, 하고는 그 지극한 정성에 다시금 감탄하지 않을 수가 없었다. 비록 낮짝이 쪼그라들어 코, 눈, 입이 번뜻하게 제자리에 못 뇌고는 넝마전 물건같이 시들번히 게 붙고 게 붙고 하였을망정 제법 총기 있어 보이는 맑은 두 눈이며 깝진깝진 굴러나오는 쇠명된 그 음성, 아하

돈은 결국 이런 사람이 갖는 게로구나, 하고 고개를 끄떡거리다 그
럼 무슨 일로 오셨습니까? 하는 바람에 그제서야 나의 이 심방의 목
적을 다시 깨닫게 되었다. 허나 그대로 네 계집 치지 말라고 할 수는
없는 게니까 아 참 전기, 회사의 감독 되기가 무척 힘드나 보던데,
하며 그걸 어떻게 그다지도 쉽사리 네가 영예를 얻었느냐고 놈을
한창 구슬리다가, 뭐 그야 노력하면 될 수 있겠지요, 하며 흥청흥청
뻐기는 이때가 좋을 듯싶어서 그렇지만 그런 감독님의 체면으로 부
인을 콕콕 쥐어박는 것은 좀 덜된 생각이니까 아예 그러지 마슈, 하
니까 놈이 남의 충고는 듣는 법없이 대번에 낯을 붉히더니 댁이 누
굴 교훈하는 거요, 하고 볼멘소리를 치며 나를 얼마간 노리다가 남
의 내간사에 웬 참견이요, 하는 데는 그만 어이가 없어서 벙벙히 서
있었던 것이나 암만해도 놈에게 호령을 당한 것은 분한 듯싶어 그
럼 계집을 쳐서 개잡는 소리를 끼익끼익 내게 해 가지고
옆집 사람도 못 자게 하는 것이 잘 했소. 하고 놈보
다 좀 더 크게 질렀다. 그랬더니 놈이 빠안히 쳐
다보다가 이건 또 무슨 의미인지 잠자코 한옆
으로 침을 탁 뱉아 던지기가 무섭게, 이것이
필연 즈 여편네의 신이겠지, 커다란 고무신을
짤짤 끌며 안으로 들어갔으니 놈이 나를 모욕
했는가 혹은 내가 무서워 피했는가, 알 수가 없
으니까 옆에서 구경하고 서 있던 아이에게 다시 한 번 그
감독을 나오라고 시키어 보았던 것이나 인젠 안 나온대요,
하고 전갈만 해 오는데야 난들 어떻게 하겠는가, 망할 놈, 아
주 겁쟁이로구나 하고 입 속으로 중얼거리며 좀 더 행위가 방
정토록 꾸짖어 주지 못한 게 유한이 되는 그대로 별 수 없이 집

으로 들어왔던 것이나 밤이 이슥하여 잠결에 두 내외의 소곤소곤하는 소리가 벽너머로 들려올 적에는 아하 그래도 나의 꾸중이 제법 컸구나, 싶어 맘으로 흡족했던 것이 웬일인가. 차츰차츰 어세가 돌아져서 결국에는 이년 하는 엄포와 아울러 제꺽하고 김치 항아리라도 깨지는 소리가 요란히 나는 것이 아닌가. 이놈이 또 방정이 나이러나 싶어 성가스레 눈을 비비고 일어나서 벽 틈으로 조사해 보았더니 놈이 방바닥에다 아내를 엎어 놓고 그리고 그 허리를 깡충 타고 올라앉아서 이년아 말해, 바른 대로 말해 이년아, 하며 그 팔 한짝을 뒤로 꺾어올리는 그런 기술이었으나 어쩌면 제 다리보다도 더 굵은지 모르는 그 팔목이 호락호락이 꺾일 것도 아니거니와, 또 거기에 열을 내가지고 목침으로 뒤통수를 콕콕 쥐어박다가 그것도 힘에 부치어 결국에는 양 옆구리를 두 손으로 꼬집는다 하더라도 그것 쯤에 뭣할 아내가 아닐 텐데 오늘은 목을 놓아 울 수 있었던 만치 남다른 벅찬 설움이 있는 모양이다. 그렇게 들을 만치 타일렀건만 이놈이 또 초라니 방정을 떠는 것이 괘씸도 하고 일방 뭘 대라 하고 또 울고 하는 것이 심상치 않은 일인 듯도 하고 이래서 괜스레 언짢은 생각을 하느라고 새로 넉 점에서야 눈을 좀 붙인 것이 한나절쯤 일어났을 때에는 얻어맞은 몸같이 휘휘 돌리어 얼떨김에 세수를 하고 있느라니까 쥔 노파가 부리나케 다가와서 내 귀에 입을 들이대고는 글쎄 어쩌자고 남 매를 맞히우. 무슨 매를 맞혀요, 하고 고개를 돌리니까 당신이 어제 감독 보고 뭐래지 않았소, 그래 저의 아내 역성을 들 때에는 필시 무슨 관계가 있을 게니 이년 서방질한 거 냉큼 대라고 어제 밤은 매로 밝혔다는 것인데, 아까 아침에 그 처남이 와서 몇 번이나 당부하기를 내가 찾아와 그런 짓을 하면 저 누님의 신세는 영영 망쳐 놓는 것이니 앞으론 아예 그러한 일이 없도록 삼가 달라고 하였으니 글쎄 반했으면 속으로나 반했지 제 남편 보고 때리지 말라는 법이 어디 있소, 하고 매우 딱하게 눈살을 접는 것이다. 그러고 보니 그 아내를 동정한 것이 도리어 매를 맞기에 똑 알맞도록 만들어논 폭이라 미안도 하려니와 한편 모든 걸 그렇게도 알알이 아내에게로만 들씌러드는 놈의 소행에는 참으로 의분심이 안 일 수 없으니까, 수건으로 낯도 씻을 줄 모르고 두 주먹만 불끈 쥐고는 그냥 뛰어나갔다. 가로지든 세로지든 이놈과 단판 씨름을 하리라고 결을 하고는 대문간에 가 서서 커다랗게 박감독 하고 한 서너 번 불렀던 것이나 놈은 아니 나오고, 한 삼십여 세 가량의 가슴이 떡 벌어지고 우람스런 것이 필연 이것이 그 처남일 듯 싶은 시골 친구가 나와서 뻔히 처다보더니 마침내 말 없이도 제대로 알아차렸는지 어리눅는 어조로 아 이거 글쎄 왜 이러십니까, 하며 답답한 상을 지어 보이는 것이 아닌가. 그리고 넌지시 하는 사정의 말이 이러시면 우리 누님의 전정은 아주 망쳐 놓으시는 겝니다. 그러니 아무쪼록 생각을 고치라고 촌뜨기의 분수로는 너무 능숙하게 넓적한 손뼉을 펴들고 안 간다고 뻗디디는 나의 어깨를 왜 이러십니까, 하고 골문 밖으로 슬근슬근 밀어내오는 것이었으나 주춤주춤 밀려나오며 가만히 생각해보니 변변히 초면 인사도 없는 이놈에게마저 내가 어린애로 대접을 받는 것은 참 너무도 슬픈 일이었다. 나중에는 약이 바짝 올라서 어깨로 그 손을 뿌리치며 확 돌아선 것만은 썩 잘된 것 같은데, 시꺼먼 낯판대기와 떡 벌은 그 엄장에 이건 나하고 맞투드릴 자리가 아님을 깨닫고는 어쩌는 수 없이 그대로 돌아서고 마는 자신이 너무도 야속할 뿐으로 이렇게 밀려오니 차라리 내 발로 걷는 것이 나을 듯 싶어 집을 향하여 삐잉 오는 것이다. 내가 아내를 갖든지 그렇지 않으면 이놈의 신당리를 떠나든지 이러는 수밖에 별도리가 없으리라고 마음을 먹고는 내 방으로 부루루 들어와 이부자리며 옷가지를 거듬거듬 뭉치고 있는 것을 한 옆에서 수상히 보고 서 있던 주인 노파가 눈을 찌긋이 그 왜 짐을 묶소, 하는 묻는 것까지도 내 맘을 제대로 몰라 주는 듯하여 오직 야속한 생각만이 들 뿐이므로 난 오늘 떠납니다, 하고 투박한 한 마디로 끊어 버렸다.

만 무 방

산골에 가을은 무르녹았다.

아름드리 노송은 빽빽이 늘어박혔다.

새새이 낀 도토리, 벚, 돌배, 갈잎들은 울긋불긋. 잔디를 적시며 맑은 샘이 쫄쫄거린다. 산토끼 두 놈은 한가로이 마주앉아 그 물을 할짝거리고, 이따금 정신이 나는 듯 가랑잎은 부수수하고 떨린다. 산산한 산들바람. 귀여운 들국화는 그 품에 새뜩새뜩 넘 논다. 흙내와 함께 향긋한 땅김이 코를 찌른다. 요놈은 싸리버섯, 요놈은 잎 썩은 내, 또 요놈은 송이…… 아니, 아니, 가시넝쿨 속에 숨은 박하풀 냄새로군.

응칠이는 뒷짐을 딱 지고 어정어정 노닌다. 유유히 다리를 옮겨 놓으며 이 나무 저 나무 사이로 호아든다. 코는 공중에서 벌렸다 오므렸다 연신 이러며 훅, 훅. 구붓한 한 송목 밑에 이르자 그는 발을 멈춘다. 이번에는 지면에 코를 얕이 갖다대고 한 바퀴 비잉, 나물 끼고 돌았다.

"아하, 요놈이로군!"

썩은 솔잎에 덮이어 흙이 봉곳이 돋아올랐다.

그는 손가락을 꾸짖으며 정성스레 살살 헤쳐 본다. 과연 귀여운 송이. 망할 녀석, 조금만 더 나오지 그걸 뚝 따 들곤 뒷짐을 지고 다시 어실렁어시렁. 가끔 선하품은 터진다. 그럴 적마다 두 팔을 떡 벌리곤 먼 하늘을 바라보고 늘어지게도 기지개를 늘인다.

때는 한창 바쁠 추수 때이다.

농군 치고 송이파적 나올 놈은 생겨나도 않았으리라. 하나 그는 꼭 해야만 할 일이 없었다. 싫으면 하고 말면 말고 그저 그뿐. 그러함에는 먹을 것이 더러 있느냐면 있기는커녕 부쳐 먹을 농토조차 없는, 계집도 없고 집도 없고 자식도 없고. 방은 있대야 남의 곁방이요 잠은 새우잠이요. 하지만 오늘 아침만 해도 한 친구가 찾아와 벼를 털 텐데 일 좀 와 해달라는 걸 마다하였다.

몇 푼 바람에 그까진 걸 누가 하느냐. 보다는 송이가 좋았다. 왜냐하면 이 땅 삼천 리 강산에 늘어 놓인 곡식이 말짱 뉘 것이람. 먼저 먹는 놈이 임자 아니야. 먹다 걸릴 만치 그토록 양식을 쌓아 두고 일이 다 무슨 난장 맞을 일이람. 걸리지 않도록 먹을 궁리나 할 게지. 하기는 그도 한 세 번이나 걸려서 구메밥으로 사관을 틀었다. 마는 결국 제 밥상 위에 올라앉은 제 몫도 자칫하면 먹다 걸리긴 매일반……

올라갈수록 덤불은 우거졌다. 머루며 다래, 칡, 거기다 이름 모를 잡초. 이것들이 위아래로 이리저리 서리어 좀체 길을 내지 않는다. 그는 잔디 길로만 돌았다. 넓적다리가 번죽이는 찢어진 고의자락을 아끼며 조심조심 사려 딛는다. 손에는 칡으로 엮어 들은 일곱 개 송이. 늙은 소나무마다 가선 두리번거린다. 사냥개 모양으로 코로, 쿡, 쿡, 내를 한다. 이것도 송이 같고 저것도 송이 같고, 어떤 게 알짜 송인지 분간을 모른다. 토끼똥이 소보록한 데 갈잎이 한 잎 뚝 떨어졌다. 그 잎을 살며시 들어 보니 송이 대구리가 불쑥 올라왔다. 매우 큰 송이인 듯. 그는 반색하여 그 앞에 무릎을 털썩 꿇었다. 그리고 그 위에 두 손을 내들며 열 손가락을 다 펴들었다. 가만 가만히 살살 흙을 헤쳐 본다. 주먹만한 송이가 나타난다. 애 이놈 크구나. 손바닥 위에 따 올려놓고는 한참 들여다보며 싱글벙글한다. 우중충한 구석으로 바위는 벽같이 깎아질렀다. 그 중턱을 얽어나간 칡잎에서는 물이 쪼룩쪼룩 흘러내린다. 인삼이 썩어 내리는 약수라 한다. 그는 돌 위에 걸터앉으며 또 한 번 하품을 하였다. 간밤 쓸데없는 노름에 밤을 팬 것이 몹시 나른하였다. 따사로운 햇살이 숲을 새어든다. 다람쥐가 솔방울을 떨어치며, 어여쁜 할미새는 앞에서 알씬거리고, 동리에서는 타작을 하느라고 와글거린다. 흥겨워 외치는 목성, 그걸 억누르고 공중에 응, 응, 진동하는 벼 터는 기계 소리. 맞은쪽 산 속에서 어린 목동들의 노래는 처량히 울려 온다. 산 속에 묻힌 마을의 전경을 멀리 바라보다가 그는 눈을 찌긋하며 다시 한 번 하품을 뽑는다. 이 웬 놈의 하품일까. 생각해 보니 어제 저녁부터 여지껏 창주가 곱림든 것이다. 불현듯 송이 꾸럼에서 그 중 크고 먹음직한 놈을 하나 뽑아 들었다.

응칠이는 그 송이를 물에 써억써억 부벼서는 떡 벌어진 대구리부터 걸삼스리 덥석 물어 떼었다. 그리고 넓죽한 입이 움질움질 씹는다. 혀가 녹을 듯 만질만질하고 향기로운 그 맛. 이렇게 훌륭한 놈을 입맛만 다시고 못 먹다니. 문득 옛 추억이 혀끝에 뱅뱅 돈다. 이 놈을 맛보는 것도 참 근자의 일이다. 감불생심이지 어디 냄새나 똑똑히 맡아 보리. 산 속으로 쏘다니다 백판 못 따기도 하려니와 더러 딴다는 놈은 행여 상할까봐 손도 못 대게 하고 집에 내려다 묻고 묻고 하는 것이다. 그러나 요행히 한 꾸러미 차면 금시로 장에 가져다 판다. 이틀 사흘씩 공들인 거로되 잘되면 사십 전, 못 받으면 이십오 전. 저녁거리를 기다리는 아내를 생각하며 좁쌀 서너 되를 손에 사 들고 어두운 고개를 터덜터덜 올라오는 건 좋으나 이 신세를 뭐에 쓰나 하고 보면 을프냥궂기가 짝이 없겠고—이까진 걸 못 먹어 그래 홧김에 또 한 놈을 뽑아들고 이번엔 물에 흙도 씻을 새 없이 그대

로 텁석거린다. 그러나 다른 놈들도 별수 없으렷다. 이 산골이 송이
의 본고향이로되 아마 일 년에 한 개조차 먹는 놈이 드물리라.

"흠, 썩어진 두상들!"

그는 폭넓은 얼굴을 일그리며 남이나 들으란 듯이 이렇게 비웃는다. 썩었다 함은 데생겼다 모멸하는 그의 언투였다. 먹다 나머지 송이 꽁댕이를 바로 자랑스러이 입에다 치뜨리곤 트림을 섞어 가며 우물거린다.

송이 두 개가 들어가니 이제는 먹을 재미가 없다. 뭔가 좀 든든한 걸 먹었으면 좋겠는데, 떡, 국수, 말고기, 개고기, 돼지고기, 그렇지 않으면 쇠고기나. 아따 궁한 판이니 아무 거나 있으면 속중으로 여러 가질 먹으며 시름없이 앉았다. 그는 눈꼴이 슬그머니 돌아간다. 웬 놈의 닭인지 암탉 한 마리가 조 아래 무덤 앞에서 뺑뺑 맨다. 골골거리며 감도는 걸 보매 아마 알자리를 보는 맥이라. 그는 돌에서 궁뎅이를 들었다. 낮은 하늘로 외면하여 못 본 척하고 닭을 향하여 저켠으로 널찍이 돌아내린다. 그러나 무덤까지 왔을 때 몸을 돌리며,

"후, 후, 후, 이 자식이 어딜 가, 후우."

두 팔을 벌리고 쫓아간다. 산꼭대기로 치모니 닭은 허둥지둥 갈 길을 모른다. 요리 매낀 조리 매낀, 꼬꼬댁거리며 속만 태울 뿐. 그러나 바위 틈에 끼어 와살스러운 그 주먹에 모가지가 둘로 나가기에 불과 몇 분 걸렸다.

그는 으슥한 숲 속으로 찾아들었다. 닭의 껍질을 홀랑 까고서 두 다리를 들고 찢으니 배창이 옆구리로 꿰진다. 그놈은 긁어 뽑아서 껍질과 한데 뭉치어 흙에 묻어 버린다.

고기가 생기고 보니 연하여 나느니 막걸리 생각. 이걸 부글부글 끓여 놓고 한 사발 떡 곁들이면 똑 좋을 텐데 제기. 응칠이의 고기는 어디 떨어졌는지 술집까지 못 가는 고기였다. 아무려나 고기 먹고

술 먹고 거꾸론 못 먹느냐. 그는 닭의 가슴패기를 입에 들여대고 쭉 찢어 가며 먹기 시작한다. 쫄깃쫄깃한 놈이 제법 맛이 들었다. 가슴을 먹고 넓적다리, 볼기짝을 먹고 거반 반쯤을 다해내고 나니 어쩐지 맛이 좀 적었다. 결국 음식이란 양념을 해야 하는군. 수풀 속으로 그냥 설렁설렁 내려온다. 솔숲을 빠져 회전께로 내릴려고 할 때 별안간 등 뒤에서,

"여보게, 저 응칠이 아닌가."

고개를 돌려보니 대장간하는 성팔이가 작달막한 체수에 들깝작거리며 고개를 넘어온다. 그런데 무슨 긴한 일이나 있는지 부리나케 달려들더니,

"자네 응고개 논의 벼 없어진 거 아나?"

응칠이는 그만 가슴이 덜컥 내려앉았다. 이 바쁜 때 농군의 몸으로 응고개까지 앨써 갈 놈도 없으려니와 또한 하필이면 절보고 벼의 없어짐을 말하는 것이 여간 삼상치 않은 일이었다.

잡담 제하고 응칠이는,

"자넨 어쩌서 응고개까지 갔던가?"

하고 대담스레 그 눈을 쏘아보았다. 그러나 성팔이는 조금도 겁먹은 기색 없이,

"아 어쩌다 지냈지 뭘 그래."

하며 도리어 얼레발을 치고 덤비는 수작이다. 고얀놈, 응칠이는 입때 다녀야 동무를 팔아 배를 채우는 그런 비열한 짓은 안 한다. 낯을 붉히자 눈에 불이 보이며,

"어쩌다 지냈다?"

응칠이가 이 동리에 들어온 것은 어느덧 달이 넘었다. 인제는 물릴 때도 되었고, 좀 떠보고자 생각은 간절하나 아우의 일로 말미암

아 망설거리는 중이었다.

그는 오라는 데는 없어도 갈 데는 많았다. 산으로 들로 해변으로 발부리 놓이는 곳이 즉 가는 곳이다.

그러나 저물면은 그대로 쓰러진다. 남의 방앗간이고 헛간이고 혹은 강가, 시새장. 물론 수가 좋으면 괴때기 위에서 밤을 편히 잘 적도 있었다. 이렇게 하여 강원도 어수룩한 산골로 이리 넘고 저리 넘고 못 간 데 별로 없이 유람 겸 편답하였다.

그는 한구석에 머물러 있음은 가슴이 답답할 만치 매우 괴로웠다. 그렇다고 응칠이가 본시 역마직성이냐 하면 그런 것도 아니다. 그도 오 년 전에는 사랑하는 아내가 있었고 아들이 있었고 집도 있었고, 그때야 어딜 하루라도 집을 떨어져 보았으랴. 밤마다 아내와 마주앉으면 어찌하면 이 살림이 좀 늘어 볼까, 불어 볼까 애간장을 태우며 갖은 궁리를 되하고 되하였다. 마는 별 뾰족한 수는 없었다. 농사는 열심히 하는 것 같은데 알고 보면 남는 건 겨우 남의 빚뿐. 이러다가는 결말엔 봉변을 면치 못할 것이다. 하루는 밤이 깊어서 코를 골며 자는 아내를 깨웠다. 밖에 나아가 우리의 세간이 몇 개나 되는지 세어 보라 하였다. 그러고 저는 벼루에 먹을 갈아 찍어 들었다. 벽에 바른 신문지는 누렇게 끄을렀다. 그 위에다 불러 주는 물목대로 일일이 내려적었다. 독이 세 개, 호미가 둘, 낫이 하나로부터 밥사발, 젓가락, 짚이 석 단까지 그 다음에는 제가 빚을 얻어온 데, 그 사람들의 이름을 쭉 적어 놓았다. 금액은 제각기 그 아래다 달아 놓고. 그 옆으로 조금 사이를 떼어 역시 조선문으로 나의 소유는 이 것밖에 없노라. 나는 오십사 원을 갚을 길이 없으매 죄진 몸이라 도망하니 그대들은 아예 싸울 게 아니고 서로 의논하여 억울치 않도록 분배하여 가기 바라노라 하는 의미의 성명서를 벽에 남기자 안으로 문들을 걸어 닫고 울타리 밑구멍으로 세 식구가 빠져나왔다.

이것이 응칠이가 팔자를 고치던 첫날이었다.

그들 부부는 돌아다니며 밥을 빌었다. 아내가 빌어다 남편에게, 남편이 빌어다 아내에게. 그러자 어느 날 밤 아내의 얼굴이 썩 슬픈 빛이었다. 눈보라는 살을 에인다. 다 쓰러져 가는 물방앗간 한구석에서 섬을 두르고 언내에게 젖을 먹이며 떨고 있더니 여보게유, 하고 고개를 돌린다. 왜, 하니까 그 말이, 이러다간 우리도 고생일뿐더러 첫째 언내를 잡겠수, 그러니 서루 갈립시다, 하는 것이다. 하긴 그럴 법한 말이다. 쥐뿔도 없는 것들이 붙어 다닌댔자 별수 없다. 그보담은 서로 갈리어 제 맘대로 빌어먹는 것이 오히려 가뜬하리라. 그는 선뜻 응낙하였다. 아내의 말대로 개가를 해서 젖먹이나 잘 키우고 몸 성히 있으면 혹 연분이 닿아 다시 만날지도 모르니깐 마지막으로 아내와 같이 땅바닥에서 나란히 누워 하룻밤을 새고 나서 날이 훤해지자 그는 툭툭 털고 일어섰다.

매팔자란 응칠이의 팔자이겠다.

그는 버젓이 게트림으로 길을 걸어야 걸릴 것은 하나도 없다. 논 맬 걱정도, 호포 바칠 걱정도, 빚 갚을 걱정, 아내 걱정, 또는 굶는 걱정도. 호동그란히 털고 나서니 팔자 중에는 아주 상팔자다. 먹고만 싶으면 도야지구, 닭이구, 개구, 언제나 옆을 떠날 새 없겠지, 그리고 돈, 돈도…….

그러나 주재소는 그를 노려보았다. 툭하면 오라, 가라, 하는 데 학질이었다. 어느 동리고 가 있다가 불행히 일만 나면 누구보다도 그부터 붙들려간다. 왜냐하면 그는 전과 4범이었다. 처음에는 도박으로, 다음엔 절도로, 또 그 담에는 절도로, 절도로…….

그러나 이번 멀리 아우를 방문함은 생활이 궁하여 근대러 왔다거나 혹은 일을 해보러 온 것은 결코 아니었다. 혈족이라곤 단 하나의 동생이요, 또한 오래 못 본지라 때없이 그리웠다. 그래 모처럼 찾아본 것이 뜻밖에 덜컥 일을 만났다.

지금까지 논의 벼가 서 있다면 그것은 성한 사람의 짓이라 안 할 것이다.

응오는 응고개 논의 벼를 여태 베지 않았다. 물론 응오가 비어야 할 것이다. 누가 듣던지 그 형 응칠이를 먼저 의심하리라. 그럼 여기에 따르는 모든 책임을 응칠이가 혼자 지지 않으면 안 될 것이다.

응오는 진실한 농군이었다. 나이 서른하나로 무던히 철났다 하고 동리에서 쳐주는 모범 청년이었다. 그런데 벼를 베지 않는다. 남은 다들 거둬들였고 털기까지 하련만 그는 벨 생각조차 않는 것이다.

지주라든 혹은 그에게 장리를 놓은 김 참판이든 뻔질 찾아와 벼를 베라 독촉하였다.

"얼른 털어서 낼 건 내야지."

하면 그 대답은,

"계집이 다 죽게 됐는데 벼는 다 뭐지유우."

하고 한결같이 내뱉는 소리뿐이었다.

하기는 응오의 아내가 지금 기지 사정이매 틈은 없었다 하더라도 돈이 놀아서 약을 못 쓰는 이판이니 진시 벼라도 털어야 할 것이다.

그러면 왜 안 털었던가…….

그것은 작년 응오와 같이 지주 문전에서 타작을 하던 친구라면 묻지는 않으리라. 한 해 동안 애를 졸이며 홑자식 모양으로 알뜰히 가꾸던 그 벼를 거둬들임은 기쁨에 틀림없었다. 꼭두새벽부터 엣, 엣, 하며 괴로움을 모른다. 그러나 캄캄하도록 털고 나서 지주에게

도지를 제하고, 장리쌀을 제하고, 색조를 제하고 보니 남은 것은 등줄기를 흐르는 식은땀이 있을 따름. 그것은 슬프다 하기보다 끝없이 부끄러웠다. 같이 털어 주던 동무들이 뻔히 보고 섰는데 빈 지게로 덜렁거리며 집으로 돌아오는 건 진정 열없기 짝이 없는 노릇이었다. 참다 참다 못해 응오는 눈에 눈물이 흘렀던 것이다.

가뜩한데 엎치고 덮치더라도 올해는 그마나 흉작이었다. 새바람과 비에 벼는 깨깨 비틀렸다. 이놈을 가을하다간 먹을 겐 남지 않음은 물론이요 빚도 다 못 가릴 모양. 에라, 빌어먹을 거 너들끼리 캐다 먹든 말든 마음대로 허여라, 하고 내던져 두지 않을 수 없다. 벼를 거뒀다고 말만 나면 빚쟁이들은 우우 몰려들 거니깐……

응칠이의 죄목은 여기에서도 또렷이 드러난다. 구구로 가만만 있으면 좋은 걸 이 사품에 뛰어들어 지주의 뺨을 제법 갈긴 것이 응칠이었다.

처음에야 그럴 작정이 아니었다. 그는 여러 곳 물을 마신 이만치 어지간히 속이 튄 건달이었다. 지주를 만나 까놓고 썩 좋은 소리로 의논하였다. 올 농사는 반실이니 도지도 좀 감해 주는 게 어떠냐고. 그러나 지주는 암말 없이 고개를 모로 흔들었다. 정 이러면 일 년 품은 빼야 할 테니 나는 그 논에다 불을 지르겠수, 하여도 잠자코 응치 않는다. 지주로 보면 자기로도 그 벼는 넉넉히 거둬들일 수는 있다. 마는 한 번 버릇을 잘못 해놓으면 여느 작인까지 행실을 버릴까 염려하여 겉으로 독촉만 하고 있는 터이었다. 실상이야 고까진 벼쯤 있어도 고만, 없어도 고만, 그 심보를 눈치 채고 응칠이는 화를 벌컥 낸 것만은 좋으나 저도 모르게 대뜸 주먹뺨이 들어갔던 것이다.

이렇게 문제 중에 있는 벼인데 귀신의 노름 같은 변괴가 생겼다.

다시 말하면 벼가 없어졌다. 그것도 병들어 쓰러진 쭉정이는 제쳐 놓고 무얼로 그랬는지 알장 이삭만 따갔다. 그 면적으로 어림하면 아마 못 돼도 한 댓 말 가량은 될는지!

응칠이가 아침 일찍이 그 논께로 노닐자 이걸 발견하고 기가 막혔다. 누굴 성가시게 굴려고 그러는지 산속에 파묻힌 논이라 아직은 본 사람이 없는 모양 같다. 허나 동리에 이 소문이 퍼지기만 하면 저는 어느 모로든 혐의를 받아 폐는 족히 입어야 될 것이다.

응칠이는 송이도 송이려니와 실상은 궁리에 바빴다. 속중으로 지목갈 만한 놈은 여럿 들어 보았으나 이렇다 찍을 만한 증거가 없다. 어쩌면 재성이나 성팔이 이 두 놈 중의 짓이리라, 하고 결국 이렇게 생각하는 것도 응칠이가 아니면 안 될 것이다.

원수는 외나무 다리에서 만났다.

응칠이는 저의 짐작이 들어맞음을 알고 당장에 일을 낼 듯이 성팔의 눈을 드리 노렸다.

성팔이는 신이 나서 떠들다가 그 눈총에 어이가 질려서 그만 병병하였다. 그리고 얼굴이 햇쑥하여 마주보고 쳐다보더니,

"그래 자네 왜 그케 노하나. 지내다 보니깐 그러기에 일테면 자네보구 얘기지 뭐."

하고 뒷감당을 못하여 우물쭈물한다.

"노하긴 누가 노해!"

응칠이는 버팅겼던 몸에 좀 힘을 올리며,

"응고개를 어째 갔드냐 말이지."

"놀러갔다 오는 길인데 우연히……."

"놀러갔다, 거기는 노는 덴가?"

"글쎄, 그렇게까지 물을 게 뭔가. 난 응고개 아니라 서울은 못 갈

사람인가."

하다가 성팔이는 속이 타는지 코로 후웅, 하고 날숨을 크게 뽑는다.

이렇게 나오는 데는 더 물을 필요가 없었다. 성팔이란 놈도 여간 내기가 아니요 구장네 솥인가 뭔가 떼어다 먹고 한 번 다녀온 놈이었다. 많이 사귀지는 못했으나 동리 평판이 그놈과 같이 다니다가는 엉뚱한 일 만난다 한다. 이번에 응칠이 저 역시 그 섭수에 걸렸음을 알고,

"그야 응고개라고 못 갈 리 없을 테……."

하고 한 번 엇먹다, 그러나 자네두 아다시피 거 어디야 거기 바로 길이 있다든지 사람 사는 동리라면 혹 모른다 하지마는 성한 사람이야 응고개에 뭘 먹으러 가나, 그렇지 자네야 심심하니까, 하고 앞을 꽉 눌러 등을 떠본다. 여기에는 대답 없고 성팔이는 덤덤히 쳐다본다. 무엇을 생각했는가 한참 있더니 호주머니에서 단풍갑을 꺼낸다. 우선 제가 한 개를 물고 또 하나를 뽑아 내대며,

"궐련 하나 피게."

매우 듬직한 낯을 해 보인다.

이놈이 이에 밝기가 몹시 밝은 성팔이다. 턱없이 궐련 하나라도 선심을 쓸 궐자가 아니니라 생각은 하였으나 그렇다고 예까지 부르대는 건 도리어 저의 처지가 불리하다.

그것은 짜장 그 손에 넘는 짓이니,

"아 웬 궐련이래."

하고 슬쩍 농치며,

"성냥 있겠나?"

일부러 불까지 거대게 하였다.

응칠이에 액을 떠넘기어 이용하려는 고 야심을 생각하면 곧 달겨들어 다리를 꺾어 놔야 옳을 것이다. 그러나 이 마당에 떠들어대고 보면 저는 드러누워 침뱉기. 결국 뒤로 잡지 앞에서 어른거리는 법이 아니다. 동리에 소문이 퍼질 것만 두려워하며,

"여보게 자네가 했건 내가 했건 간."

하고 과연 정다이 그 등을 툭 치고 나서,

"우리 둘만 알고 동리에 말은 내지 말게."

하다가 성팔이가 이 말에 되우 놀라며 눈을 말똥말똥 뜨니,

"그까진 벼쯤 먹으면 어떤가!"

하고 껄껄 웃어 버린다.

성팔이는 한 굽 접히어 말문이 메였는지 얼뚤하여 입맛만 다신다.

"아예 말은 내지 말게, 응 알지."

하고 다시 다질 때에야 겨우 주저주저 입을 열어,

"내야 무슨 말을 내겠나."

하고 조금 사이를 떼어 놓고,

"내야 무슨 말을……. 그건 염려 말게."

하더니 비실비실 몸을 돌리어 저 갈 길을 내걷는다. 그러나 저 앞 고개까지 가는 동안에 두 번이나 돌아다보며 이쪽을 살피고 살피고 하는 것만은 사실이다.

응칠이는 그 꼴을 이윽히 바라보고 입안으로 죽일 놈, 하였다. 아무리 도적이라도 같은 동료에게 제 죄를 넘겨씌우려 함은 도저히 의리가 아니다.

그건 그렇다 치고 응오가 더 딱하지 않은가, 기껏 힘들여 지어 놓았다 남 좋은 일 한 것을 안다면 눈이 뒤집힐 일이겠다.

이래서야 어디 이웃을 믿어 보겠는가…….

확적히 증거만 있어 이놈을 잡으면 대번에 요절을 내리라 결심하고 응칠이는 침을 탁 뱉아 던지고 산을 내려온다. 그런데 그놈의 행티로 가늠 보면 응칠이 저만치는 때가 못 벗은 도적이다. 어느 미친놈이 논두렁에까지 가위를 들고 오는가. 격식도 모르는 푸똥이가 그럴려면 바로 조 낟가리를 수수 낟가리 말이지 그 속에 들어앉아 가새로 속닥거려야 들킬 리도 없고 일도 편하고 두 포대고 세 포대고 마음껏 딸 수도 있다. 그러나 틈보고 집으로 나르면 그만이지만 누가 논의 벼를 다……. 그렇게 벼에 걸신이 들었다면 바로 남의 집 머슴으로 들어가 한 달포 동안 주인 앞에 얼렁거리며 신용을 얻어 오다가 주는 옷이나 얻어 입고 다들 잠들거든 볏섬이나 두둑히 짚어 메고 덜렁거리면 그뿐이다. 이건 맥도 모르는 게 남도 못 살게 굴려고 에이 망할 자식두……. 그는 분노에 살이 다 부들부들 떨리는 듯싶었다. 그러나 이런 좀도둑이란 봉이 나기 전에는 바짝 물고 덤비는 법이었다. 오늘 밤에는 요놈을 지켰다 꼭 붙들어 가지고 정강이를 분질러 놓으리라, 밥을 먹고는 태연히 막걸리 한 사발을 껄떡껄떡 들이켜자,

"커! 가을이 되니깐 맛이 행결 낫군!"

그는 주먹으로 입가를 쓱쓱 훔친 다음 송이 꾸림에서 세 개를 뽑는다. 그리고 그걸 갈퀴같이 마른 주막 할머니 손에 내어 주며,

"옛수, 송이나 잡숫게유."

하고 술값을 치렀으나,

"아이, 송이두 고놈 참."

간사를 피는 것이 겉으로는 반기는 척하면서도 좀 시쁜 모양이
다. 제 딴은 한 개에 삼 전씩 치더라도 구 전밖에 안 되니깐……

응칠이는 슬며시 화가 나서 그 얼굴을 유심히 들여다보았다. 움
폭 들어간 볼때기에 저건 또 왜 저리 멋없이 불거졌는지 툭 나온 광
대뼈하고 치마 아래로 남실거리는 발가락은 자칫 잘못 보면 황새
발목이니 이건 언제 잡아가려고 남겨 두는 거야…… 보면 볼수록
하나 이쁜 데가 없다. 한두 번 먹은 것도 아니요 언젠가 울타리께 풀
을 베어 주고 술사발이나 얻어먹은 적도 있었다. 그렇게 야멸차게
따질 건 뭔가. 그는 눈살을 흘깃 맞히고는 하나를 더 꺼내어,

"옛수, 옛잡숫게유!"

내던져 주곤 댓돌에 가래침을 탁 뱉았다. 그제야 식성이 좀 풀리
는지 그 가축으로 웃으며,

"아이구 이거 자꾸 주면 어떻게 해."

"어떡하긴 자꾸 살찌게유."

하고 한 마디 툭 쏘고 일어서다가 무엇을 생각함인지 다시 툇마
루에 주저앉는다.

"그런데 참 요즘 성팔이 보셨수?"

"아아니, 당최 볼 수가 없더군."

"술도 안 먹으러 와유?"

"안 와!"

하고는 입 속으로 뭐라고 중얼거리며 의아한 낯을 들더니,

"왜, 또 뭐 일이……?"

"아니유, 본 지가 하 오래니깐."

응칠이는 말끝을 얼버무리고 고개를 돌리어 한데를 바라본다. 벌
써 점심때가 되었는지 닭들이 요란히 울어 댄다. 논둑의 미루나무

는 부, 하고 또 부, 하고 잎이 날리며 팔랑팔랑 하늘로 올라간다.

"성팔이가 이 마을에서 얼마나 살았지요?"

"글쎄, 재작년 가을이지 아마."

하고 장죽을 빡빡 빨더니,

"근데 또 떠난대든가, 홍천인가 어디 즈 성님한테로 간대."

하고 그게 옳지, 여기서 뭘 하느냐. 대장간이라구 일이나 많으면 모르거니와 밤낮 파리만 날리는데 그보다는 즈 형이 크게 농사를 짓는대니 그 뒤나 거들어 주고 구구루 얻어먹는 게 신상에 편하겠지. 그래 불일간 처자식을 데리고 아마 떠나리라고 하고,

"농군은 그저 농사를 지야 돼."

"낼 술 먹으러 또 오지유."

간단히 인사를 하고 응칠이는 다시 일어났다.

주막을 나서니 옷깃을 스치는 개운한 바람이다. 밭 둔덕의 대추는 척척 늘어진다. 머지않아 겨울은 또 오렸다. 그는 응오의 집을 바라보며 그간 죽었는지 궁금하였다.

응오는 봉당에 걸터앉았다. 그 앞 화로에는 약이 바글바글 끓는다. 그는 정신없이 들여다보고 앉았다.

우중충한 방에는 아내의 가쁜 숨소리가 들린다. 색, 색, 하다가 아이구, 하고는 까무러지게 콜록거린다. 가래가 치밀어 몹시 괴로운 모양. 뽑아줄 사이가 없어 풀들은 뜰에 엉켰다. 흙이 드러난 지붕에서 망초가 휘어청휘어청 바람은 가끔 찾아와 싸리문을 흔든다. 그럴 적마다 문은 을씨년스럽게 삐이꺽삐이꺽. 이웃의 발발이는 부엌에서 한창 바쁘게 달그락거린다. 마는 아침에 아내에게 먹이고 남은 조죽밖에야. 아니 그것도 참 남편이 마저 긁었으니 사발에 붙은 찌꺼기뿐이리라…….

"거, 다 졸았나 부다."

응칠이는 약이란 다 졸면 못 쓰니 고만 짜 먹여라, 하였다. 약이라야 어제 저녁 울 뒤에서 옭아 들인 구렁이지만…….

그러나 응오는 듣고도 흘렸는지 혹은 못 들었는지 잠자코 고개도 안 든다.

"옛다, 송이 맛이나 봐라."

하고 형이 손을 내밀 제야 겨우 시선을 들었으나 술이 거나한 그 얼굴을 거북상스리 훑어본다. 그리고 송이를 고맙지 않게 받아 방에 치뜨리고는,

"이거나 먹어."

하다가,

"뭐?"

소리를 크게 질렀다. 그래도 잘 들리지 않으므로,

"뭐야 뭐야, 좀 똑똑히 하라니깐?"

하고 골피를 찌푸린다.

그러나 아내는 손짓만으로 무슨 말인지 알 수가 없다. 음성으로 치느니보다 종이 부비는 소리랄지, 그걸 듣기에는 기척도 멀었다.

가만히 보다 응칠이는 제가 다 불안하여,

"뒤보겠다는 게 아니냐."

"그럼 그렇다 말이 있어야지."

남편은 이내 짜증을 내며 몸을 일으킨다. 병약한 아내의 음성이 날로 변하여 감을 시방 안 것도 아니련만…….

그는 방바닥에 늘어져 꼬치꼬치 마른 반송장을 조심히 일으키어 등에 업었다.

울밖에 밭머리에 잿간은 놓였다. 머리가 눌릴 만치 납작한 굴 속이다. 게다 거미줄은 예제없이 엉키었다. 부춤돌 위에 내려놓으니 아내는 벽을 의지하여 웅크리고 앉는다. 그리고 남편은 눈을 멀뚱멀뚱 뜨고 지키고 섰는 것이다.

이 꼴들을 멀거니 바라보다 응칠이는 마뜩지 않게 코를 횡, 풀며 입맛을 다시었다. 응오의 짓이 어리석고 울화가 터져서이다. 요즈음 응오가 형에게 말도 잘 않고 왜 어뜩비뜩하는지 그 속은 응칠이도 모르는 배 아닐 것이다.

응오가 이 아내를 찾아올 때 꼭 삼 년간을 머슴을 살았다. 그처럼 먹고 싶던 술 한 잔 못 먹고, 그처럼 침을 삼키던 그 개고기 한 메 물론 못 샀다. 그리고 사경을 받는 대로 꼭꼭 장리를 놓았으니 후일 선채로 썼던 것이다. 이렇게까지 근사를 모아 얻은 계집이련만 단 두 해가 못 가서 이 꼴이 되고 말았다.

그러나 이 병이 무슨 병인지 도시 모른다. 의원에게 한 번이라도 변변히 뵈 본 적이 없다. 혹 안다는 사람의 말인즉 뇌점이니 어렵다 하였다. 돈만 있으면야 뇌점이고 염병이고 알 바가 못 될 거로되 사날 전거리로 쫓아나오며,

"성님!"

하고 팔을 챌 적에는 응오도 어지간히 급한 모양이었다.

"왜?"

응칠이가 몸을 돌리니 허둥지둥 그 말이 이제는 별도리가 없다. 있다면 꼭 한 가지가 남았으니 그것은 엊그저께 산신을 부리는 노인이 이 마을에 오지 않았는가. 그 노인이 응오를 특히 동정하여 십오 원만을 들이어 산치성을 올리면 씻은 듯이 낫게 해 주리라는데.

"성님은 언제나 돈 만들 수 있지유?"

"거, 안 된다. 치성 들며 날 병이 안 낫겠니."

하여 여전히 딱 떼이고 그러게 내 뭐래던, 애전에 계집 다 버리고 날 따라 나서랬지, 하고.

"그래 농군의 살림이란 제 목매기라지!"

그러나 아우가 암말 없이 몸을 홱 돌리어 집으로 들어갈 제 응칠이는 속으로 괜한 소리를 했구나, 하였다.

응오는 도로 아내를 업어다 방에 뉘었다. 약은 다 졸았다. 불이 삭기 전 짜야 할 것이다. 식기를 기다려 약사발을 입에 대어 주니 아내는 군말 없이 그 구렁이 물을 껄덕껄덕 들어마신다.

응칠이는 마당에 우두커니 앉았다. 사람의 목숨이란 과연 중하군, 하였다. 그러나 계집이라는 저 물건이 저렇게 떼기 어렵도록 중할까, 아니 암만해도 알 수 없고.

"너 참 요 건너 성팔이 알지?"

"……."

"너하고 친하나?"

"……."

"성이 뭐래는데 거 대답 좀 하렴."

하고 소리를 빽 질러도 아우는 대답은 말고 고개도 안 든다.

그러나 응칠이는 하늘을 쳐다보고 트림만 끄윽, 하고 말았다. 술기가 코를 콱콱 찔러야 할 터인데 이건 풋김치 냄새만 코 밑에서 뱅뱅 돈다. 공짜 김치만 퍼먹을 게 아니라 한 잔 더했으면 좋았을걸. 그는 일어서서 대를 허리에 꽂고 궁둥이의 흙을 털었다. 벼 도둑맞은 이야기를 할까 하다가 아서라 가뜩이나 울상이 속이 쓰릴 것이다. 그보다는 이 놈을 잡아 놓고 낭중 히짜를 뽑는 것이 점잖겠지…….

그는 문밖으로 나와 버렸다.

답답한 아우의 살림을 보니 역 답답하던 제 살림이 연상되고 가슴이 두루 답답하였다. 이런 때에는 무가 십상이다. 사실 하나님이 무를 마련해 낸 것은 참으로 은

혜로운 일이다. 맥맥할 때 한 개를 씹고 보면 꿀꺽 하고, 쿡 치는 그 맛이 좋고 남의 무밭에 들어가 하나를 쑥 뽑으니 가락무. 이키, 이거 오늘 운수 대통이로군, 내던지고 그 다음 놈을 뽑아들고 개울로 내려온다. 물에 쓱쓰윽 닦아서는 꽁지는 이로 배어 던지고 으썩 깨물어 붙인다.

개울 둔덕에 포플러는 호젓하게도 매출히 컸다. 자갈들은 그 밑에 옹기종기 모였다. 가생이로 잔디가 소보록하다. 응칠이는 나가 자빠져 마을을 건너다보며 눈을 멀뚱멀뚱 굴리고 누웠다. 산이 뺑뺑 둘리어 숨이 콕 막힐 듯한 그 마을…….

아리랑 아리랑 아라리요
아리랑 띄어라 노다 가세
증기차는 가자고 윈고동 트는데
정든 임 품 안고 낙누낙누
아리랑 아리랑 아리리요
아리랑 띄어라 노다 가세
낼 갈지 모레 갈지 내 모르는데
옥시기 강냉이는 심어 뭐 하리
아리랑 아리랑 아라리요
아리랑 띄어라…….

그는 콧노래로 이렇게 흥얼거리다 갑작스레 강릉이 그리웠다. 펄펄 뛰는 생선이 좋고, 아침 햇살이 빗기어 힘차게 출렁거리는 그 물결이 좋고, 이까진 둠 구석에서 쪼들리는 데 대다니. 그래도 즈이 딴엔 무어 농사 좀 지었답다고 악을 복복 쓰며 잘도 떠들어 대인다. 하

지만 그런 중에도 어디인가 형언치 못할 쓸쓸함이 떠돌지 않는 것도 아니다. 삼십여 년 전 술을 빚어 놓고 쇠를 울리고 흥에 질리어 어깨춤을 덩실거리고 이러던 가을과는 저 딴 쪽이다. 가을이 오면 기쁨에 넘쳐야 될 시골이 점점 살기만 떠옴은 웬일고, 이렇게 보면 재작년 가을 어느 밤 산중에서 낫으로 사람을 찔러 죽인 강도가 문득 머리에 떠오른다. 장을 보고 오는 농군을 농군이 죽였다. 그것도 많이나 되었으면 모르되 빼앗은 것이 한껏 동전 네 닢에 수수 일곱 되, 게다 흔적이 탄로 날까 하여 낫으로 그 얼굴의 껍질을 벗기고 조기대가리 이기듯 끔찍하게 남기고 조긴 망난이다. 흉악한 자식. 그 알량한 돈 사 전에 나 같으면 가여워 덧돈을 주고라도 왔으리라. 이번 놈은 그따위 각다귀나 아닐는지 할 때 찬김과 아울러 치미는 소름에 머리끝이 다 쭈뼛하였다.

그간 아우의 농사를 대신 돌봐 주기에 이럭저럭 날이 늦었다. 오늘 밤에는 이놈을 다리를 꺾어 놓고 내일쯤은 봐서 설렁설렁 뜨는 것이 옳은 일이겠다. 이 산을 넘을까 저 산을 넘을까 주저거리며 속으로 점을 치다가 슬그머니 코를 골아 올린다.

밤이 내리니 만물은 고요히 잠든다. 검푸른 하늘에 산봉우리는 울퉁불퉁 물결을 치고 흐릿한 눈으로 별은 떴다. 그러다 구름 떼가 몰려닥치면 깜깜한 절벽이 된다. 또한 마을 한복판에는 거친 바람이 오락가락 쓸쓸히 뒹굴고 이따금 코를 찌르는 후련한 산사 내음새. 북쪽 산 밑 미루나무에 싸여 주막이 있는데 유달리 불이 반짝인다. '노세, 노세, 젊어서 노세.' 노랫소리는 나직나직 한산히 흘러나온다. 아마 벼를 뒷심대고 외상이리라……

응칠이는 잠자코 벌떡 일어나 바깥으로 나섰다. 그리고 다 나와서야 그 집 친구에게 눈치를 안 채이도록,

"내 잠깐 다녀옴세!"

"어딜 가나?"

친구는 웬 영문을 몰라서 뻔히 치어다보다 밤이 이렇게 늦었으니 나갈 생각 말고 어여 이리 들어와 자라 하였다. 기껏 둘이 앉아서 개코쥐코 떠들다가 급작히 일어서니까 꽤 이상한 모양이었다.

"건너 마을 가 담배 한 봉 사올라구."

"담배 여깃는데 또 사 뭐 하나?"

친구는 호주머니에서 굳이 연봉을 꺼내어 손에 들어 보이더니,

"이리 들어와 섬이나 좀 쳐주게."

"아 참 깜빡……."

하고 응칠이는 미안스러운 낯으로 뒤통수를 긁적긁적한다. 하기는 섬을 좀 쳐 달라구 며칠째 당부하는 걸 노름에 몸이 팔리어 그만 잊고 했던 것이다. 먹고 자기 이렇게 신세를 지면서 이건 썩 안됐다 생각은 했지마는,

"내 곧 다녀올걸 뭐."

어정쩡하게 한 마디 남기곤 집을 뒤에 남긴다.

그러나 이 친구는,

"그럼, 곧 다녀오게!"

하고 때를 재치는 법은 없었다. 언제나 여일같이,

"그럼 잘 다녀오게!"

이렇게 그 신상만 편하기를 비는 것이다.

응칠이는 모든 사람이 저에게 그 어떤 경의를 갖고 대하는 것을 가끔 느끼고 어깨가 으쓱거린다. 백판 모르는 사람도 데리고 앉아서 몇 번 말만 좀 하면 대뜸 구부러진다. 그렇게 장한 것인지 그 일을 하다가, 그 일이라야 도적질이지만, 들어가 욕보던 이야기를 하

면 그들은 눈을 커다랗게 뜨고,

"아이고, 그걸 어떻게 당하셨수!"

하고 적이 놀라면서도,

"그래 그 돈은 어떡했수?"

"또 그럴 생각이 납디까요?"

"참, 우리 같은 농군에 대면 호강살이유!"

하고들 한편 썩 부러운 모양이었다. 저들도 그와 같이 진탕 먹고
살고는 싶으나 주변 없어 못 하는 그 울분에서 그런 이야기만 들어
도 다소 위안이 되는 것이다. 응칠이는 이걸 잘 알고 그 누구를 논
에다 거꾸로 박아 놓고 달아나다가 붙들리어 경치던 이야기를 부지
런히 하며,

"자네들은 안적 멀었네, 멀었어."

하고 흰소리를 치면 그들은, 옳다는 뜻이겠지, 묵묵히 고개만 끄
덕끄덕하며 속없이 술을 사주고 담배를 사주고 하는 것이다.

그런데 이번 벼를 훔쳐간 놈은 응칠이를 마구 넘보는 모양 같다.

이렇게 생각하면 응칠이는 더욱 괘씸하였다. 그는 물푸레 몽둥이
를 벗 삼아 논둑길을 질러서 산으로 올라간다.

이슥한 그믐 칠야…….

길은 어둡고 흐릿한 언저리만 눈앞에 아물거린다.

그 논까지 칠 마장은 느긋하리라 이 마을을 벗어나
는 어귀에 고개 하나를 넘는다. 또 하나를 넘는다. 그
러면 그 다음 고개와 고개 사이에 수목이 울창한 산
중턱을 비켜대고 몇 마지기의 논이 놓였다. 응오의 논
은 그 중의 하나이었다. 길에서 썩 들어앉은 곳이라 잘
뵈도 않는다. 동리에 그런 소문이 안 났을 때에는 천행

으로 본 놈이 없을 것이나 반드시 성팔이의 성행임에는······.

응칠이는 공동묘지의 첫 고개를 넘었다. 그리고 다음 고개의 마루턱을 올라섰을 때 다리가 주춤하였다. 저 왼편 높은 산고랑에서 불이 반짝 하다 꺼진다. 짐승 불로는 너무 흐리고······. 아하, 이놈들이 또 왔군. 그는 가던 길을 옆으로 새었다. 더듬더듬 나뭇가지를 집으며 큰 산으로 올라간다. 바위는 미끌리어 내리며 발등을 찧는다. 딸기 가시에 종아리는 따갑고 엉금엉금 기어서 바위를 끼고 감돈다.

산 거반 꼭대기에 바위와 바위가 어깨를 겯고 움쑥 들어간 굴이 있다. 풀들은 뻗치어 굴 문을 막는다.

그 속에 돌아앉아서 다섯 놈이 머리를 맞대고 수군거리운다. 불빛이 샐까 염려다. 남폿불을 얕이 달아 놓고 몸들을 바싹바싹 여미어 가린다.

"어서 후딱후딱 쳐, 갑갑해서 원."

"이번엔 누가 빠지나?"

"이 사람이지 뭘 그래?"

"다시 섞어, 어서 이따위 수작이야."

하고 한 놈이 골을 내고 화투를 빼앗아 제 손으로 섞다가 깜짝 놀란다. 그리고 버썩 대드는 응칠이를 벙벙히 치어다보며 얼뜰한다. 그들은 응칠이가 오는 것을 완고척이 싫어하는 눈치였다. 이런 애송이 노름판인데 응칠이를 들였다가는 맥을 못 쓸 것이다. 속으로 매우 꺼렸다마는 그렇다고 응칠이의 비위를 건드림은 더욱 좋지 못하므로,

"아, 응칠인가, 어서 들어오게."

하고 선웃음을 치는 놈에,

"난 올 듯하기에, 자넬 기다렸지."

하며 어수대는 놈,

"하여튼 한 케 떠보게."

이놈들은 손을 잡아들이며 썩들 환영이었다.

응칠이는 그 속으로 들어서며 무서운 눈으로 좌중을 한 번 훑어보았다.

그런데 재성이도 그 틈에 끼어 있는 것이 아닌가. 사날 전만 해도 응칠이더러 먹을 양식이 없으니 돈 좀 취하라던 놈이 의심이 부썩 일었다. 도둑이란 흔히 이런 노름판에서 씨가 퍼진다. 고 옆으로 기호도 앉았다. 이놈은 며칠 전 제 계집을 팔았다. 그 돈으로 영동 가서 장사를 하겠다던 놈이 노름을 왔다. 제깐 주제에 딸 듯싶은가. 하나는 용구. 농사엔 힘 안 쓰고 노름에 몸이 달았다. 시키는 부역도 안 나온다고 동리에서 손두를 맞은 놈이다. 그리고 남의 집 머슴 녀석, 뽐을 내이고 멋없이 점잔을 피우는 중늙은이 상투쟁이, 이 물건은 어서 날라왔는지 보지도 못하던 놈이다. 체 이것들이 뭘 한다고!

응칠이는 기호의 등을 꾹 찔러 가지고 밖으로 나왔다.

외딴 곳으로 데리고 와서,

"자네 돈 좀 없겠나?"

하고 돌아서다가,

"웬걸 돈이 어디……."

눈치만 남고 어름어름하니,

"아내와 갈렸다지, 그 돈 다 뭐했나?"

"아 이 사람아 빚 갚았지!"

기호는 눈을 내리깔며 매우 거북한 모양이다.

오른편 엄지로 한 코를 막고 흥, 하고 내뽑더니 이번 빚에 졸리어 죽을 뻔했네, 하고 묻지 않는 발뺌까지 얹어서 설대로 등어리를 긁적긁적한다.

그러나 응칠이는 속으로 이놈, 하였다. 응칠이는 실눈을 뜨고 기호를 유심히 쏘아 주었더니

"꼭 사 원 남았네."

하고 선뜻 알리고,

"빚 갚고 뭣하고 흐지부지 녹았어."

어색하게도 혼잣말로 우물쭈물 웃어 버린다. 응칠이는 퉁명스러이,

"나 이 원만 최게."

하고 손을 내대다 그래도 잘 듣지 않으매,

"따서, 둘이 논을 테야, 누가 떼먹나."

하고 소리가 한 번 빽 아니 나올 수 없다.

이 말에야 기호도 비로소 안심한 듯, 저고리 섶을 쳐들고 훔척거리다 쭈뼛쭈뼛 꺼내 놓는다. 딴은 응칠이의 솜씨이면 낙짜는 없을 것이다. 설혹 재간이 모자라 잃는다면 우격이라도 도로 몰아 갈 테니깐⋯⋯.

"나두 한 케 떠보세."

응칠이는 우쭤스리 굴로 기어든다. 그 콧등에는 자신 있는 그리고 흡족한 미소가 떠오른다. 사실이지 노름만치 그를 행복하게 하는 건 다시 없다. 슬프다가도 화투나 투전장을 손에 들면 공연스레 어깨가 으쓱거리고 아무리 일이 바빠도 노름판은 옆에 못 두고 지낸다. 그는 이놈 저놈의 눈치를 한 번 슬쩍 훑고,

"두 패로 나누지?"

웅칠이는 재성이와 용구를 데리고 한옆으로 비켜 앉았다. 그리고 신바람이 나서 화투를 섞다가 손을 따악 짚으며,

"튀전이래지 이깐 화투는 하여튼 뭘 할 텐가, 녹삐 긴가 콜텟가?"

"약단이나 그저 보지."

사방은 매섭게 조용하였다. 바위 위에서 혹 바람에 모래 구르는 소리뿐이다. 어쩌다,

"옛다 봐라."

하고 화투짝이 쩔꺽, 한다. 그리곤 다시 쥐죽은 듯 잠잠하다.

그들은 이욕에 몸이 달아서 이야기고 뭐고 할 여지가 없다. 행여 속지나 않는가 하여 눈들이 빨개서 서로 독을 올린다. 어떤 놈이 뜨는 놈이고 어떤 놈이 뜯기는 놈인지 영문도 모른다.

웅칠이가 한 장을 내던지고 명월공산을 보기 좋게 떡 젖혀 놓으니,

"이거 왜 수작질이야!"

용구는 골을 벌컥 내이며 처다본다.

"뭐가?"

"뭐라니 아, 이 공산 자네 밑에서 빼내지 않았나?"

"봤으면 고만이지 그렇게 노할 건 또 뭔가!"

웅칠이는 어설피 입맛을 쩍쩍 다시다,

"그럼 이번엔 파토지?"

하고 손의 화투를 땅에 내던지며 껄껄 웃어 버린다.

이때 한옆에서 별안간,

"이 자식, 죽인다!"

악을 쓰는 것이니 모두들 놀라며 시선을 모은다. 머슴이 마주 앉은 상투의 뺨을 갈겼다. 말인즉 대조 다섯 끗을 엎어 쳤다고…….

하나 정말은 돈을 잃은 것이 분한 것이다. 이 돈이 무슨 돈이냐 하면 일 년 품을 판 피 묻은 사경이다. 이런 돈을 송두리 먹히다니…….

"이 자식, 너는 야마시꾼이지. 돈 내라."

멱살을 훔켜잡고 다시 두 번을 때린다.

"허 이 놈이 왜 이러누, 어른을 몰라보고."

상투는 책상다리를 잡숫고 허리를 쓰윽 펴더니 점잖이 호령한다. 자식뻘 되는 놈에게 뺨을 맞는 건 말이 좀 덜 된다. 약이 올라서 곧 일을 칠 듯이 엉덩이를 번쩍 들었으나 그러나 그대로 주저앉고 말았다. 악에 바짝 받친 놈을 건드렸다가는 결국 이쪽이 손해다. 더럽단 듯이 허 허, 웃고,

'버릇없는 놈 다 봤고!' 하고 꾸짖은 것은 잘 됐으나 기어이 어이쿠, 하고 그 자리에 폭 엎으러진다. 이마가 터져서 피가 흘렀다. 어느 틈엔가 돌멩이가 날아와 이마의 가죽을 터친 것이다.

응칠이는 싱글거리며 굴을 나섰다. 공연스레 쑥스럽게 일이나 벌어지면 성가신 노릇이다. 그리고 돈 백이나 될 줄 알았더니 다 봐야 한 사십 원 될까 말까. 그걸 바라고 어느 놈이 앉았는가…….

그가 딴 것은 본밑을 알라 구 원 하고 팔십 전이다. 기호에게 오 원을 내주고,

"자, 반이 넘네. 자네 계집 잃고 돈 잃고 호강이겠네."

농담으로 비웃어 던지고는 숲 속으로 설렁설렁 내려온다.

"여보게, 자네에게 청이 있네."

재성이 목이 말라서 바득바득 따라온다.

그 청이란 묻지 않아도 알 수 있었다. 저에게 돈을 다 빼앗기곤 구문이겠지. 시치미를 딱 떼고 나 갈 길만 걷는다.

"여보게 응칠이, 아 내 말 좀 들어!"

그제서는 팔을 잡아 나꾸며 살려 달라 한다. 돈을 좀 늘일까 하고 벼 열 말을 팔아 해보았더니 다 잃었다고. 당장 먹을 게 없이 죽을 지경이니 노름 밑천이나 하게 몇 푼 달라는 것이다. 그러나 벼를 털었으면 그저 먹을 것이지 어줍잖게 노름은…….

"그런 걸 왜 너보고 하랬어?"

하고 돌아서며 소리를 빽 지르다가 가만히 보니 눈에 눈물이 글썽하다. 잠자코 돈 이 원을 꺼내 주었다.

응칠이는 돌에 앉아서 팔짱을 끼고 덜덜 떨고 있다.

사방은 빼앵 돌리어 나무에 둘러싸였다. 거무투툭한 그 형상이 헐없이 무슨 도깨비 같다. 바람이 불 적마다 쏴아, 하고 쏴아, 하고 음충맞게 건들거린다. 어느 때에는 찍, 찍, 하고 목을 따는지 비명도 올린다.

그는 가끔 뒤를 돌아보았다. 별일은 없을 줄 아나 혹 뭔가 덤벼들지도 모른다. 서낭당은 바로 등 뒤다. 쪽제비인지 뭔지, 요동통에 돌이 무너지며 바시락바시락한다. 그 소리가 묘하게도 등줄기를 쪼옥 긁는다. 어두운 꿈속이다. 하늘에서 이슬은 내리어 옷깃을 축인다. 공포도 공포려니와 냉기로 하여 좀체를 견딜 수가 없다.

산골은 산신까지도 주렸으렷다. 아들 낳아 달라고 떡 갖다 바칠 이 없을 테니까. 이놈의 영감님 홧김에 덥썩 달겨들면. 앞뒤를 다시 한 번 휘돌아본 다음 설대를 뽑는다. 그리고 오금팽이로 불을 가리고는 한 대 뻑뻑 피워 물었다. 논은 여남은 칸 떨어져 고알에 누웠다. 일심 정기를 다하여 나무 틈으로 뚫어보고 앉았다. 그러나 땅에 대를 털려니까 풀숲이 이상스러이 흔들린다. 뱀, 뱀이 아닌가. 구시월 뱀이라니 물리면 고만이다. 자리를 옮겨 앉으며 손으로 입을 막고 하품을 터친다.

아마 두 시간은 더 넘었으리라. 이놈이 필연코 올 텐데 안 오니 이 또 무슨 조활까. 이 짓이란 소문이 나기 전에 한 번 더 와보는 것이 원칙이다. 잠을 못 자서 눈이 뻑뻑한 것이 제물에 슬금슬금 감긴다. 이를 악물고 눈을 뒤쓰면 이번에는 허리가 노글거린다. 속은 쓰리고 골치는 때리고, 불꽃 같은 노기가 불끈 일어서 몸을 옥죄인다. 이놈의 다리를 못 꺾어 놔도 애비 없는 호래자식이겠다.

닭들이 세 홰를 운다. 머얼리 산을 넘어오는 그 음향이 퍽은 서글프다. 큰 비를 몰아드는지 검은 구름이 잔뜩 끼인다. 하긴 지금도 빗방울이 뚝, 뚝, 떨어진다.

그때 논둑에서 희끄무레한 허깨비 같은 것이 얼씬거린다. 정신을 반짝 차렸다. 영낙없이 성팔이, 재성이 그들 중의 한 놈이리라. 이 고생을 시키는 그놈! 이가 북북 갈리고 어깨가 다 식식거린다. 몽둥이를 잔뜩 우려 잡았다. 그리고 벌떡 일어나서 나무줄기를 끼고 조심조심 돌아내린다. 하나 도랑쯤 내려오다가 그는 멈칫하여 몸을 뒤로 물렀다. 늑대 두 놈이 짝을 짓고 이편 산에서 저편 산으로 설렁설렁 건너가는 길이었다. 빌어먹을 늑대, 이것까지 말썽이람. 이마의 식은땀을 씻으며 도로 제자리로 돌아온다. 어쩌면 이번 이놈도 재작년 강도짝이나 안 될는지, 금시로 불길한 감이 뒤통수를 탁 치고 지나간다. 그는 옷깃을 여미어 한 대를 더 붙였다. 돌연히 풍세는 심하여진다. 산골짜기로 몰아드는 억센 놈이 가끔 발광이다. 다시금 더르르 몸을 떨었다. 가을은 왜 이 지경인가. 여기에서 밤새울 생각을 하니 기가 찼다.

얼마나 되었는지 몸을 좀 녹이고자 일어나서 서성서성 할 때이었다. 논으로 다가오는 희미한 그림자를 분명히 두 눈으로 보았다. 그러고 보니 피로고, 한고이고 다 딴소리다. 고개를 내대고 딱 버티고 서서 눈에 쌍심지를 올린다.

흰 그림자는 어느 틈엔가 어둠 속에 사라져 보이지  않는다. 그리고 다시 나올 줄을 모른다. 바람소리만 왱, 왱, 칠 뿐이다. 다시 암흑 속이 된다. 확실히 벼를 훔치러 논 속으로 들어갔을 것이다. 여깽이 같은 놈이 궂은 날씨를 기회 삼아 맘껏 하겠지. 의리 없는 썩은 자식, 격장에서 같이 굶는 터에……. 오냐 대거리만 있거라. 이를 한 번 부드득 갈아붙이고 차츰차츰 논께로 내려온다.

응칠이는 논께로 바특이 내려서 소나무에 몸을 착 붙였다. 선불리 서둘다간 남의 횡액을 입을지도 모른다. 다 훔쳐 가지고 나올 때만 기다린다. 몽둥이는 잔뜩 힘을 올린다.

한 식경쯤 지났을까, 도적은 다시 나타난다. 논둑에 머리만 내놓고 사면을 두리번거리더니 그제서 기어나온다. 얼굴에는 눈만 내놓고 수건인지 뭔지 헝겊이 가리었다. 봇짐을 등에 짊어 메고는 허리를 구붓이 뺑손을 놓는다. 그러자 응칠이가 날쌔게 달려들며,

"이 자식, 남의 벼를 훔쳐가니!"

하고 대포처럼 고함을 지르니 논둑으로 고대로 데굴데굴 굴러서 떨어진다. 얼결에 호되게 놀란 모양이다.

응칠이는 덤벼들어 우선 허리께를 내려 조졌다. 어이쿠쿠쿠, 하고 처참한 비명이다. 이 소리에 귀가 번쩍 띄어서 그 고개를 들고 팔부터 벗겨 보았다. 그러니 너무나 어이가 없었음인지 시선을 치

걷으며 그 자리에 우두망절한다.

그것은 무서운 침묵이었다. 살똥맞은 바람만 공중에서 북새를 논다.

한참을 신음하다 도적은 일어나더니,

"성님까지 이렇게 못 살게 굴기유?"

제법 눈을 부라리며 몸을 홱 돌린다. 그리고 느끼며 울음이 복받친다. 봇짐도 내버린 채,

"내 것 내가 먹는데 누가 뭐래?"

하고 데퉁스러이 내뱉고는 비틀비틀 논 저쪽으로 없어진다.

형은 너무 꿈속 같아서 멍하니 섰을 뿐이다.

그러나 얼마 지나서 한 손으로 그 봇짐을 들어 본다. 가뿐하니 끽 말가웃이나 될는지, 이까짓 걸 요렇게까지 해가려는 그 심정은 실로 알 수 없다. 벼를 논에다 도로 털어 버렸다. 그리고 아내의 치마 겠지 검은 보자기를 척척 개서 들었다. 내 걸 내가 먹는다……그야 이를 말이랴. 허나 내 걸 내가 훔쳐야 할 그 운명도 얄궂거니와 형을 배반하고 이 짓을 벌인 아우도 아우렷다. 에이 고얀놈, 할 제 볼을 적시는 것은 눈물이다. 그는 주먹으로 눈물을 쓱, 부비고 머리에 번쩍 떠오르는 것이 있으니 두레두레한 황소의 눈깔. 시오리를 남쪽 산으로 들어가면 어느 집 바깥 뜰에 밤마다 늘 매어 있는 투실투실한 그 황소. 아무렇게 따지든 칠십 원은 갈 데 없으리라. 그는 부리나케 아우의 뒤를 밟았다.

공동묘지까지 거반 왔을 때에야 가까스로 만났다. 아우의 등을 탁 치며,

"얘, 좋은 수 있다. 네 원대로 돈을 해줄게 나하구 잠깐 다녀오자."

씩씩한 어조로 기쁘도록 달랬다. 그러나 아우는 입 하나 열지 않고 그대로 실쭉하였다. 뿐만 아니라 어깨 위에 올려 놓은 형의 손을 부질없단 듯이 몸으로 떨어 버린다. 그리고 삐익 달아난다.

이걸 보니 하 엄청나고 기가 콱 막히었다.

"이놈아!"

하고 악에 받치어,

"명색이 성이라며?"

대뜸 몽둥이는 들어가 그 볼기짝을 후려갈겼다. 아우는 모로 몸을 꺾더니 시나브로 찌그러진다. 뒤미처 앞정강이를 때리고 등을 팼다. 일어나지 못할 만치 매는 내리었다. 체면을 불구하고 땅에 엎드리어 엉엉 울도록 매는 내리었다.

홧김에 하긴 했으되 그 꼴을 보니 또한 마음이 편할 수 없다. 침을 퇴 뱉어 던지곤, 팔자 드신 놈이 그저 그렇지 별수 있나, 쓰러진 아우를 일으키어 등에 업고 일어섰다. 언제나 철이 날는지 딱한 일이었다. 속 썩는 한숨을 후우하고 내뿜는다. 그리고 어청어청 고개를 묵묵히 내려온다.

솥

들고 나갈 거라곤 인제 매함지박과 키쪼가리가 있을 뿐이다.

그 외에도 체랑 그릇이랑 있긴 좀 하나 깨어지고 헐고 하여 아무 짝에도 못 쓸 것이다. 그마나 들고 나서려면 아내의 눈을 기워야 할 터인데 맞은쪽에 빤히 앉았으니 꼼짝할 수 없다.

하지만 오늘도 밸을 좀 늙어 놓으면 성이 뻗쳐서 제물로 부르르 나가 버리리라⋯⋯. 아랫목의 근식이는 저녁상을 물린 뒤 두 다리를 세워 안고 그리고 고개를 떨친 채 묵묵하였다. 왜냐하면 묘한 꼬투리가 있음직하면서도 선뜻 생각이 나지 않는 까닭이었다.

윗방에서 내려오는 냉기로 하여 아랫방까지 몹시 싸늘하다.

가을쯤 치받이를 해두었더라면 좋았으련만 천장에서 흙방울이 똑똑 떨어지며 찬 바람은 새어든다.

헌 옷대기를 들쓰고 앉아 어린 아들은 화롯 앞에서 킹얼거린다.

아내는 이 아이를 어르며 달래며 부지런히 감자를 구워 먹인다. 그러나 다리를 모로 늘이고 사지를 뒤트는 양이 온종일 방아다리에 시달린 몸이라 매우 나른한 맥이었다. 손으로 가끔 입을 막고 연달아 하품만 할 뿐이었다.

한참 지난 후 남편은 고개를 들고 아내의 눈치를 살펴보았다. 그리고 두터운 입술을 찌그리며 바로 데퉁스레,

"아까 낮에 누가 왔다갔어?"

하고 한 마디 얼른 내다붙였다. 그러나 아내는,

"면서기밖에 누가 왔다갔지유⋯⋯."

하고 심심히 받으며 들떠보도 않는다.

물론 전부터 미뤄 오던 호포를 독촉하러 오늘 면서기가 왔던 것을 남편이라고 모르는 바도 아니었다. 자기는 거리에서 먼저 기수 채었고 그 때문에 붙잡히면 혼이 뜰까봐 일부러 몸을 피하였다. 만은 어차피 말을 꼴려 하니까,

"볼 일이 있으면 날 불러 대든지 할 게지 왜 그놈을 방으루 불러들이고 이 야단이야."

하고 눈을 부릅뜨지 않을 수 없었다.

아내는 이 말에 이마를 홱 들더니 눈꼴이 잡은참 돌아간다. 하어이없는 일이라 기가 콕 막힌 모양이었다. 샐쭉해서 턱을 조금 숫치자 그대로 떨어지고 잠자코 아이에게 감자만 먹인다.

이만하면, 하고 남편은 다시 한 번,

"헐 말이 있으면 문 밖에서 허든지, 방으로까지 끌어들이는 건 다 뭐야?"

분을 숫궜다. 그제서야,

"남의 속 모르는 소리 작작하게유. 자기 때문에 말막음하느라구 욕본 생각은 못 하구."

아내는 가무잡잡한 얼굴에 핏대를 올렸으나 그러나 표정을 고르잡지 못한다. 얼마를 그렇게 앉았더니 이번에는 남편의 낯을 똑바로 쏘아보며,

"그지 말구 밤마다 짚신짝이라두 삼어서 호포를 갖다 대게유."

하다가 좀 사이를 두곤 들릴 듯 말 듯한 혼잣소리가,

"기집이 좋다기로 그래 집안 물건을 다 들어낸담!"

하고 여무지게 종알거린다.

"뭐! 집안 물건을 누가 들어내?"

그는 시치미를 딱 떼고 제법 천연스레 펄쩍 뛰었다. 그러나 속으

로는 떡메로 복장이나 얻어맞은 듯 찐하였다. 입때까지 까맣게 모르는 줄만 알았더니 아내는 귀신같이 옛날에 다 안 눈치다. 어제 밤 아내의 속곳과 그제 밤 맷돌짝을 후무려낸 것이 죄다 탄로가 되었구나, 생각하니 불쾌하기가 짝이 없다.

"누가 그런 소리를 해, 벼락을 맞을라구?"

그는 이렇게 큰소리를 해보았으나 한 팔로 아이를 끌어들여 젖만 먹일 뿐, 젊은 아내는 숫제 받아 주지 않았다.

아내는 샘과 분을 못 이기어 무슨 되알진 소리가 터질 듯 질 듯 하면서도 그냥 꾹 참는 모양이었다. 눈을 알로 내려 깔고 색색 숨소리만 내다가 남편이 또다시,

"누가 그따위 소릴 해 그래?"

할 제에야 비로소 입을 여는 것이…….

"제숙 어머니지 누군 누구야."

"뭐래, 뭐라구?"

"들병이와 배맞었다지 뭘 그래, 맷돌허구 내 속곳은 술 사먹으라는 거지유?"

남편은 더 뻗치지를 못하고 고만 얼굴이 화끈 달았다. 아내는 좀 살자고 고생을 무릅쓰고 바둥거리는 이 판에 남편이란 궐자는 그 속곳을 술 사먹었다면 어느 모로 따져 보든 곱지 못한 행실이리라. 그는 아내의 시선을 피할 만큼 몹시 양심의 가책을 느꼈다. 마는 그렇다고 자기의 의지가 꺾인다면 또한 남편된 도리도 아니었다.

"보두 못 허구 앰한 소릴 해 그래, 눈깔들이 멀라구?"

하고 변명 삼아 목청을 꽉 돋았다.

그러나 아무 효력도 보이지 않음에는 제대로 약만 점점 오를 뿐

이다. 이러다간 본전도 못 건질 걸 알고 말끝을 얼른 돌리어,

"자기는 뭔데 대낮에 사내놈을 방으로 불러들이구, 대관절 둘이 뭣 했더람?"

하여 아내를 되순나 잡았다.

아내는 독살이 송곳 끝처럼 뾰로져서 젖 먹이던 아이를 방바닥에 쓸어박고 발딱 일어섰다. 제 공을 모르고 게정만 부리니까 되우 야속한 모양 같다. 찬방에서 너 좀 자보란 듯이 천연스레 뒤로 치마꼬리를 여미더니 그대로 살랑살랑 나가 버린다.

아이는 또 그대로 요란스레 울어 댄다.

눈 위를 밟는 아내의 발자취 소리가 멀리 사라짐을 알자 그는 비로소 맘이 놓였다. 방문을 열고 가만히 밖으로 나왔다.

무슨 짓을 하든 볼 사람은 없을 것이다.

그는 부엌으로 더듬어 들어가서 우선 성냥을 드윽 그어 대고 두리번거렸다. 짐작했던 대로 그 함지박은 부뚜막 위에서 주인을 우두커니 기다리고 있다. 그 속에 담긴 감자 나부랭이는 그 자리에 쏟아 버리고 그리고 나서 번쩍 들고 뒤란으로 나갔다.

앞으로 들고 나갔으면 좋을 테지만 그러다 아내에게 들키면 아주 혼이 난다. 어렵더라도 뒤껼 언덕 위로 올라가서 울타리 밖으로 쿵 하고 아니 던져 넘길 수 없다.

그 담에가 이게 좀 거북한 일이었다. 하지만 예전 뒤나 보러 나온 듯이 뒷짐을 딱 지고 싸리문께로 나와 유유히 사면을 돌아보면 고만이다.

하얀 눈 위에는 아내가 고대 밟고 간 발자국만이 딩금딩금 남았다.

그는 울타리에 몸을 착 비겨대고 뒤로 돌아서 그 함지박을 집어

들자 곧 뺑소니를 놓았다.

근식이는 인가를 피하여 산기슭으로 멀찌감치 돌았다. 그러나 함지박은 몸에다 곁으로 착 붙였으니 좀체로 들킬 염려는 없을 것이다.

매웁게 쌀쌀한 초승달은 푸른 하늘에 댕그머니 눈을 떴다.

수어리골을 흘러내리던 시내도 인제는 얼어붙었고 그 빛이 날카롭게 번득인다. 그리고 산이며 들, 집, 낟가리, 만물은 겹겹 눈에 감기어 숨소리조차 내질 않는다.

산길을 빠져서 거리로 나오려 할 제 어디에선가 징이 찡찡, 울린다. 그 소리가 고적한 밤공기를 은은히 흔들고 하늘 저편으로 사라진다.

그는 가던 다리가 멈칫하여 멍하니 넋을 잃고 섰다.

오늘밤이 농민회 총회임을 고만 정신이 나빠서 깜박 잊었던 것이다.

한 번 회에 안 가는 데 궐전이 오 전, 뿐만 아니라 공연한 부역까지 안다미 씌우는 것이 이 동리의 전례이었다.

또 경쳤구나, 하고 길에서 그는 망설인다. 하나 몸이 아파서 앓았다면 그만이겠지, 이쯤 안심도 하여 본다. 그렇지만 어쩐 일인지 그래도 속이 끌밋하였다.

요즘 눈바람은 부닥치는데 조밥 꽁댕이를 씹어 가며 신작로를 닦는 것은 그리 수월치도 않은 일이었다. 떨면서 그 지랄을 또 하려니 생각만 하여도 짜장 이에서 신물이 날 뻔하다 만다.

그럼 하루를 편히 쉬고 그걸 또 하느냐, 회에 가서 새 까먹은 소리나마 그 소리를 좇아 가며 듣고 앉았으냐, 얼른 딱 정하지를 못하고 그는 거리에서 한 서너 번이나 주춤하였다. 하지만 농민회가 동리

의 청년들을 말끔 다 쓸어간 그것만은 여간 고마운 일이 아니었다.
오늘밤에는 술집에 가서 저 혼자 들병이를 차지하고 놀 수 있으리
라…….

그는 선뜻 이렇게 생각하고 부지런히 다리를 재촉하였다. 그리고
술집 가까이 왔을 때에는 기쁠 뿐만 아니요 또한 용기까지 솟아올
랐다.

길가에 따로 떨어져서 호젓이 놓인 집이 술집이다. 산모롱이 옆
에 서서 눈에 쌓이어 그 흔적이 긴가민가하나 달빛에 빗기어 갸름

한 꼬리를 달고 있다. 서쪽으로 그림자에 묻히어 대문이 열렸고 그 곁으로 불이 반짝대는 지게문 하나가 있다.

이 방이 즉 계숙이가 빌어서 술을 팔고 있는 방이다. 문을 열고 썩 들어서니 계숙이는 일어서며 무척 반긴다.

"이게 웬 함지박이유?"

그 태도며 얕은 웃음을 짓는 양이 나달 전 처음 인사할 제와 조금도 변칠 않았다. 아마 어제 밤 자기를 보고 사랑한다던 그 말이 알톨 같은 진정이기도 쉽다. 하여튼 정분이란 과연 희한한 물건이로군…….

"왜 웃어, 어제 밤 술값으로 가져왔는데."

하고 근식이는 말을 받다가 어쩐지 좀 겸연쩍었다. 계집이 받아 들고서 이리로 뒤척 저리로 뒤척하며 또는 바닥을 두들겨도 보며 이렇게 좋아하는 걸 얼마쯤 보다가,

"그게 그래 뻬두 두 장은 훨씬 넘을 걸!"

마주 싱그레 웃어 주었다. 참이지 계숙이의 흥겨운 낯을 보는 것만 그의 행복 전부이었다.

계집은 함지를 안쪽 문으로 들고 나가더니 술상 하나를 곱게 받쳐 들고 들어왔다. 돈이 없어서 미안하여 달라지도 않은 술이나 술값은 어찌되었든지 우선 한 잔 하란 맥이었다. 막걸리를 화로에 거냉만 하여 따라 부으며,

"어서 마시게유. 그래야 몸이 풀리유."

하더니 손수 입에다 부어까지 준다.

그는 황감하여 얼른 한숨에 쭈욱 들이켰다. 그리고 한 잔 두 잔 석 잔…….

계숙이는 탐탁히 옆에 붙어 앉더니 근식이의 얼은 손을 젖가슴에

묻어 주며,

"어이 차, 일 어째!"

한다. 떨고서 왔으니까 퍽으나 가여운 모양이었다.

계숙이는 얼마 그렇게 안타까워하고 고개를 모로 잡으며,

"난 낼 떠나유!"

하고 썩 떨어지기 섭섭한 내색을 보인다. 좀 더 있으려 했으나 아까 농민회 회장이 찾아왔다. 동리를 위하여 들병이는 절대로 안 받으니 냉큼 떠나라 했다. 그러나 이 밤에야 어디를 가랴. 낼 아침 밝는 대로 떠나겠노라 했다 하는 것이다.

이 말을 듣고 근식이는 그만 낭판이 떨어져서 멍멍하였다. 언제이든 갈 줄을 알았던 게나 이다지도 급자기 서둘 줄은 꿈밖이었다. 자기 혼자서 따로 떨어지면 앞으로는 어떻게 살려는가……

계숙이의 말을 들어 보면 저에게도 번히는 남편이 있었다 한다. 즉 아랫목에 방금 누워 있는 저 아이의 아버지가 되는 사람이다. 술만 처먹고 노름질에다 후딱하면 아내를 두들겨 패고 벌은 돈푼을 빼앗아 가며 함으로 해서 당최 견딜 수가 없어 석 달 전에 갈렸다고 하는 것이다.

그럼 자기와 드러내 놓고 살아도 무방한 것이 아닌가. 하나 그런 소리란 차마 이쪽에서 먼저 꺼내기가 어색하였다.

"난 그래 어떻게 살아. 나두 따라갈까?"

"그럼 그럽시다유."

하고 계숙이는 그 말을 바랐단 듯이 선뜻 받다가,

"집에 있는 아내는 어떡허지유?"

"그건 염려 없어!"

근식이는 고만 기운이 뻗쳐서 시방부터 계숙이를 얼싸안고 들먹

거린다. 치우기는 별로 힘들지 않을 것이다. 왜냐하면 제대로 그냥 내버려만 두면 제가 어디로 가든 말든 할 게니까. 하여튼 인제부터 는 계숙이를 따라다니며 벌어먹겠구나, 하는 새로운 생활만이 기쁠 뿐이다.

"내 밝기 전에 가야 들키지 않을 걸!"

밤이 야심하여도 회 때문인지 술꾼은 좀체 보이지 않았다. 인젠 안 오려니 단념하고 방문 고리를 걸은 뒤 불을 껐다. 그리고 계숙이 는 멀거니 앉아 있는 근식의 팔에 몸을 던지며 한숨을 후우 짓는다.

"살림을 하려면 그릇 쪼각이라두 있어야 할 텐데!"

"염려 말아, 내 집에 가서 가져오지!"

그는 조금도 거리낌 없이 그저 선선하였다. 딴은 아내가 잠에 곯 아지거든 슬며시 들어가서 이것저것 마음에 드는 대로 후무려 오면 그뿐이다. 앞으로 굶주리지 않아도 맘 편히 살려니 생각하니 잠도 안 올 만치 가슴이 들렁들렁하였다.

방은 외풍이 몹시도 세었다. 주인이 그악스러워 구들에 불도 변 변히 안 지핀 모양이다. 까칠한 공석자리에 등을 붙이고 사시나무 떨리듯 덜덜 대구 떨었다. 한구석에 쓸어박혔던 아이가 별안간 잠 이 깨었다. 킹얼거리며 사이를 파고들려는 걸 어미가 야단을 치니 도로 제자리에 가서 찍 소리 없이 누웠다. 매우 훈련 잘 받은 젖먹이 었다.

그러나 근식이는 그놈이 생각하면 할수록 되우 싫었다. 우리들이 죽도록 모아 놓으면 저놈이 중간에서 써버리겠지. 제 애비 본으로 노름질도 하고, 에미를 두들겨 패서 돈도 뺏고 하리라. 그러면 나는 신선놀음에 도끼자루 썩는 격으로 헛 공만을 들이는 게 아닐까 하 고 생각하니 당장에 곧 얼어 죽어도 아깝지는 않을 것이다. 하나 어

미의 환심을 사려니간,

"에 그놈……. 착하기도 하지."

하고 두어 번 그 궁둥이를 안 뚜덕일 수도 없으리라.

달이 기울어서 지게문을 훤히 밝히게 되었다.

간간 외양간에서는 소의 숨 쉬는 식식 소리가 거쿨지게 들려온다.

평화로운 잠자리에 때 아닌 마가 들었다. 뭉태가 와서 낮은 소리로 계숙이를 부르며 지게문을 열라고 찌걱거리는 게 아닌가. 전일부터 계숙이에게 돈 좀 쓰던 단골이라고 세도가 막 댕댕하다.

근식이는 망할 자식, 하고 골피를 찌푸렸다. 마는 계숙이가 귓속말로,

"내 잠깐 말해 보낼 게. 밖에 나가 기달리유."

함에는 속이 좀 든든하지 않을 수 없다. 그 말은 남편을 신뢰하고 하는 통사정이리라. 그는 안문으로 바람같이 나와서 방벽께로 몸을 착 붙여 세우고 가끔 안채를 살펴보았다. 술집 주인이 나오다 이걸 본다면 단박 미친놈이라고 욕을 할 것이다. 그렇지 않아도 그저께는,

"자네 바람 잔뜩 났네그려. 난 술을 파니 좋긴 허지만 맷돌짝을 들고 나오면 살림 고만 둘 터인가?"

하고 멀쑤룩하게 닦기었다. 오늘 들키면 또 무슨 소리를 …….

근식이는 떨고 섰다가 이상한 소리를 듣고 정신이 번쩍 들었다. 그는 방문께로 바특이 다가서서 가만히 귀를 기울였다.

왜냐하면 뭉태가 들어오며,

"오늘두 그놈 왔었나?"

하더니 계집이,

"아니유, 아무도 오늘은 안 왔어유."

하고 시치미를 떼니까,

"왔겠지 뭘, 그 자식 왜 새 바람이 나서 지랄이야."

하고 씩 신퉁그러지게 비웃는다.

여기에서 그놈 그 자식이란 물을 것도 없이 근식이를 가리킴이다. 그는 살이 다 불불 떨렸다.

그뿐 아니라 이말 저말 한참을 중언부언 지껄이더니,

"그 자식 동리에서 내쫓는다던걸!"

"왜 내쫓아?"

"아 회엔 안 오고 술집에만 박혀 있으니까 그렇지."

'이건 멀쩡한 거짓말이다. 회 좀 안 갔기로 내쫓는 경우가 어딨니, 망할 자식' 하고 그는 속으로 노하며 은근히 굳세게 쥔 주먹이 대구 떨리었다.

그만이라도 좋으련만,

"그 자식 어찌 못났는지 아내까지 동리로 돌아다니며 미화라구 숭을 보는걸!"

'또 거짓말. 아내가 날 어떻게 무서워하는데 그런 소리를 해!'

"남편을 미화라구?"

하고 계집이 호호대고 웃으니까,

"그럼 안 그래? 그러구 계숙이를 집안 망할 도적년이라고 하던걸. 멧돌두 집어가고 속곳도 집어가구 했다구."

"누가 집어가, 갖다 주니까 받았지."

하고 계집이 팔짝 뛰는 기색이더니,

"네가 아나, 근식이 처가 그러니깐 나두 말이지."

'아내가 설혹 그랬기루 그걸 다 꼬드거 바쳐? 개새끼 같으니!'

그 담엔 들으려고 애를 써도 들을 수 없을 만치 병아리 소리로들 뭐라 뭐라고들 지껄인다. 그는 이것도 필경 저와 계숙이의 사이가 좋으니까 배가 아파서 이간질이리라 생각하였다. 그런데 계집도 는실난실 여일히 받으며 같이 웃는 것이 아닌가.

근식이는 분을 참지 못하여 숨소리도 거칠을 만치 되었다. 마는 그렇다고 뛰어들어가 두들겨줄 형편도 아니요, 어째 볼 도리가 없다. 계숙이나 뭣하면 노엽기도 덜하련마는 그것조차 핀잔 한 마디 안 주고 한통속이 되는 듯하니 야속하기가 이를 데 없다.

그는 노기와 한고로 말미암아 팔짱을 찌르고는 덜덜 떨었다. 농창이 난 버선이라 눈을 밟고 섰으니 뼈끝이 쑤시도록 시렵다.

몸이 괴로워지니 그는 아내의 생각이 머리 속에 문득 떠오른다. 집으로만 가면 따스한 품이 기다리련만 왜 이 고생을 하는지 실로 알고도 모를 일이다. 하지만 다시 잘 생각하면 아내 그까짓 건 싫었다. 아리랑타령 한 마디 못 하는 병신, 돈 한 푼 못 버는 천치……. 하긴 초작에야 물불을 모를 만치 정이 두터웠으나 때가 어느 때이냐, 인제는 다 삭고 말았다.

뭇사람의 품으로 옮겨 안기며 에쓱거리는 들병이가 말은 천하다 할망정 힘 안 들이고 먹으니 얼마나 부러운가. 침들을 게게 흘리고 덤벼드는 뭇놈을 이손 저손으로 맘대로 후물르니 그 호강이 바이 고귀하다 할지라…….

그는 설한에 이까지 딱딱거리도록 몸이 얼어 간다. 그러나 집으로 가서 자리 위에 편히 쉴 생각은 조금도 없는 모양 같다. 오직 계숙이가 불러들이기만 고대하여 턱살을 받쳐대고 눈이 빠질 지경이다.

모진 눈보라는 가끔씩 목덜미를 냅다 갈긴다. 그럴 적마다 저고리 동정으로 눈이 날아들며 등줄기가 선뜩하였다. 근식이는 암만 기다려도 때가 되었으련만 불러들이지를 않는다. 수군거리던 고것조차 끊고 인젠 굵은 숨소리만이 흘러나온다.

그는 저도 까닭 모르는 악이 발뿌리서 머리끝까지 바짝 치뻗었다. 들병이란 더러운 물건이다, 남의 살림을 망쳐 놓고 게다 가난한 농군들의 피를 빨아먹는 여우다, 하고 매우 쾌쾌히 생각하였다. 일변 그렇게까지 노해서 나갔는데 아내가 지금쯤은 좀 풀었을까 이런 생각도 하여 본다.

처마 끝에 쌓였던 눈이 푹 하고 땅에 떨어질 때 그때 분명히 그는 집으로 가려 하였다. 만일 계숙이가 때맞춰 불러들이지만 않았다면,

'에이 더러운 년!'

속으로 이렇게 침을 뱉고 여봐란 듯이 집으로 뺑 달아났을지도 모른다.

계집은 한 문으로,

"칩겠수, 얼른 가우."

"뭘 이까진 추워."

"그럼 잘 가게유, 낭중 또 만납시다."

"응, 내 추후로 한 번 찾아가지."

뭉태가 이렇게 내뱉자 또 한 문으로,

"가만히 들어오게유."

하고 조심히 근식이를 집어들인다.

그는 발바닥의 눈도 털 줄 모르고 감지덕지하여 냉큼 들어서며 우선 얼른 손을 썩썩 문댔다.

"밖에서 퍽 추웠지유?"

"뭘 추워 그렇지."

하고 그는 만족히 웃으면서 그렇듯 분분하던 아까의 분노를 다 까먹었다.

"그 자식, 남 자는데 왜 와서 쌩이질이야!"

"그러게 말이유. 그건 눈치 코치도 없어!"

하고 계집은 조금도 빈틈없이 여전히 탐탁하였다. 그리고 등잔에 불을 다리며 거나하여 생글생글 웃는다.

"자식이 왜 그 뻔세람. 거짓말만 슬슬 하구!"

하며 근식이는 먼젓번 뭉태에게 흉잡혔던 그 되갚음을 안 할 수 없다. 나도 네가 한 만치는 하겠다 하고,

"아 그놈 참 병신됐다더니 어떻게 걸어다녀!"

"왜 병신이 되우?"

"남의 계집 오입하다가 들켜서 밤새도록 목침으로 두들겨 맞았지. 그래 엉치가 끊어졌느니 대리가 부러졌느니 허더니 그래두 곧 잘 걸어다니네!"

"알라리, 별일두."

계집은 세상에 없을 일이 다 있단 듯이 눈을 끼웃하더니,

"제 계집 좀 보았기루 그렇게 때릴 건 뭐야."

"아 안 그래 그럼. 나라두 당장 그놈을!"

하고 근식이는 제 아내가 욕이라도 보는 듯이 기가 올랐으나 그러나 계집이 낯을 찌푸리며,

"그 뭐 계집이 어디가 떨어지나 그러게?"

하고 샐쭉이 뒤둥그러지는 데는 어쩔 수 없이 저도,

"허긴 그렇지. 놈이 원체 못나서 그래."

하고 얼른 눙치는 게 상책이었다.

내일부터라도 계숙이를 따라다니며 먹을 텐데 딴
은 이것 저것을 가리다는 죽도 못 빌어먹는다. 그
보다는 몸이 열파에 난대도 잘 먹을 수만 있다면이
야 고만이 아닌가…….

그건 그렇고 어떻든 뭉태란 놈의 흉은 그만치 봐야 할 것
이다. 그는 담배를 한 대 피워 물고 뭉태는 본디 돈도 신용도
아무것도 없는 건달이란 둥, 동리에서 그놈의 말은 곧이 안 듣
는다 둥, 심지어 남의 집 보리를 훔쳐내다 붙잡혀서 콩밥까지
먹었다는 허풍까지 치며 없는 사실을 한창 늘어놓았다.

그는 이렇게 계집을 얼렁거리다 안말에서 첫 홰를 울리는 계명성
을 듣고 깜짝 놀랐다. 개동까지는 떠날 차비가 다 되어야 할 것이
다. 그는 계집의 뺨을 손으로 문질러 보고 벌떡 일어서서 밖으로 나
온다.

"내 집에 좀 갔다 올게. 꼭 기다려 응."

근식이가 거리로 나올 때에는 초승달은 완전히 넘어갔다. 저 건
너 산밑 국수집에는 아직도 마당의 불이 환하다. 아마 노름꾼들이
모여들어 국수를 눌러먹고 있는 모양이다. 그는 밭둑으로 돌아가며
지금쯤 아내가 집에 돌아와 과연 잠이 들었을지 퍽 궁금하였다. 어
쩌면 매함지박 없어진 걸 알았을지도 모른다. 제가 들어가면 바가
지를 긁으려고 지키고 앉았지나 않을는지…….

이렇게 되면 계숙이와의 약속만 깨어질 뿐 아니라 일은 다 그르
고 만다.

그는 제물에 다시 약이 올랐다. 계집년이 건방지게 남편의 일을
지키고 앉았구, 남편이 하자는 대로 했을 따름이지. 제가 항상 뭔
데……. 하지만 이 주먹이 들어가 귓때기 한 서너 번만 쥐어박으면

고만이 아닌가······.

다시 힘을 얻어 가지고 그는 제 집 싸리문께로 다가서며 살며시 들이밀었다. 달빛이 없어지니까 부엌 쪽은 캄캄한 것이 아주 절벽이다. 뜰에 깔린 눈의 반영이 있으므로 그런 대로 그저 할 만하다 생각하였다.

그러나 우선 봉당 위로 올라서서 방문에 귀를 기울이지 않을 수 없었다.

문풍지도 울 듯한 깊은 숨소리. 입을 버리고 곁에서 코를 곯아대는 아내를 일상 책했더니 이런 때에 덕 볼 줄은 실로 뜻하지 않았다. 저런 콧소리면 사지를 묶어 가도 모를 만치 곯아졌을 게니까······.

그제서는 마음을 놓고 허리를 굽히고 그리고 꼭 도둑같이 발을 제겨디디며 부엌으로 들어섰다. 첫대 살림을 시작하려면 밥은 먹어야 할 터니까 솥이 필요하다. 손으로 더듬더듬 찾아서 솥뚜껑을 한 옆에 벗겨 놓자 부뚜막에 한 다리를 얹고 두 손으로 솥전을 잔뜩 움켜잡았다. 인제는 잡아당기기만 하면 쑥 뽑힐 게니까 그리 어렵지 않을 것이다.

이 솥이 생각하면 사 년 전 아내를 맞아들일 때 행복을 계약하던 솥이었다. 그 어느 날인가 읍에서 사서 둘러메고 올 제는 무척 기뻤다. 때가 지나도록 아내가 뭔지 생각하고 모르다가 이제야 알고 보니 딴은 훌륭한 보물이다. 이 솥에서 둘이 밥을 지어먹고 한 평생 같이 살려고 하니 세상이 모두 제 것 같다.

"솥 사왔지."

이렇게 집에 와 내려놓으니 아내도 뛰어나와 짐을 끄르며,

"아이 그 솥 이뻐이! 얼마 주었수?"

하고 기뻐하였다.

"번인 일 원 사십 전을 달라는 걸 억지로 깎아서 일 원 삼십 전에 떼왔는걸!"

하고 저니까 깎았다는 우세를 뽐내니,

"참 싸게 샀수, 그러나 더 좀 깎았으면 좋았지."

그리고 아내는 솥을 뚜들겨 보고 불빛에 비쳐 보고 하였다. 그래도 밑바닥에 구멍이 뚫렸을지 모르므로 물을 부어 보다가,

"아 이보게, 새네 새, 일 어쩌나?"

"뭐? 어디."

그는 솥을 받아들고 눈이 휘둥그레서 보다가,

"글쎄, 이놈의 솥이 새질 않나!"

하고 얼마를 살펴보고 난 뒤에야 새는 게 아니고 전으로 물이 검흐르는 것을 알았다.

"숙맥두 다 많어이, 이게 새는 거야? 겉으로 물이 흘렀지!"

"참 그렇군!"

둘이들 이렇게 행복스러이 웃고 즐기던 그 솥이었다. 그러나 예측하였던 달가운 꿈은 몇 달이었고 툭 하면 굶고 지지리 고생만 하였다. 인제는 마땅히 다른 데로 옮겨야 할 것이다.

그는 조금도 서슴 없이 솥을 쑥 뽑아 한길 채 내려놓고 또 그 담 걸 찾았다.

근식이는 어두운 벽 한복판에 서서 뒤 급한 사람처럼 허둥지둥 매인다. 그렇다고 무엇을 찾는 것도 아니요 뽑아논 솥을 집는 것도 아니다. 뭣뭣을 가져가야 할는지 실은 가져갈 그릇도 없거니와 첫대 생각이 안 나서이다. 올 때에는 그렇게도 여러 가지가 생각나더니 실상 와 닥치니까 어리둥절하다.

얼마 뒤에야,

'옳지 이런 망할 정신 보래!'

그는 잊었던 생각을 겨우 깨치고 벽에 걸린 바구니를 떼들고 뒤적거린다. 그 속에는 닳아 일그러진 수저가 세 자루 길고 짧고 몸고르지 못한 젓가락이 너덧 매 있었다.

그 중에서 덕이(아들) 먹을 수저 한 개만 남기고는 모집어서 궤춤에 꾹 꽂았다. 그리고 더 가져가려 하니 생각은 부족한 것이 아니로되 그릇이 마뜩지 않다. 가령 밥사발, 바가지, 종지…….

방에는 앞으로 둘이 덮고 자지 않으면 안 될 이불이 한 채 있다마는 방금 아내가 잔뜩 끌어안고 매댁질을 치고 있을 게니 이건 회피부득이다. 또 윗목 구석에 한 너덧 되 남은 좁쌀자루도 있지 않느냐…….

하지만 이게 다 일을 벗내는 생각이다. 그는 좀 미진하나마 솥만 들고는 그대로 그림자와 같이 나와 버렸다.

그의 집은 수어리골 꼬리에 달린 막바지였다. 양쪽 산에 끼어 시냇가에 집은 얹혔고, 늘 쓸쓸하였다. 마을 복판에 일이라도 있어 돌이 깔린 시냇길을 여기서 오르내리자면 적잖이 애를 씌웠다.

그러나 이제로는 그런 고생을 더 하자 하여도 좀체 없을 것이다. 고생도 하직을 하자 하니 귀엽고도 일변 안타까운 생각이 없을 수 없다.

그는 살던 즈 집을 두서너 번 돌아다보고 그리고 술집으로 횡허케 달려갔다.

방에 불은 아직도 켜 있었다.

근식이는 허둥지둥 지게문을 열고 뛰어들며,

"어, 추워!"

하고 커닿게 몸서리를 쳤다.

"어서 들어오우, 난 안 오는 줄 알았지."

계숙이는 어리뻥뻥한 웃음을 띠우고 그리고 몹시 반색한다. 아마 그 동안 자지도 않은 듯 보자기에 아이 기저귀를 챙기며 일변 쪽을 고쳐 끼기도 하고 떠날 준비에 서성서성하고 있다.

"안 오긴 왜 안와."

"글쎄 말이유, 안 오면 누군 가만 둘 줄 아나. 경을 이렇게 쳐주지."

하고 그 팔을 잡아서 꼬집다가,

"아, 아, 아고파!"

하고 근식이가 응석을 부리며 덤비니,

"여보기유, 참 짐은 어떡허지유?"

"뭘 어떡해?"

"아니 은제 쌀려느냔 말이지유."

하고 뭘 한참 속으로 생각한다.

"진시 싸놨다가 훤하거든 곧 떠납시다유."

근식이도 거기에 동감하고 계집의 의견대로 짐을 댕그마니 묶어놓았다. 짐이라야 솥, 맷돌, 매함지박, 옷 보따리, 게다 술값으로 받아들인 쌀 몇 되, 좁쌀 몇 되…….

먼동이 트는 대로 짊어만 메면 되도록 짐은 아주 간단하였다. 만약 아침에 주저거리다간 우선 술집 주인에게 발각이 될 게고 따라 동리에 소문이 퍼진다. 그뿐 아니라 아내가 쫓아온다면 팔자는 못 고치고 모양만 창피할 것이 아닌가…….

떠날 차비가 다 되자 그는 자리에 누워 날 새기를 기다렸다. 시방이라도 떠날 생각은 간절하나 산골에서 짐승을 만나면 귀신이 되기 쉽다. 하지만 술집의 심은 다 되었다니까 인사도 말고 개동까지는 슬며시 달아나야 할 것이다.

그는 몸을 덜덜 떨어 가며 얼른 동살이 잡혀야 할 텐데…… 그러다 어느 곁에 잠이 깜빡 들었다.

그것은 어느 때쯤이나 되었는지 모른다.

어깨가 으쓱하고 찬 기운이 수가마로 새드는 듯이 속이 떨려서 번쩍 깨었다. 하나 실상은 그런 것도 아니요, 아이가 킹킹거리며 머리 위로 대구 기어올라서 눈이 뜨였는지도 모른다.

그는 귀찮아서 손으로 아이를 밀어내리고 또 밀어내리고 하였다. 그러나 세 번째 밀어내리고자 손이 이마 위로 올라갈 제, 실로 알지 못할 일이다. 등뒤 윗목 쪽에서,

"이리온, 아빠 여깄다."

하고 귀설은 음성이 들리지 않는가…….

걸걸하고 우람한 그 목소리…….

근식이는 이게 꿈이 아닌가 하여 정신을 가만히 가다듬고 눈을 떴다 감았다 하였다. 그렇다고 몸을 삐끗하는 것도 아니요, 숨소리를 제법 크게 내는 것도 아니요, 가슴속에서 한갓 염통만이 펄떡펄떡 뛸 뿐이다.

암만 보아도 이것이 꿈은 아닐 듯싶다. 어두운 방, 앞에 누운 계숙이, 킹킹거리는 어린애…….

걸걸한 목소리는 또 들린다.

"이리와, 아빠 여깄다니깐."

아이의 아빠이면 필연코 내던진 본남편이 결기를 먹고 따라왔음

에 틀림이 없을 것이다. 그리고 아내의 부정을 현장에서 맞닥트린 남편의 분노이면 네남직없이 다 일반이리라. 분김에 낫이라도 들어 찍으면 그대로 찍 소리도 못 하고 죽을밖에 별도리 없다.

확실히 이게 꿈이어야 할 터인데 꿈은 아니니 근식이는 얼른 몸에서 땀이 다 솟을 만치 속이 답답하였다. 꼿꼿하여진 등살은 그만두고 발가락 하나 꼼짝 못 하는 것이 속으로 인젠 참으로 죽나 보다 하고 거의 산송장이 되었다.

물론, 이러면 좋을까 저러면 좋을까 하고 들입다 애를 짜아도 본다. 그러나 결국에는 계숙이를 깨우면 일이 좀 필까 하고 손가락으로 그 배를 넌지시 쿡쿡 찔러도 보았다. 한 번, 두 번, 세 번 그리고 네 번째는 배에 창이 나라고 힘을 들이어 찔렀다. 마는 계숙이는 깨기는 새로 그의 허리를 더 잔뜩 끌어안고 코골기에 세상만 모른다.

그는 더욱 부쩍부쩍 진땀만 흘렀다.

남편은 어청어청 등 뒤로 걸어오는 듯 하더니 아이를 번쩍 들어 안는 모양이다.

"이놈아, 왜 성가시게 굴어?"

이렇게 아이를 꾸짖고,

"어여들 편히 자게유!"

하여 쾌히 선심을 쓰고 윗목으로 도로 내려간다.

그 태도며 그 말씨가 매우 맘씨 좋아 보였다. 마는 근식이에게는 이것이 도리어 견딜 수 없을 만치 살을 저미는 듯하였다. 이렇게 되면 이왕 죽을 바에야 얼른 죽이기나 바라는 것이 다만 하나 남은 소원일지도 모른다.

계숙이는 얼마 후에야 꾸물꾸물하며 겨우 몸을 떠들었다.

"어서 떠나야지?"

하고 두 손등으로 잔 눈을 부비다가 윗목을 내려다보고는 몹시 경풍을 한다. 그리고 고개를 접더니 입을 꼭 봉하고는 잠잠히 있을 뿐이다.

이런 동안에 날은 아주 활짝 밝았다.

안부엌에선 솥을 가시는 소리가 시끄러이 들려온다.

주인은 기침을 하더니 찌걱거리며 대문을 여는 모양이었다.

근식이는 이래도 죽긴 일반 저래도 죽긴 일반이라 생각하였다. 참다 못하여 저도 따라 일어나 웅크리고 앉으며 어찌될 겐가 또다시 처분만 기다렸다. 그런 중에도 곁눈으로 흘깃 살펴보니 키가 커다란 한 놈이 책상다리에 아이를 안고서 윗목에 앉았다. 감때는 그리 사납지 않으나 암기 좀 있어 보이는 듯한 그 낯짝이 넉히 사람깨나 잡을 듯하다.

"떠나지들……."

남편은 이렇게 제법 재촉하며 자리에서 벌떡 일어섰다. 마치 제가 주장하여 둘을 데리고 먼 길이나 떠나는 듯싶다. 아이를 계숙이에게 내맡기더니 근식이를 향하여,

"여보기유, 일어나서 이 짐 좀 지워 주게유."

하고 손을 빈다.

근식이는 잠깐 얼뚤하여 그 얼굴을 멍히 쳐다봤으나 그러나 하란 대로 안 할 수도 없다. 살려 주는 것만 다행으로 여기고 본시는 제가 질 짐이로되 부축하여 그 등에 잘 지워 주었다.

솥, 맷돌, 함지박, 보따리들을 한데 묶은 것이니 무겁기도 조히 무거울 게다. 하나 남편은 조금도 힘드는 기색을 보이기는커녕 아주 홀가분한 몸으로 덜렁덜렁 밖을 향하여 나선다.

아내는 남편의 분부대로 아이는 포대기에 들싸서 등에 업었다. 그리고 입 속으로 뭐라는 소리인지 종알종알하더니 저도 따라 나선다.

근식이는 얼빠진 사람처럼 서서 웬 영문을 모른다. 한참 그러나 대체 어떻게 되는 겐지 그들의 하는 양이나 보려고 그도 슬슬 뒤묻었다.

아침 공기는 뼈끝이 다 쑤시도록 더욱 매섭다.

바람은 지면의 눈을 품어다간 얼굴에 뿜고 또 뿜고 하였다.

그들은 산모퉁이를 꼽들어 편한 언덕길로 성큼성큼 내린다.

아내를 앞에서 세우고 길을 찾으며 일변 남편은 뒤에 우뚝 서 있는 근식이를 돌아보고,

"왜 섰수. 어서 같이 갑시다유."

하고 동행하기를 간절히 권하였다. 그러나 근식이는 아무 대답 없고 다만 우두커니 섰을 뿐이다.

이때 산모퉁이 옆길에서 두 주먹을 흔들며 헐레벌떡 달려드는 것이 근식이의 아내이었다. 일은 벌어졌으나 말을 하기에는 너무도 기가 찼다. 얼굴이 새빨개지며 눈에 눈물이 불현듯 고이더니,

"왜 남의 솥을 빼가는 거야?"

하고 대뜸 계집에게로 달라붙는다.

계집은 비녀쪽을 잡아채는 바람에 뒤로 몸이 주춤하였다. 그리고 고개만을 겨우 돌리어,

"누가 빼갔어?"

하다가,

"그럼 저 솥이 누 거야?"

"누 건 내 알아? 갖다 주니까 가져가지!"

하고 근식이 처만 못하지 않게 독살이 올라 소리를 지른다.

동리 사람들은 잔 눈을 부비며 하나 둘 구경을 나온다. 멀찍이 떨어져서 서로들 붙고 떨어지고,

"저게 근식이네 솥인가?"

"글쎄, 설마 남의 솥을 빼갈라구!"

"갖다 줬다니까 근식이가 빼온 게지!"

이렇게 수군숙덕…….

"아니야! 아니야."

근식이는 아내를 뜯어 말리며 두 볼이 확확 달았다. 마는 아내는 남편에게 한 팔을 끄들린 채 그대로 몸부림을 하며 여전히 대들려고 든다.

그리고 목이 찢어지라고,

"왜 남의 솥을 빼가는 거야, 이 도둑년아!"

하고 연해 발악을 친다.

그렇지마는 들병이 두 내외는 금세 귀가 먹었는지 하나는 짐을, 하나는 아이를 둘러업은 채 언덕으로 유유히 내려가며 한번 돌아다보는 법도 없다.

아내는 분에 복받치어 고만 눈 위에 털썩 주저앉으며 체면 모르고 울음을 놓는다.

근식이는 구경꾼 쪽으로 시선을 흘깃거리며 쓴 입맛만 다실 따름…… 종국에는 두 손으로 눈 위의 아내를 잡아 일으키며 거반 울상이 되었다.

"아니야 글쎄, 우리 것이 아니라니까 그러네 참!"

가을

내가 주재소에까지 가게 될 때에는 나에게도 다소 책임이 있을는 지 모른다. 그러나 사실 아무리 고쳐 생각해 봐도 나는 조금치도 책임이 느껴지지 않는다. 복만이는 제 아내를(여기가 퍽 중요하다) 제 손으로 직접 소장수에게 판 것이다. 내가 그 아내를 유인해다 팔았거나 혹은 내가 복만이를 꼬여서 서로 공모하고 팔아먹은 것은 절대로 아니었다.

우리 동리에서 일반이 다 아다시피, 복만이는 뭐 남의 꾐에 떨어지거나 할 놈이 아니다. 나와 저와 비록 격장에 살고 숭허물 없이 지내는 이런 터이지만 한 번도 저의 속을 터 말해 본 적이 없다. 하기야 나뿐이랴, 어느 동무고간 무슨 말을 좀 묻는다면 잘해야 세 마디쯤 대답하고 마는 그놈이다. 이렇게 귀찮은 얼굴에 내천자를 그리고 세상이 늘 마땅치 않은 놈이다. 오죽하여 요전에는 즈 아내가 우리게 와서 울며불며 하소를 다하였으랴. 그 망할 건 먹을 게 없으면 변통을 할 생각은 않고 부처님같이 방구석에 우두커니 앉았기만 한다고. 우두커니 앉아 있는 것보다 실은 말 한 마디 속 시원히 안 하는 그 뚱보가 미웠다. 마는 그러면서도 아내는 돌아다니며 양식을 꾸어다 여일히 남편을 공경하고 하는 것이다.

이런 복만이를 내가 꾀었다 하는 것은 본시가 말이 안 된다. 다만 한 가지 나에게 죄가 있다면 그날 매매 계약서를 내가 대서로 써 준 그것뿐이다.

점심을 먹고 내가 봉당에 앉아서 새끼를 꼬고 있으려니까 복만이가 찾아왔다. 한 손에 바람에 나부끼는 인찰지 한 장을 들고 내 앞에

와 딱 서더니,

　"여보게, 자네 기약서 쓸 줄 아나?"

　"기약서는 왜?"

　"아니 글쎄 말이야!"

하고 놈이 어색한 낯으로 대답을 주저하는 것이 아니냐. 아마 곁에 다른 사람이 여럿이 있으니까 말하기가 거북했을지도 모른다.

그러나 나는 사날 전에 놈에게 조용히 들은 말이 있어서 아내의 일인가 보다 하고 얼른 눈치 채었다. 싸리문 밖으로 놈을 끌고 나와서 그 밑에다,

"자네 여편네 어떻게 됐나?"

"응."

놈이 단 이렇게만 대답하고는 두레두레한 눈을 굴리며 잠깐 생각하는 듯하더니,

"저 물 건너 사는 소장수에게 팔기로 됐네. 재순네(술집)가 소개를 해서 지금 주막에 와 있는데 자꾸만 기약서를 써야 한다구 그래. 그러나 누구 하나 쓸 줄 아는 사람이 있어야지. 그래 자네게 써 가주올 테니 잠깐 기다리라고 하고 왔어. 자넨 학교 좀 다녔으니까 쓸 줄 알겠지?"

"그렇지만 우리 집에 먹이 있나? 붓이 있나?"

"그럼 하여튼 나하고 같이 가세."

맑은 시내에 붉은 잎을 담그며 일쩌운 바람이 오르내리는 늦은 가을이 다 시들은 언덕 위를 복만이는 묵묵히 걸었고 나는 팔짱을 끼고 그 뒤를 따랐다. 이때 적으나마 내가 제 친구니까 되든 안 되든 한번 말려 보고도 싶었다. 다른 짓은 다 할지라도 영득이(다섯 살 된 아들이다)를 생각하여 아내만은 팔지 말라고 사실 말려 보고 싶지 않은 것은 아니다. 그러나 내가 저를 먹여 주지 못하는 이상 남의 일이라고 말하기 좋아 이러쿵 저러쿵 지껄이기도 어려운 일이다. 맞붙잡고 굶느니 아내는 다른 데 가서 잘 먹고 또 남편은 남편대

로 그 돈으로 잘 먹고 이렇게 일이 필 수도 있지 않느냐. 복만이의 뒤를 따라가며 나는 도리어 나의 걱정이 더 큰 것을 알았다. 기껏 한 해 동안 농사를 지었다는 것이 털어서 쪼개 보니까 내 몫으로 겨우 벼 두 말 가웃이 남았다. 물론 털어서 빚도 다 못 가린 복만이에게 대면 좀 날는지 모르지만 이걸로 우리 식구가 한겨울을 날 생각을 하니 눈앞이 고대로 캄캄하다. 나두 올 겨울에는 금점이나 좀 해볼까, 그렇지 않으면 투전을 좀 배워서 노름판으로 쫓아다닐까, 그런대로 밑천이 들 터인데 돈은 없고 복만이같이 내 팔 아내도 없다. 우리 집에는 여편네라군 병든 어머니밖에 없으나 나이도 늙었지만 (좀 부끄럽다) 우리 아버지가 있으니까 내 맘대론 못 하고―.

이런 생각에 잠기어 짜장 나는 복만이더러 네 아내를 팔지 마라 어�째라 할 여지가 없었다. 나도 일찍이 장가나 들어 두었더라면 이런 때 팔아먹을 걸 하고 부지러운 후회뿐으로 큰길로 빠져나와서,

"그럼 자네 먼저 가 있게. 내 먹 붓을 빌어 가지구 곧 갈게."

"벼루서껀 있어야 할걸―."

나 혼자 밤나무 밑 술집으로 터덜터덜 찾아갔다. 닭의 똥들이 한산히 늘려 놓인 뒷마루로 조심스레 올라서며 소장수란 놈이 대체 어떻게 생긴 놈인가 하고 퍽 궁금하였다. 소도 사고 계집도 사고 이럴 때에는 필연 돈도 상당히 많은 놈이리라. 지게문을 열고 들어서니 첫째 눈에 띈 것이 밤불이 지도록 살이 디룩디룩한, 그리고 험상궂게 생긴 한 애꾸눈이다. 이놈이 아랫목에 술상을 놓고 앉아서 냉수 마신 상으로 나를 쓰윽 쳐다보는 것이다. 바지저고리에는 때가 주루룩 묻은 것이 게다 제 딴에는 모양을 낸답시고 누런 병정 각반을 치올려챘다.

이놈과 그 옆 한구석에 쪼그리고 앉았는 영득 어머니와 부부가

되는 것은 아무리 봐도 좀 덜 맞는 듯싶다. 마는 영득 어머니는 어떻게 되든지 간 그 처분만 기다린다는 듯이 잠자코 아이에게 젖이나 먹일 뿐이다. 나를 쳐다보고 자칫 낯이 붉은 듯하더니,

"아재 내려오슈!"

하고는 도로 고개를 파묻는다.

이때 소장수에게 인사를 붙여준 것이 술집 할머니다. 사흘이 모자라서 여우가 못 됐다니만큼 수단이 능글차서,

"둘이 인사하게. 이게 내 먼 조칸데 소장수구 돈 잘 쓰구."

하다가 뼈만 남은 손으로 내 등을 뚜덕이며,

"이 사람이 아까 그 기약서 잘 쓴다는 재봉이야."

"거 뉘댁인지 우리 인사합니다. 이 사람은 물 건너 사는 황 거풍이라 부루."

이놈이 바로 우자스럽게 큰소리로 인사를 거는 것이다. 나는 저 못지않게 떡 버티고 앉아서 이 사람은 하고 이름을 댔다. 그리고 울 아버지도 십 년 전에는 땅마지기나 좋이 있었던 것을 명백히 일러 주니까 그건 안 듣고 하는 수작이,

"기약서를 써달라고 불렀는데 수고스러우나 하나 잘 써주시유."

망할 자식, 이건 아주 딴소리다, 내가 친구 복만이를 위해서 왔지 그래 제깐놈의 명령에 왔다갔다할 겐가. 이 자식 무척 시큰둥하구나 생각하고 낯을 찌푸려 모로 돌렸으나,

"우선 한 잔 하시유."

함에는 두 손으로 얼른 안 받지도 못할 노릇이었다. 복만이가 그 웃음 잊은 얼굴로 씨근거리며 달겨들 때에는 벌써 나는 석 잔이나 얻어먹었다. 얼근한 속에 다 모지라진 붓을 잡고 소장수의 요구대로 그려 놓았다.

매매계약서

일급 오십 원야라
위 금액은 내 아내의 대금으로써 정히 영수합니다.
갑술년 시월 이십일   조 복만
                                                황 거풍 전

    여기에 복만이의 지장을 찍어 주니까 어디 한 번 읽어 보오 한다. 그리고 한참 의심스레 바라보며 뭘 생각하더니,
    "그거면 고만이유. 만일 나중에 조상이 돈을 해 가주 와서 물러 달라면 어떡 허유?"
    하고 눈이 둥그레서 나를 책망하는 것이다. 이놈이 소장에서 하던 버릇을 여기서도 하는 것이 아닌가. 하도 어이가 없어서 나도 벙벙히 쳐다만 보았으나 옆에서 복만이가 그대루 써주라 하니까,   —어떠한 일이 있더라도 내 아내는 물러 달라지 않기로 맹세합니다—.
    그제서야 조끼 단추 구멍에 굵은 쌈지 끈으로 목을 매달린 커단 지갑이 비로소 움직인다. 일 원짜리 때 묻은 지전 뭉치를 꺼내 들더니 손가락에 연신을 침을 발라 가며 앞으로 세어 보고 뒤로 세어 보고 그리고 이번엔 거꾸로 들고 또 참을 발라 가며 공손히 세어 본다. 이렇게 후질끈히 침을 발라 세었건만 복만이가 또다시 공손히 바르기 시작하니 아마 지전은 침을 발라야 장수를 하나 보다. 내가 여기서 구문을 한 푼이나마 얻어먹었다면 참이지 성을 갈겠다. 오 원씩 안팎 구문으로 십 원을 잡순 것은 술집 할머니요 나는 술 몇

잔 얻어먹었다. 뿐만 아니라 소장수를, 영득 어머니를 오 리 밖 공동 묘지 고개까지 전송을 나간 것도 즉 내다, 고개 마루에서 꼬불꼬불 돌아내린 산길을 굽어보고 나는 마음이 적이 언짢았다. 한 마을 같이 살다가 팔려가는 걸 생각하니 도시 남의 일 같지 않다. 게다 바람은 매우 차건만 입때 홑적삼으로 떨고 섰는 그 꼴이 가엾고!

"영득 어머니 잘 가게유."

"아재 잘 기슈."

이 말 한 마디만 남길 뿐 그는 앞장을 서서 사랫길을 살랑살랑 달아난다. 마땅히 갈 길을 떠나는 듯이 서둘며 조금도 섭섭한 빛이 없다. 그리고 내 등뒤에 섰는 복만이조차 잘 가라는 말 한 마디 없는데는 실로 놀라지 않을 수 없다. 장승같이 뻐쩍 서서는 눈만 끔벅끔벅 하는 것이 아닌가. 개자식. 하루를 살아도 제 계집이련만 근 십 년이나 소같이 부려먹던 이 아내다. 사실 말이지 제가 여지껏 굶어 죽지 않은 것은 상냥하고 돌림성 있는 이 아내의 덕택이었다. 그러나 인사 한 마디가 없다니 개자식, 하고 여간 밉지가 않았다.

영득이는 즈 아버지 품에 잔뜩 붙들리어 기가 올라서 운다. 멀리 간 어머니를 부르고 두 주먹으로 아버지의 복장을 들이 두드리다간 한 번 쥐어박히고 멈칫한다. 그리고 조금 있으면 다시 시작한다. 소장수는 얼굴에 술이 잠뿍 올라서 제멋대로 한참 지껄이더니,

"친구! 신세 많이 졌수, 이담 갚으리다."

하고 썩 멋들어지게 인사를 한다. 그리고 뒤툭뒤툭 고개를 내리다가 돌부리에 재키어 뚱뚱한 몸뚱어리가 그대로 떼굴떼굴 굴러 버렸다. 중턱에 내뻗은 소나무에 가지가 없었더면 낭떠러지로 떨어져 고만 터져 버릴 걸 요행히 툭툭 털고 일어나서 입맛을 다신다. 놈이 좀 무색한

지 우리를 돌아보고 한 번 빙긋 웃고 다시 내걸을 때에는 영득 어머니는 벌써 산 하나를 꼽들었다.

이렇게 가던 소장수 이놈이 닷새 후에는 날더러 주재소로 가자고 내끄는 것이 아닌가. 사기는 복만이한테 사고 내게 찌다우를 붙는다. 그것도 한가로운 때면 혹 모르지만 남 한창 거름 쳐내는 놈을, 좋도록 말을 해서 듣지 않으니까 나도 약이 안 오를 수 없고 꼴김에 놈의 복장을 그대로 떼다 밀어 버렸다. 풀밭에 가 털썩 주저앉았다 일어나더니 이번에는 내 멱살을 바짝 죄어 잡고 소 다루듯 잡아끈다.

내가 구문을 받아먹었다든가 또는 복만이를 내가 소개했다는가 하면 혹 모르겠다. 계약서 써주고 술 몇 잔 얻어먹은 것밖에 나에게 무슨 죄가 있느냐. 놈의 말을 들어 보면 영득 어머니가 간 지 나흘 되는 날, 즉 그저께 밤에 자다가 어디로 없어졌다. 밝은 날에는 들어올까 하고 눈이 빠지도록 기다렸으나 영 들어오지 않는다. 오늘은 꼭두새벽부터 사방으로 찾아다니다 비로소 우리들이 짜고 사기를 해먹은 것을 깨닫고 지금 찾아왔다는 것이다. 제 아내 간 곳을 알으켜 주어야지 그렇지 않으면 너와 죽는다고 애꾸 낯짝을 들이대고 이를 북 갈아 보인다.

"내가 팔았단 말이유? 날 붙잡고 이러면 어떡 헐 작정이지요."

"복만이는 달아났으니까 너는 간 곳을 알겠지? 느들이 짜고 날 고랑때를 먹였어. 이놈의 새끼들!"

"아니 복만이가 달아났는지 혹은 볼일이 있어서 다니러 갔는지 지금 어떻게 안단 말이유?"

"말 마라, 술집 아주머니에게 다 들었다. 또 속이려고 요자식!"

그리고 나를 논둑에다 한 번 메다꽂고서는 흙도 털 새 없이 다시 끌고간다. 술집 아주머니가 복만이 간 곳은 내가 알 게니 가보라 했다나. 구문 먹은 걸 도로 돌려놓기가 아까워서 제 책임을 내게로 떠민 것이 분명하다. 이렇게 되면 소장수 듣기에는 내가 마치 복만이를 꾀어서 아내를 팔게 하고 뒤로 은근히 구문을 뗀 폭이 되고 만다.

하기는 복만이도 그 아내가 없어졌다는 날 그저께 어디로인지 없어졌다. 짜장 도망을 갔는지 혹은 볼일이 있어서 일갓집 같은 데 다니러 갔는지 그건 자세히 모른다. 그러나 동리로 돌아다니며 아내가 꾸어온 양식, 돈푼, 이런 자지레한 빚냥을 다아 돈으로 갚아 준다. 달아나기에 충분할 아무 죄도 그는 갖지 않았다. 영득이가 밤마다 엄마를 부르며 악장을 치더니 보기 딱하여 즈 큰 집으로 맡기러 갔는지도 모른다.

복만이가 저녁에 우리 집에 왔을 때에는 어서 먹었는지 술이 거나하게 취했다. 안뜰로 들어오더니 막걸리를 한 병 내 놓으며,

"이거 자네 먹게."

"이건 왜 사와, 하여튼 출출한데 고마우이."

하고 나는 부엌에 나가 술잔과 짠지 쪼가리를 가져왔다. 그리고 둘이 봉당에 걸터앉아 마시기 시작하였다. 술 한 병을 다 치고 나서 그는 이런 이야기, 저런 이야기를 지껄이더니 내 앞에 돈 일 원을 꺼내 놓는다.

"저번 수굴 끼쳐서 그 옐세."

"옐라니?"

나는 눈을 동그랗게 뜨고 그 얼굴을 이윽히 들여다보았다. 마는 속으로 요건 대서료로 주는구나, 하고 이쯤 못 깨달은 바도 아니었다. 남의 아내를 판 돈에서 대서료를 받는 것이 너무 무례한 일인 것쯤은 나도 잘 안다. 술을 먹었으니까 그만해도 좋다 하여도,

"두구 술 사먹게, 난 이거 말구도 또 있으니까!"

하고 굳이 주머니에까지 넣어 주므로 궁하기도 하고 그대로 받아 두었다. 그리고 그 담부터는 복만이도 영득이도 우리 동리에서 볼 수가 없고 그뿐 아니라 어디로 가는 걸 본 사람조차 하나도 없다. 이런 복만이를 소장수 이놈이 날더러 찾아 놓라고 명령을 하는 것이다. 멱살을 숨이 갑갑하도록 바짝 매달려서 끌려가자니, 마을 사람들은 몰려서서 구경을 하고 없는 죄가 있는 듯이 얼굴이 확확 단다. 큰 개울께까지 나왔을 적에는 놈도 좀 열적은지 슬며시 놓고 그냥 걸어간다. 내가 반항을 하든지 해야 저도 독을 올려서 욕설을 하고 걷고 틀고 할 텐데 내가 고분히 달려가니까 그럴 필요가 없다. 저의 원대로 주재소까지 가기만 하면 그만이니까.

우리는 아무 말 없이 앞서고 뒤서고 십 리 길이나 걸었다. 깊은 산길이라 사람은 없고 앞뒤 산들은 울긋불긋 물들어 가끔 쏴 하고 낙엽이 날린다. 뉘엿뉘엿 넘어가는 석양에 먼 봉우리는 자줏빛이 되어 가고 그 반영에 하늘까지 불그레하다. 험한 바위에서 이따금 돌은 굴러내려 웅덩이의 맑은 물을 휘저어 놓고 풍 하는 그 소리는 실로 쓸쓸하다. 이 산서 수꿩이 푸드득, 암꿩이 푸드득. 그리고 그 사이로 소장수 이놈과 나와 노량으로 허위적 허위적. 또한 고개를 놈이 뚱뚱한 몸짓으로 숨이 차서 씨근씨근 올라오니 그때는 노기는 완전히 사라졌다. 풀밭에 펄썩 주저앉아서는 숨을 돌리고 담배를 꺼내고 그리고 무슨 마음이 내켰는지 날더러,

"다리 아프겠수, 우리 앉아서 쉽시다."

하고 친절히 말을 붙인다. 나도 그 옆에 앉아서 주는 궐련을 피워 물었다. 인제도 주재소까지 시오 리가 남았으니 어둡기 전에는 못

갈 것이다.

"아까는 내 퍽 잘못했수."

"별말 다 하우."

"그런데 참 복만이 간 데 짐작도 못 하겠수?"

"아마 모름 몰라도 덕냉이 즈 큰집에 갔기가 쉽지유."

이 말에 놈이 경풍을 하도록 반색하며 애꾸눈을 바짝 들이대고 끔벅거린다. 그리고 우는 소리가 잃어 버린 돈이 아까운 게 아니라 그런 계집을 다시 만나기가 어려워서 그런다. 번히 홀아비의 몸으로 얼굴 똑똑한 아내를 맞아다가 술장사를 시켜 보자고 벼르는 중이었다. 그래 이번에 해보니까 장사도 잘할 뿐더러 아내로서 훌륭한 계집이다. 참이지 며칠 살아 봤지만 남편에게 그렇게 착착 부닐고 정이 붙는 계집은 여지껏 내 보지 못했다. 그러기에 나두 저를 위해서 인조견으로 옷을 해 입힌다, 갈비를 들여다 구워 먹인다, 이렇게 기뻐하지 않았겠느냐. 덧돈을 들여 가면서라도 찾으려 하는 것은 저를 보고 싶어서 그럼이지 내가 결코 복만이에게 돈을 물러 달랄 의사는 없다. 그러나 아무 염려 말고,

"복만이 간 듯한 곳은 다 좀 알으켜 주."

놈의 말투가 또 이상스리 꾀는 걸 알고 불쾌하기가 짝이 없다. 아무 대답도 않고 묵묵히 앉아서 담배만 빠니까,

"같은 날 같이 없어진 걸 보면 둘이 짜구서 도망간 게 아니유?"

"사십 리씩 떨어져 있는 사람이 어떻게 짜구 말구 한단 말이오?"

내가 이렇게 펄쩍 핀잔을 줌에는 그도 잠시 낙망하는 빛을 보이며,

"아니 일템 말이지! 내가 복만이면 즈 아내가 어디 간 것쯤은 알 게 아니유?"

하고 꾸중 만난 어린애처럼 어리광조로 빌붙는다. 이것도 사랑병인지 아까는 큰 체를 하던 놈이 이제 와서는 나에게 끽 소리도 못한다. 행여나 여망 있는 소리를 들을까 하여 속달게 나의 눈치만 그리다가,

"덕냉이 큰집이 어딘지 아우?"

"우리 삼촌 댁도 덕냉이에 있지유."

"그럼 우리 오늘은 도루 내려가 술이나 먹고 낼 일찍이 같이 떠납시다."

"그러지유."

더 말하기가 싫어서 나는 코대답으로 치우고 먼 서쪽 하늘을 바라보았다. 해가 마악 떨어지니 산골은 오색 영롱한 저녁놀로 덮인다. 산봉우리는 숫제 이글이글 끓는 불덩어리가 되고 노기 가득 찬 위엄을 나타낸다. 그리고 나직이 들리느니 우리 머리 위에 지는 낙엽 소리!

소장수는 쭈그리고 눈을 감고 앉았는 양이 내일의 계획을 세우는 모양이다. 마는 나는 아무리 생각하여도 복만이는 덕냉이 즈 큰집에 있을 것 같지 않다.

연 기

눈뜨곤 없더니 이불을 쓰면 가끔씩 잘두 횡재한다.

공동 변소에서 일을 마치고 엉거주춤히 나오다 나는 벽께로 와서 눈이 휘둥그랬다. 아 이게 무에냐. 누리끼한 놈이 바로 눈이 부시게 번쩍번쩍 손가락을 펴들고 가만히 꼬옥 찔러 보니 마치 갓 굳은 엿조각처럼 쭌득쭌득이다. 얘 이놈 참으로 수상하구나. 설마 뒤깐 기둥을 엿으로 빚어 놨을 리는 없을 텐데. 주머니칼을 꺼내들고 한번 시험조로 쭈욱 내리어 깎아 보았다. 누런 덩어리 한쪽이 어렵지 않게 뚝 떨어진다. 그놈을 한테 뭉쳐 가지고 그 앞 댓돌에다 슥 문대 보니까 아아 이게 황금이 아닌가. 엉뚱한 누명으로 끌려가 욕을 보던 이 황금, 어리다는 이유로 연홍이에게 고랑땡을 먹던 이 황금, 누님에게 그 구박을 다 받아 가며 그래도 얻어먹고 있는 이 황금―.

다시 한 번 댓돌 위에 쓱 그어 보고는 그대로 들고 거리로 튀어나온다. 물론 양쪽 주머니에는 묵직한 황금으로 하나 뿌듯하였다. 황금! 황금! 아, 황금이다. 피언한 거리에는 커다랗게 살찐 돼지를 타고서 장군들이 오르내린다. 때는 좋아 봄이라고 향명한 아침이었다. 길 양쪽 버드나무에는 그 가지가지에 주먹 같은 붉은 꽃이 달리었다. 알쭝달쭝한 꽃이 팔을 날리며 엷은 바람이 부웅하더니 허공으로 내 몸이 둥실, 얘 이놈 좋구나. 허나 황금이 날아가선 큰일이다. 두 손으로 양쪽 주머니를 잔뜩 웅켜잡고 있자노라니 별안간 꿍하고 떨어진다. 이놈이 어따 이건 함부로 내던졌느냐. 정신이 아찔하여 똑똑히 살펴보니 이것이 바로 우리 집 대문 앞이 아니냐.

대문짝을 박차고 나는 허둥지둥 안으로 뛰어들어갔다. 돈이라면 한 푼에 목이 말라하는 누님이었다. 이 누런 금덩어리를 내보이면 필연코 그는 헉, 하고 놀라겠지.

"누님! 수가 터졌수!"

나는 이렇게 외마디 소리를 질렀으나 그는 아무 대답도 없다. 매우 마뜩지 않게 알로만 눈을 깔아 붙이고는 팥죽만 풍풍 퍼먹고 있는 것이다. 그러나 모처럼 입을 연다는 것이,

"오늘은 어떻게 취직자리 좀 얻어 봤니?"

대문 밖에 좀 나갔다 들어만 오면 변치 않고 노냥 물어 보는 그 소리. 인제는 짜장 귓등이 가볍다. 마는 아무래도 좋다. 오늘부터는 그까짓 밥 얻어먹지 않아도 좋으니까―.

"그까짓 취직."

하고 콧등으로 웃어 버리고는,

"자 이게 금덩어리유. 똑똑히 보우."

나는 두 손을 다 그 코밑에다 들이댔다. 이래두 침이 아니 넘어갈 터인가. 그는 가늘게 실눈을 떠 가지고 그걸 이윽히 들여다보다 종내는 나의 얼굴마저 치어다보지 않을 수 없는 모양이었다. 금덩어리와 나의 얼굴을 이렇게 번차례로 몇 번 훑어 가더니,

"이거 너 어서 났니?"

하고 두 눈에서 눈물이 확 쏟아지질 않느냐. 그리고 나의 짐작대로 날랜 두 손이 들어와 덥석 훔켜잡고,

"아이고 황금이야!"

평소에도 툭하면 잘 짜는 누님. 이건 황금을 보고도 여전히 눈물이냐. 이걸 가만히 바라보니 나는 이만만 해도 황금 얻은 보람이 큼을 느낄 수 있다. 뻔

둥뻔둥 놀고 자빠져 먹는다 하여 일상 들볶던 이 누님, 이왕이면 나도 이 판에 잔뜩 갚아야 한다. 누님이 붙잡고 우는 황금을 나는 앞으로 탁 채어 가며,

"이거 왜 이래? 닳으라고."

하고 네 보란 듯이 소리를 냅다 질렀다. 내가 황금을 얻어 좋은 건 참으로 누님의 이 꼴 보기 위하여서다. 이런 황금을 막 허불리 만져 보이느냐, 어림없다. 호기 있게 그 황금을 도로 주머니에 집어넣고는,

"오늘부터 난 따로 나가겠수. 누님 밥은 맛이 없어서."

나의 재주가 자라는 데까지 한껏 뽐을 내었다. 이만큼 하면 그는 저쯤 알아채겠지. 인젠 누님이 화를 내건 말건 내 받고 섰을 배 아니다. 버듬직하게 건넌방으로 들어가 내가 쓰던 잔 세간과 이부자리를 포갬포갬 싸놓았다. 이것만 들고 나서면 고만이다. 택시 하나를 부를 생각조차 못 하고 그걸 그대로 들고 일어서자니까 이때까지 웬 영문을 몰라 떨떠름히 서 있던 누님이,

"애 너 왜 이러니?"

하고 나의 팔을 잡아들인다.

"난 오늘부터 내 밥을 먹고 살겠수."

"애, 그러지 마라, 내 이젠 안 그럴게."

"아니, 내 뭐 누님이 공밥 먹는다고 야단을 쳤대서 그걸 가지고 노했거나 혹은 어린애같이 삐졌대거나……."

하고 아주 좋도록 속 좀 쓰리게 해놓고 나서니까,

"애, 내가 다 잘못했다. 인젠 네 맘대로 낮잠두 자구 그래 응?"

취직 못 한다고 야단도 안 치고 그럴 께니 제발 의좋게 같이 살자고 그 파란 얼굴에 가엾은 눈물까지 보이며 손이 발이 되게 빌붙는다. 이것이 어디 놀구 먹는다고 눈물로 밤낮 찡찡대던 그 누님인가 싶으냐.

"이거 왜 이래 남 싫다는데."

누님을 메다 던지고 나는 신바람이 나게 뜰 알로 내려섰다. 다시 누님이 맨발로 뛰어내려와 나를 붙잡고 울 수 있을 만침 고만침 동안을 떼어 놓고는 대문께로 나오려니까 뜰 알에서 쌀을 주워 먹고 있던 참새 한 마리가 포루룽 날아온다. 이놈이 나의 턱밑으로 넌지시 들어오더니 이건 어디다 쓰는 버릇인지 나의 목줄띠를 콱 물어채는 것이 아니냐. 그리고 그대로 대롱대롱 매달려 바들짝 바들짝 아, 아아 아이구 죽겠다. 아픈 건 둘째 치고 우선 숨이 막혀 죽겠다. 보퉁이를 들었던 두 손으로 참새란 놈을 부리나케 붙잡고 떼어 보려니까 요놈이 버릇없이 요런. 젖 먹던 힘을 다 들여 내 목이 달아나냐, 네 목이 달아나냐고 홱 한 번 잡아채이니 휴우 코밑의 연기로다.

아, 나 죽는다. 잡아당기면 당길수록 참새는 거머리같이 점점 달라붙고 숨쉬기만 더욱 괴로워진다.

공교로이로 나의 코끝이 뚫어진 굽도지 구멍에 가 파수를 보고 있는 것이다. 고 구멍으로 아침 짓는 매캐한 연기가 모락모락 올라오고 있었다. 그 연기만도 숨이 막히기에 넉넉할 텐데 이건 뭐라고 제 손으로 제 목을 잔뜩 움켜잡고 누웠느냐.

"그게 온 무슨 잠이냐?"

언제쯤 거기 와 있었는지 누님이 미닫이를 열어 체치고서는 눈이 칼날이다. 어제 밤, 내일은 일찍부터 돌아다니며 만날 사람들을 좀 만나 보라던 그 말을 내가 이행치 못하였으
니 몹시도 미울 것이다. 야윈 목에 핏대가 불
끈 내솟았다.

"취직인가 뭔가 할려면 남보다 좀 성심껏 돌아다녀야지."

바로 가시를 집어삼킨 따끔한 호령이었다. 아무리 찾아보아야 고
대같이 살자고 눈물로 빌붙던 그 누님은 그림자도 비취이지 않았
다. 사람이 이렇게도 변할 수 있는가. 나도 뚱그렇게 눈을 뜨고서
너무도 허망한 일인 양 하여 얼뚤한 시선으로 한참 누님을 쳐다보
았다. 암만해도 사람의 일 같지 않다. 낮에는 누님이 히짜를 뽑고
밤에는 내가 히짜를 뽑고. 이마의 땀을 씻으려고 손이 올라가다 갑
자기 붉어 오는 안색을 깨닫고 도로 이불을 푹 뒤집어쓴다.

이불 속에는 아직도 아까의 그 연기가 남아 있는 것이다.

金裕貞의 작품세계
—작품《동백꽃》을 중심으로—

— 文學評論家 - 申 東 漢

작가 김유정(金裕貞)은 1908년 강원도 춘천부(春川府) 남내이작면(南內二作面) 증리(甑里 - 실레마을)에서 김춘식(金春植)의 차남으로 태어났다.

아명(兒名)은 필성이라고 하였으며 1914년 조부가 사망하자 가족이 모두 서울 종로구 운니동(雲泥洞)으로 이사를 하였다. 당시 김유정의 집안은 대대로 수천석꾼의 지주집안으로 서울과 고향에 큰 집을 갖고 있었다.

그는 1916년부터 약 4년간 한문을 수업하고 1920년에는 서울 재동(齋洞) 공립보통학교에 입학하여 1923년 학교를 졸업 후 휘문고등보통학교(徽文高等普通學敎)에 들어갔다. 같은 반에는 소설가 안회남(安懷南)이 있었다. 1927년 휘문고보를 졸업하고 연희전문(延禧專門) 문과에 입학했으나 이듬해 중퇴하였다. 그리고 다시 그 해에 보성전문학교(普成專門學校)에 입학했다가 중퇴하였다.

그는 1931년부터 고향의 실레마을에 야학을 개설하고 농촌계몽운동을 벌였고 충남 예산(禮山) 등지의 금광(金鑛)에 손을 대기도 했다.

이러는 가운데 문학작품의 집필에 뜻을 두고 1933년 처녀작《산골 나그네》를 탈고하여 친구 안회남의 주선으로 개벽사에서 발간

되던 잡지 〈제일선(第一線)〉에 발표하였다.

그러는 한편 고향 실레마을에 금병의숙(金屛義熟)을 설립하여 문맹퇴치운동을 벌였다.

또 같은 해에 역시 〈개벽〉사에서 나오는 잡지 〈신여성(新女性)〉에 단편《총각과 맹꽁이》를 발표하였다. 그러면서 당시 문단에서 활동하고 있는 소설가 이석훈, 채만식, 박태원 등과 사귀었다.

1934년에는 여러 작품을 집필하기는 했으나 문단에서는 그를 별로 알아 주지도 않고 작품을 실어 주지도 않았다. 그는 이에 자극받아 신문에서 모집하는 신춘문예에 응모하여 공식적인 인정을 받기로 결심하였다.

1935년 조선일보 신춘문예에 단편《소나기》(원제는《소낙비》)가 당선되고 조선중앙일보 신춘문예에 단편《노다지》가 당선되었다.

이리하여 김유정은 일약 문단의 인기작가로 등장하면서 단편《금 따는 콩밭》,《만무방》,《떡》,《봄 봄》등 여러 작품을 발표하면서 당시 이태준, 정지용 등이 주재하던 문학동인 모임인 '구인회(九人會)' 에 참여하여 왕성한 작품활동을 하게 되었다.

그의 처녀작《산골 나그네》는 남편이 있는 여인이 남편을 살리고 남편과 함께 하기 위해 매춘을 하게 되는 과정을 그리고 있다. 여기에는 매춘에 대한 윤리적 고민이나 인간적 고통을 전혀 찾아볼 수 없다.

살기 위해서 매춘을 하는 작품설정을 그의 당선작인《소나기》등 여러 작품에 그려져 있으며 김유정 소설의 하나의 특색이라고도 할 수 있다.

또 작품《산골 나그네》에서 보여 주는 무엇보다도 커다란 주제는 식민지 치하 우리 농촌의 궁핍상을 날카로운 비판의 안목으로 그리고 있다는 점이다. 그것은 작가 김유정만이 구사할 수 있는 풍부한 토착어와 분위기의 조성으로 탁월한 농촌소설의 전형을 꾸미고 있다.

단편 《산골 나그네》에 이어서 두 번째로 발표한 작품 《총각과 맹꽁이》는 김유정 소설의 여러 가지 특징이 두드러지게 나타나 있는 작품이다.

첫째로 이 작품에서 단편 《산골 나그네》에서와 마찬가지로 농촌의 궁핍상이 신랄하게 나타나 있다. 또 소설표현에 있어서 김유정 특유의 해학이 유감없이 발휘되고 있다. 슬픔 속에서도 웃음을 자아내게 하는 그의 표현기법은 뛰어난 선천적인 재능이라고도 할 만하다.

다음에 그의 조선일보 신춘문예 당선작인 《소나기》는 1935년에 발표되었지만 작품집필은 훨씬 전의 일이었다. 처음에는 《흙을 등지고》라는 제목으로 잡지 〈신동아(新東亞)〉에 주었지만 실려지지 않았다.

김유정은 《흙을 등지고》를 《따라지의 목숨》이라는 제목으로 바꾸어 조선일보 신춘문예에 응모하여 당선된 것이다. 그리하여 다시 제목을 《소나기》로 바꾸어 신문지상에 싣게 된 것이다.

《소나기》는 그가 앞서 쓴 단편 《산골 나그네》와 《총각과 맹꽁이》의 복합적인 요소를 내포하고 있는 작품이라고 할 수 있다. 《산골 나그네》의 덕돌이 모자와 병든 나그네 부부, 《총각과 맹꽁이》에서의 덕만이 모자와 들병이와 뭉태는 《소나기》에서 유랑농민과 아들 부부 등으로 서로 대응하는 인간형을 설정하고 있다. 그러면서 작품 가운데 유랑하는 1930년대 농민의 비참한 생태를 그리고 있다.

작가 김유정은 1936년에는 가장 본격적인 왕성한 작품활동을 하였다. 그는 한 해 동안에 단편 《심청》, 《봄과 따라지》, 《가을》, 《두꺼비》, 《봄밤》, 《이런 음악회》, 《동백꽃》, 《야앵(夜櫻)》, 《옥토끼》, 《정조(貞操)》, 《슬픈 이야기》 등 11편의 작품을 발표하였다.

작가 김유정의 대표작으로 일컬어지는 단편 《동백꽃》은 1936년 잡지 〈조광(朝光)〉에 발표된 작품이다. 동백꽃이 한창 피어 만발하는 봄철에 시골 마름의 딸과 소작농의 아들 간의 사랑의 갈등과 화해를 웃음이 넘치는 해학적인 표현으로 멋들어지게 그린 내용이다.

마름의 딸인 점순이는 나라는 1인칭으로 나오는 소작인의 총각에게 정을 느끼면서도 그것을 짓궂은 장난으로 표현한다. 즉 사나운 닭을 충동질하여 총각네의 닭을 괴롭힌다. 이러는 가운데에서도 총각은 점순이의 애정표시를 알아차리지 못한다.

또 점순이가 총각에게 "너 배냇병이지?", "너 아버지 고자라지?"라는 등의 욕설을 퍼붓는 것도 실상은 총각이 그녀의 애정표시를 알아차리지 못하는 데 대한 반발의 언동인 것이다.

그러나 끝에 가서 우둔한 총각을 점순이가 동백꽃 숲속에 떠밀어 두 남녀는 같이 엎어진다. 사랑이 이루어지는 황홀한 장면이다. 어렵고 고달프게 사는 농촌에서도 아름답게 피어나는 사랑 이야기를 토속적인 분위기 속에 짜임새 있게 꾸며 놓은 김유정의 많은 농촌 소설 가운데에서도 뛰어난 역작이라고 할 수 있다.

또 단편 《동백꽃》과 함께 그의 작가적인 명성을 올리게 한 작품이 단편 《봄 봄》이다. 이 작품은 1935년 잡지 〈조광(朝光)〉 12월호에 발표되었다. 《봄 봄》은 당시의 한국 농촌의 구조적 모순을 마름인 장인과 데릴사위로 들어온 머슴의 관계를 통해서 극명하게 나타내고 있다.

장인은 데릴사위로 들어온 총각 머슴을 성례를 시켜 주고 않고 부려먹기만 한다. 이것은 바로 지주를 대신한 마름이 소작인들을 착취하고 혹사하는 데서 여실히 나타난다.

그러나 작품《봄 봄》에서는 노동의 착취나 소작인의 비극을 드러내 놓고 직접적으로 비판하지 않고 있다. 다만 해학적으로 그것을 보여 주고 있을 뿐이다.

여기에서 장인과 데릴사위가 나타내는 위선과 우직이 김유정 특유의 언어구사 즉 방언, 비어, 속어 등과 어우러져 하나의 낭만적인 작품내용을 형성하고 있다.

작가 김유정은 농촌소설과 함께 금광에 관한 작품도 여러 편 쓰고 있다.

그 작품들의 동기가 되어 준 것은 그의 금광에 대한 체험이 있었기 때문이다. 그는 춘천군 신동면 실레마을에서 사금을 캐는 것을 많이 구경했다. 개울 바닥을 파헤쳐 금을 캐는 사람들의 모습을 많이 보아 온 것이다.

또 충남 예산 등지에서 금쟁이 노릇을 하며 금광의 현장 감독으로 광부들과 함께 생활을 하기도 했다. 이러한 체험들이 금의 금광에 관한 소설로 나타나고 있다.

그 가운데의 한 작품이 단편《금 따는 콩밭》이다. 이 소설은 1935년 잡지 〈개벽(開闢)〉 3월호에 발표되었다.

이 작품에서는 금을 소유하려는 인간 욕망과 빈곤한 농촌에서 가난의 굴레를 벗어나려는 몸부림을 희화적(戱畵的)으로 그려 놓고 있다.

부지런하고 성실한 농사꾼이었던 영식이 부부가 금점을 돌아다니는 자의 꾀임에 빠져 콩밭을 파헤쳐 금을 캐려드는 모습은 처절하기만 하다.

당시의 농촌의 빈곤 속에서 순진하고 부지런한 농사꾼이 농사를 포기하고 금을 캐게 되는 구조적인 모순이 이 작품에서는 하나의 희화적인 수법을 통해서 드러난다. 농촌의 금광열을 부추긴 일제 식민지정책이 그 뒷전에 도사리고 있었다는 것을 이 작품에서는 은연중에 느끼게 해준다.

이와 같은 농촌소설과 금광소설을 쓰는 한편 김유정은 도시 소시민의 생활을 소재로 한 작품도 여러 편을 썼다. 단편《이런 음악회(音樂會)》,《야앵(夜櫻)》 등이 이런 계열에 속하는 작품이다.

단편《이런 음악회》는 조선중앙일보에서 발행하던 〈중앙(中央)〉이라는 잡지에 1936년에 발표한 작품이다. 황철이라는 학생응원단장이 주동이 되어 자기네 학교가 참가하는 음악콩쿠르에서 벌이는 응원의 실패담을 익살스럽게 그려 놓은 것이《이런 음악회》의 작품 내용이다. 김유정의 해학적 기질이 유감없이 발휘된 작품이다.

단편《야앵》은 1936년 잡지 〈조광〉에 발표되었다. 창경원의 밤 벚꽃놀이를 구경 간 세 명의 카페 여급을 통해서 화사한 봄의 벚꽃 모습과 대비되는 어두운 여급들의 비참한 생활을 그린 내용이다.

이렇게 수많은 작품을 발표하였지만 작가 김유정은 1933년부터 앓기 시작한 지병인 폐결핵 때문에 언제나 괴로움을 당하였다.

그리하여 병고가 심해진 1937년에는 평론가 김문집(金文輯)이 주동이 되어 김유정을 돕는 병고작가 구조운동을 벌이기도 했다.

그러나 병이 깊어진 김유정은 1937년 2월 조카에 의지하여 경기도 광주군 중부면 산상곡리의 매형 유세준의 집에 옮겨와 요양을 하면서 병세의 회복을 꾀했다.

그러는 가운데에서도 그는 외국탐정소설을 번역하기도 하고 미완으로 끝난 장편 《생의 반려》, 그리고 그가 짝사랑한 박녹주(朴綠珠)를 모델로 한 단편 《두꺼비》를 발표하였다.

그리고 1937년 3월 30세라는 아까운 나이로 세상을 뜨고 말았다. 무지개같이 나타났다 사라진 천재작가 김유정의 일생은 불우하기만 했지만 그 가운데에서 발표한 주옥 같은 작품들은 우리 문학사에 길이 남아 빛을 발하고 있다.

김유정(金裕貞)의 연보

1908년 1월 22일, 강원도 춘성군 신동면 증리(실레)에서 부 김춘식 (金春植), 모 청송 심씨의
    2남 6녀 중 막내로 출생. 어릴 때 이름은 '멱설이' 라 부름.
1914년 어머니 돌아가시다.
1916년 아버지 돌아가시다. 이래 4년 동안 한문을 공부함. 안국동에서 관철동으로 이사.
1920년 재동 공립보통학교에 입학. 1921년에 3학년으로 진급.
1923년 휘문고보 입학. 김나이(金羅伊)로 부르다. 하모니카 밴드조직.
    관철동에서 숭인동으로 이사.
1927년 연희전문 문과에 입학.
1928년 연희전문 중퇴(더 배울 것이 없다고 선언).
1929년 가정이 춘천으로 이사. 봉익동 삼촌댁에 남음.
1930년 늑막염으로 앓기 시작(몸이 점점 쇠약해짐). 전국각지로 방랑생활을 시작함.
1931년 실레마을에서 야학을 열고, 금광을 전전하며 들병이들과 집시생활을 함.
1932년 실레마을에서 금병의숙(金屛義塾)을 설립하여 조카 김영수(金永壽)와
    동료 조명희(趙明熙)와 함께 문맹퇴치운동을 함.
1933년 《소나기》와 《산골 나그네》 집필.
1934년 《만무방》집필.
1935년 《소나기》 조선일보에 당선. 《노다지》 중앙일보에 당선.
    3월, 《금따는 콩밭》을 〈개벽〉에 발표.
    6월, 《떡》을 〈중앙〉에 발표.
    7월, 《만무방》을 조선일보에 발표.
    8월, 《산골》을 조선일보에 발표.
    12월, 《봄 봄》을 〈조광〉에 발표.
1936년 1월, 《산골 나그네》를 〈사해공론〉에 발표.
    5월, 《동백꽃》을 〈조광〉에 발표.
    7월, 《옥토끼》를 〈여성〉에 《야앵》을 〈조광〉에 발표.
    10월, 《정조》를 〈조광〉에 발표. 12월, 《슬픈 이야기》를 〈여성〉에 발표.
1937년 2월, 《따라지》를 〈조광〉에, 《땡볕》을 〈여성〉에 발표.
    3월 29일, 광주 누님집으로 옮겨 병을 치료하다 별세.
몰 후 5월, 《정분》이 〈조광〉에 발표됨.
    10월, 《생의 반려》가 〈중앙〉에 11월까지 연재됨.

일신베스트북스06
동백꽃

저 　 자 : 김유정
발행인 : 남 　 용
발행처 : 일신서적출판사
주 　 소 : 서울특별시 마포구 신수동 177-3
전 　 화 : 703-3001~5
팩 　 스 : 703-3009
등 　 록 : 1969년 9월 12일 제 10 - 70호

ISBN 89-366-0366-3
　　　 89-366-0360-4(세트)